MICHAEL GERWIEN

Isardreh

MORD IN DER MÜNCHNER FILMSTADT Exkommissar Max Raintaler und Hauptkommissar Franz Wurmdobler entdecken die Leiche des erfolgreichen Filmproduzenten Waldemar Brachtinger. Offensichtlich wurde er in seinem Büro in der Filmstadt im Nobelvorort Grünwald ermordet. Da Brachtinger unzählige Liebschaften und immer Ärger mit abgelehnten Schauspielern, Regisseuren und Konkurrenten hatte, bekommen es Max und Franz mit einem weitläufigen Kreis an Verdächtigen zu tun. Die Spur führt zunächst in die Kreise der oft neidischen und emotional aufgeladenen Filmbranche, aber auch nach München hinein, wo der Produzent ganz in der Nähe des Friedensengels die sündhaft teure Bogenhausener Familienvilla seiner Vorfahren bewohnte.

Als während der Ermittlungen auch noch Monika Schindler, Max Raintalers langjährige Lebensgefährtin, von Unbekannten entführt wird, geraten Max und Franz unter Druck. Auch hier führt die Spur über einen Umweg zum Starnberger See direkt in die Filmstadt. Gibt es einen Zusammenhang zwischen den Fällen?

Michael Gerwien lebt in München. Er arbeitet dort als Autor von Kriminalromanen, Thrillern, Kurzgeschichten und Romanen. Seine Lesungen begleitet er selbst mit Musik.

MICHAEL GERWIEN

Isardreh

KRIMINALROMAN

GMEINER

Personen und Handlung sind frei erfunden.
Ähnlichkeiten mit lebenden oder toten Personen
sind rein zufällig und nicht beabsichtigt.

Immer informiert

Spannung pur – mit unserem Newsletter informieren wir Sie
regelmäßig über Wissenswertes aus unserer Bücherwelt.

Gefällt mir!

Facebook: @Gmeiner.Verlag
Instagram: @gmeinerverlag
Twitter: @GmeinerVerlag

FSC
www.fsc.org
MIX
Papier | Fördert
gute Waldnutzung
FSC® C083411

Besuchen Sie uns im Internet:
www.gmeiner-verlag.de

Im Ehnried 5, 88605 Meßkirch
Telefon 07575/2095-0
info@gmeiner-verlag.de

1. Auflage 2023

Lektorat: Claudia Senghaas, Kirchardt
Herstellung: Mirjam Hecht
Umschlaggestaltung: U.O.R.G. Lutz Eberle, Stuttgart
unter Verwendung eines Fotos von: © SusaZoom / shutterstock.com
Druck: CPI books GmbH, Leck
Printed in Germany
ISBN 978-3-8392-0360-6

Riesengroßen und ganz lieben Dank an meinen Sohn Patrick und an meine langjährige Lektorin Claudia Senghaas für die tolle Mitarbeit an all meinen Max-Raintaler-Büchern und für die großartige Unterstützung. Ohne euch beide wäre dieses umfangreiche Krimireihen-Projekt so nicht möglich gewesen.

1

»Da, siehst du es?« Der klein gewachsene glatzköpfige Hauptkommissar Franz Wurmdobler zeigte aufgeregt auf das Leuchtdisplay des länglichen Messgerätes in seiner Hand.

»Nein.« Sein alter Freund, Ex-Kommissar Max Raintaler, schüttelte den Kopf. »Ich sehe nicht das Geringste, Franzi.« Der jetzige Privatdetektiv trat einen Schritt zurück, damit Franz noch besser messen konnte.

»Aber das Ding hier schlägt aus wie wild. Da drüben muss ein Geist in der Nähe sein.« Franz ging noch tiefer in die Ecke des dunklen Kellerraumes unterhalb des riesigen Bürokomplexes in der Münchener Filmstadt in Grünwald hinein, wohin ihn der bekannte Filmproduzent Waldemar Brachtinger vorhin am frühen Samstagabend gerufen hatte. Jetzt war bereits 18 Uhr durch, und sie standen immer noch hier.

Das Licht hatten sie absichtlich ausgeschaltet, weil Franz' neues Spielzeug, ein hochmodernes Suchgerät, um Geister aufzuspüren, angeblich nur im Dunkeln funktionierte. So hatte er es Max zumindest erklärt.

»Im Keller von unserem Bürogebäude spukt es schon wieder«, hatte Waldemar am Telefon gemeint. »Ein Poltergeist. Du hast mir doch beim letzten Stammtischtreffen von deinem neuen Hobby, der Geisterjagd, erzählt.«

Normalerweise wäre das zwar kein Fall für einen Mordermittler, hatte Franz daraufhin geantwortet, aber Waldemar habe schon recht, die Geisterjagd sei auf jeden Fall seine neueste Leidenschaft. Deshalb würde er natürlich gerne gleich einmal mit dem Max Raintaler vorbeikommen, den Waldemar bereits ebenfalls vom Stammtisch her kenne. Der sportliche Blonde mit den stahlblauen Augen.

»Du mit deinen seltsamen Ideen.« Max, der grundsätzlich immer neugierig war, wenn es etwas zu ermitteln gab und deshalb mitgekommen war, verdrehte genervt die Augen. Wäre er diesmal doch nur daheim geblieben. Das Ganze war für ihn nichts weiter als ein riesen Schmarrn. »Einmal willst du Kanzler werden«, fuhr er fort. »Dann machst du eine Diät im Kurhotel, bei der du nur Schweinsbraten in dich reinschaufelst, und jetzt fängst du auch noch damit an, mit einem albernen Geisteranzeigegerät einen angeblichen Poltergeist zu jagen.«

»Du wirst es schon noch erleben, dass es diesen Geist wirklich gibt.« Franz zeigte auf das Display seines Geistersuchgerätes, auf dem die Anzeigenadel inzwischen völlig verrücktspielte. »Schau nur hin, wie das Ding ausschlägt.«

»Wenn du mich fragst, ist es kaputt«, erwiderte Max. »Mir ist das jetzt auch echt zu blöd, Franzi. Hier sind keine Geister. Auch keine Poltergeister. Das sieht doch ein Blinder mit Krückstock, Herrschaftszeiten noch mal. Ich fahr lieber gleich mit der Trambahn heim und leg mich hin, servus.«

Max drehte sich um, ging zur Kellertreppe hinüber und wollte gerade seinen Fuß auf die erste Stufe setzen, als er von hinten einen Schlag auf den Kopf bekam. Noch im selben Moment wurde es schwarz um ihn herum.

Als er wieder aufwachte, erkannte er die Umrisse von Franz' Gesicht im Halbdunkel, der sich mit besorgter Miene zu ihm hinunterbeugte.

»Geht's wieder?« Franz' Stimme klang weit entfernt.

»Was ist los?« Max schüttelte sich.

»Wach schon auf.« Franz schlug ihm leicht links und rechts mit der flachen Hand ins Gesicht.

»Aufhören«, stammelte Max immer noch verwirrt. »Ich kann Karate.«

»Ich bin's, Depp. Wach endlich auf!« Franz ließ nicht locker.

»Hör du lieber auf, mir Watschn zu geben, selber Depp, und leuchte mir nicht mit der bescheuerten Taschenlampe ins Gesicht. Ich hab Kopfweh.« Max verzog sein Gesicht zu einer Grimasse des Schmerzes.

»Dann bleib jetzt wach.«

»Was ist denn passiert?«

»Du bist umgekippt. Warum, weiß ich nicht.«

»Ich glaub, ich hab eins draufgekriegt. Warst du das? Hast du mir auf den Kopf gehauen? Spinnst du jetzt ganz?« Max richtete sich wütend auf und schubste Franz weg.

»Glaub mir, ich hatte Besseres zu tun.« Franz hob abwehrend die Hände. »Da hinten war tatsächlich ein Geist.« Er zeigte in die Ecke, in deren Richtung sein Messgerät zuvor so kräftig ausgeschlagen hatte.

»Geh, du spinnst doch nur noch. Geh mal zum Arzt.« Max rieb sich mit schmerzverzerrtem Gesicht den Hinterkopf. »Oder noch besser zum Psychiater.« Er lehnte sich an das Treppengeländer neben sich. »Warum stehen wir eigentlich immer noch im Dunkeln?«

»Den Arzt würde ich eher dir empfehlen mit deinen Kopfschmerzen.« Franz schaltete das Licht ein.

Sie sahen sich ausführlich in dem großen Kellerraum um.

»Keiner da außer uns.« Max wankte immer noch leicht benommen hin und her. Er konnte normalerweise einiges einstecken, aber der Schlag gerade eben war zu viel des Guten gewesen. »Ärzte machen einen erst krank«, fügte er hinzu. »Das weißt du genau. Wer war das wohl? Wer hat mir auf den Kopf gehauen?«

»Ich hab keine Ahnung. Bestimmt der Geist. Er ist nicht mehr da, wahrscheinlich geflohen.« Franz zuckte die Achseln. »Auf jeden Fall schlägt mein Gerät nicht mehr aus.«

»Das hat sicher den Geist aufgegeben. Wortspiel!« Max grinste schief. »Hast du nicht gesehen, wie jemand hinter mir stand und zugeschlagen hat?«

»Ich hab auf mein Gerät geschaut, und es war dunkel, wie du weißt. Gehört hab ich auch nichts, nur dein Stöhnen gerade. Außerdem, wenn Ärzte einen krank machen, warum willst du mich dann hinschicken?«

»Ist ja wieder gut, Franzi. Vergiss es.« Max schüttelte den Kopf, um es gleich wieder bleiben zu lassen. Es fühlte sich an, als würde sein Gehirn von innen wie eine Flipperkugel gegen die Schädeldecke schlagen. »Seit wann können Geister eigentlich zuschlagen? Ich dachte, die sind durchsichtig.«

»Woher soll ich das wissen? Das müssten wir einen Fachmann fragen. Ich bin schließlich Anfänger.« Franz zuckte die Achseln.

»Bestimmt war das im Eck gar kein Geist, sondern ein Mensch aus Fleisch und Blut, der sich hier versteckt hat.«

»Warum sollte jemand das tun?«

»Keine Ahnung.« Max zuckte die Achseln. »Am besten kontaktieren wir mal deinen Waldemar, und frag auch gleich mal in deinem Geistershop nach, ob die Geräte auch bei ganz normalen Sterblichen ausschlagen, oder ob du es umtauschen kannst. Gegen eine Angel zum Beispiel. Das wäre wenigstens was Sinnvolles.«

»Ich weiß nicht.« Franz schüttelte langsam den Kopf. »Geht es wieder?«

»Passt schon.« Max rieb sich vorsichtig den Hinterkopf. »Lass uns zu Waldemar in sein Büro hinaufgehen.« Er hielt inne. »Moment, die Kellertür steht halb offen. Hatten wir die vorhin nicht hinter uns zugezogen?«

»Doch, sie war zu. Ganz sicher.«

»Dann komm schnell. Der Kerl muss da oben raus sein.« Max rannte voraus, Franz folgte ihm, so schnell es sein Bierbauch zuließ.

Als sie in Waldemars mit dem klassischen Hirschgeweih und alten Fotografien ehemaliger Filmstars eingerichteten Büro ankamen, fanden sie ihn auf dem hellen Parkettboden in einer Blutlache liegend vor. Die zimmerhohe Terrassentür stand sperrangelweit offen. Ein kalter Wind fegte ein paar braun gewordene Blätter herein. Max machte zwei schnelle Schritte auf Waldemar zu, entdeckte eine stark blutende Stichwunde in der Herzgegend, tastete nach seinem Puls und stellte fest, dass keiner mehr da war.

»Er wird uns leider keine Antworten mehr geben können.« Er schüttelte vorsichtig seinen Kopf, der nach wie vor schmerzte. Dann stand er auf und eilte zur Terrassentür hinaus, durch die der Täter geflüchtet sein musste.

Er entdeckte ein offen stehendes Gartentor, das in den kleinen Wald hinter dem Gebäude führte, lief hinüber und schließlich durch das Tor hindurch. Draußen suchte er auf dem Boden nach Fußspuren, entdeckte keine, sah sich nach dem Flüchtigen um, lauschte in den Wald hinein, ob er möglicherweise einen Ast knacken hörte. Er suchte noch eine Weile lang erfolglos weiter und kehrte schließlich unverrichteter Dinge zu Franz ins Haus zurück. Gerade noch rechtzeitig, bevor der nächste Herbstschauer aus den dunklen Wolken über ihnen fiel.

»So ein Mist«, hauchte er atemlos, nachdem er wieder

bei Franz im Büro stand. »Niemand zu sehen. Dein Waldemar wird umgebracht, während zwei der besten Ermittler Münchens in seinem Keller nach Geistern suchen. Das sollten wir so vielleicht nicht unbedingt an die Presse weitergeben.«

»Stimmt. Die würden uns nur fertigmachen.« Franz nickte betroffen. Er war kreidebleich im Gesicht. »Herrgott noch mal, Max. Wir waren gerade eine halbe Stunde im Keller und vorhin, als wir hier ankamen, hat Waldemar noch gelebt.«

»Unfassbar.« Max nickte ebenfalls. »Und ein sauberes Sauwetter haben wir auch noch. Es schüttet, als würde morgen die Welt untergehen.« Er zeigte auf den immer stärker werdenden Regen, der im Garten für zahlreiche kleine und große Pfützen sorgte.

»Das Grau in Grau Anfang November konnte ich noch nie leiden«, sagte Franz. »Schon gar nicht in der Dämmerung. Da kriegst du auch ganz ohne Mordopfer Depressionen.«

»Wohl wahr.« Max nickte. »Aber wir haben erst Ende Oktober.«

»Ist doch dasselbe.«

»Finde ich nicht.«

»Wie auch immer, du alter Erbsenzähler. Ich hab den Krankenwagen schon gerufen und sag jetzt noch im Revier Bescheid, dass wir Waldemar gerade besuchen wollten, die Haustür offenstand, und wir ihn so vorfanden, wie er hier liegt.« Franz steckte geistesabwesend sein inzwischen nicht mehr leuchtendes Geistermessgerät in seine Manteltasche, das er die ganze Zeit über fest in der Hand gehalten hatte. »Sie sollen uns die Spurensicherung schicken«, fuhr er fort. »Von unserer missglückten Geisterjagd muss wirklich niemand etwas wissen.«

»Ich geh solang noch mal in den Keller und schau nach, ob es da irgendein Fenster oder eine Tür ins Freie gibt, die wir vorhin im Dunkeln übersehen haben. Irgendwie muss der Täter ja reingekommen sein.«

»Wieso?«

»Weil er mich ausgeknockt hat und offensichtlich zusammen mit uns im dunklen Keller war, bevor er über die Kellertür hier heraufkam. Schon vergessen?«

»Ach so, stimmt ja, sorry, Max. Ich brauch noch ein paar Minuten, bis ich wieder voll da bin.« Franz starrte nachdenklich auf Waldemars toten Körper. Offenbar konnte er immer noch nicht so ganz begreifen, was geschehen war.

»Kein Thema.«

»Wir sollten auf jeden Fall auch sein Haus beim Friedensengel durchsuchen«, fuhr Franz fort. »Vielleicht sind dort Hinweise auf die Tat zu finden.«

»Unbedingt, Franzi.« Max nickte.

»Er wohnte dort in der Villa, in der bereits seine Eltern gelebt hatten und vor denen seine Großeltern.«

»Ein alteingesessener Bogenhausener also. Die sind ja bekanntermaßen alle was Besseres.«

»Nicht alle, aber viele. Schauspielerinnen und Schauspieler, Unternehmerinnen und Unternehmer, Erbinnen und Erben, Tennisspielerinnen und Tennisspieler und so weiter.«

»Sag ich doch. Lauter Geldige und Geldiginnen.«

2

Als Max zurück im Keller war, schaltete er so viele Lampen an, wie er finden konnte, und stieß nach einigem Suchen prompt auf einen mit Filz gepolsterten Ausgang genau in der Ecke, in der Franz vorhin seinen Geist vermutet hatte. Die Tür war zu, aber nicht abgesperrt. Der Täter musste also hereingekommen sein, kurz bevor sie den Keller betraten. Wahrscheinlich wollte er gerade nach oben, als sie die Kellertreppe hinunterstiegen, und er versteckte sich deshalb vor ihnen.

Max war Profi genug, um die Klinke nur vorsichtig mit einem der Papiertaschentücher anzufassen, die ihm seine Teilzeitlebensabschnittsgefährtin Monika heute Morgen wegen des stürmischen Herbstwetters mitgegeben hatte.

Er stieg die Außentreppe hinauf, die geradewegs neben die Garageneinfahrt führte, wo der gesamte Boden asphaltiert war. Mit Fußspuren war also auch hier nicht zu rechnen, genau wie hinter dem Haus.

Er machte sich auf den Rückweg in Waldemars Büro und hoffte, dass die Kollegen von der Spurensicherung mit ihrer professionellen Ausrüstung mehr Glück mit der Spurensuche hätten als er.

»Es war wohl so«, erklärte er Franz, als er wieder bei ihm war, »er ist unten zur Kellertür rein, die aus irgendeinem Grund nicht verschlossen war. Möglicherweise hatte er einen Schlüssel. Kurz darauf kamen wir die Treppe runter, und er versteckte sich vor uns, weil es zu auffällig gewesen wäre, die Tür erneut zu öffnen. Da wären wir ihm gleich hinterher oder hätten ihn zumindest gesehen.

Als du das Licht wegen deinem Geistergerät ausgemacht hast, wollte er nach oben schleichen, aber ich war ihm im Weg. Er schlägt mir also auf den Kopf und steigt gleich darauf die Treppe nach oben. Du hörst ihn nicht, weil du zu seinem Glück so sehr auf dein Gerät konzentriert bist, dass du nichts anderes mitkriegst. Oben sticht er dann Waldemar ab und verschwindet durch die Terrassentür in den Garten.«

»So muss es gewesen sein.« Franz schüttelte den Kopf. »Unglaublich. Was für ein saublöder Zufall, dass der Mörder ausgerechnet dann hier hereinkommt, wenn wir nach Geistern suchen sollen.«

»Synchronizität«, meinte Max. »Herrschaftszeiten, so nah waren wir wohl noch nie an einer Tat dran.«

»Was soll das heißen mit diesem Synchronzeugs?«

»Du bist doch der Esoterikfachmann von uns beiden.«

»Bin ich das?« Franz schaute überrascht drein.

»Kannst es ja mal im Internet nachlesen. Auf jeden Fall bedeutet es wohl, dass es zeitgleiche Ereignisse gibt, die ohne ersichtlichen Grund passieren. So ganz genau hab ich es auch nicht kapiert. Da müsste man schon ein Wissenschaftler sein.«

»Dann schau ich wohl doch lieber mal im Internet nach.« Franz schüttelte zweifelnd den Kopf. »Wissenschaftler sind wir beide nicht.«

»Auf keinen Fall.« Max nickte.

»Mann, wir hätten Waldemar vielleicht sogar noch retten können, wenn wir schneller reagiert hätten.« Franz sprach langsam. Er stand nach wie vor unter Schock. Der Tote war nicht sein bester Freund gewesen, aber immerhin ein Freund, und jetzt lebte er nicht mehr. So etwas ließ niemanden kalt. Schon gar nicht den für einen Kriminalkommissar außergewöhnlich sensiblen und eigentlich so gut wie immer menschenfreundlichen Franz.

»Wie hätten wir denn wissen sollen, dass er in Gefahr ist? Einen Mord während unserer Anwesenheit lassen wir natürlich nicht auf uns sitzen, oder?« Max sah Franz fragend an, der sich inzwischen rechts des riesigen Schreibtisches aus dunkelbraunem Holz auf eines der schwarzen Besuchersofas im Landhausstil gesetzt hatte.

Gemütlich sah es nicht gerade aus in Waldemars Büro. Aber wer hart arbeitete, brauchte auch keine Gemütlichkeit um sich herum, sondern kühle Sachlichkeit, die die Konzentration förderte. Zumindest hatte Max das so irgendwo einmal gehört oder gelesen. Sein eigenes Büro als Privatdetektiv hatte er bei sich daheim eingerichtet. Es bestand aus seinem Smartphone und seinem Küchentisch, falls tatsächlich mal etwas zu schreiben war. Seine Klienten traf er meistens in Monikas kleiner Kneipe. Da war mehr Platz, und Monika brachte jederzeit ein Getränk, wenn er sich nicht gar selbst bediente. Ihm war klar, dass man von ihm das Sparen lernen konnte.

»Natürlich lassen wir das nicht auf uns sitzen.« Franz nickte. »Ich werde dich offiziell als Verstärkung eintragen. Fragt sich nur, wo wir mit den Ermittlungen anfangen sollen. Ich hab mich schon mal ein wenig umgesehen. Seine ganzen Papiere, Bank- und Kreditkarten. Es ist alles noch da.«

»Dann war es also auf jeden Fall kein Raubmord?«

»Eher nicht.« Franz schüttelte den Kopf. »Es sein denn, er hatte hier irgendwo zum Beispiel Bargeld oder wichtige Papiere herumliegen, von denen wir nichts wissen können.«

»Logisch, um wissen zu können, was fehlt, musst du erst mal wissen, was vorher überhaupt da war.«

»Eben.« Franz nickte.

»War er verheiratet?«

»Waldemar war eingeschworener Single. Er hatte aber zahlreiche Freundinnen, und von einer Tochter hat er auch mal was erwähnt.«

»Lässt du sie informieren?«

»Sicher, ich ruf gleich im Revier an, dass ihr jemand Bescheid gibt.« Franz nickte.

»Die zahlreichen Freundinnen sind wohl normal in seiner Position im Filmgeschäft.« Max nickte wissend. »Da gibt es doch sicher etliche von ihnen, die sich von einer Affäre mit ihm etwas versprochen haben.«

»Was sollten sie sich denn davon versprechen?«, fragte Franz.

»Ruhm, Ehre, Filmrollen. Lass deine Fantasie spielen, Franzi. Du bist doch sonst nicht so naiv.« Max sah seinen besten Freund und Ex-Kollegen verwundert an. Es verblüffte ihn immer wieder. Nie konnte er so recht vorausahnen, was in Franz' Kopf vorging.

»Na ja, stimmt schon.« Franz nickte erneut. »Ich war übrigens so frei und hab mich auf den Schock hin an seinem Whiskey bedient.« Er zeigte auf das halb mit bernsteinfarbener Flüssigkeit gefüllte Wasserglas, das vor ihm auf dem gläsernen Couchtisch stand. »Er selbst wird ihn nicht mehr brauchen. Magst du auch einen? Es ist ein 30 Jahre alter *Single Malt*. Schade drum, wenn man ihn einfach so verkommen lassen würde.«

»Bei einem 30 Jahre alten *Single Malt* für Singles kann ich auf gar keinen Fall Nein sagen. Das käme einer Sünde gleich.« Max setzte sich zu ihm auf das andere Besuchersofa.

»Das ist wohl wahr.« Franz holte ein zweites Glas aus der Vitrine neben ihnen und schenkte Max ein. Seine Bewegungen waren langsam, so als wäre er nicht ganz bei der Sache.

Sie stießen an.

»Prost, Franzi«, sagte Max.

»Auf diejenigen von uns, die nicht mehr unter uns sind«, erwiderte Franz. Er war deutlich ergriffen. Tränen stiegen ihm in die Augen.

»Wer könnte es gewesen sein?«, fragte Max, nachdem sie getrunken hatten.

»Ganz ehrlich?« Franz sah ihn lange an. »Ich habe nicht die geringste Ahnung. So wie ich es im Moment sehe, kann es jeder gewesen sein.«

Sie tranken erneut. Dann schenkte ihnen Franz noch einmal nach.

Wenig später stand Jan Reiter, der Leiter der Spurensicherung, mit seinen Kollegen vor der Tür. Franz führte sie hinein, zeigte ihnen, wo die Leiche lag, erklärte Jan, worauf es ihnen ankam, dass sie zwei Gläser benützt hatten, übertrug ihm die Verantwortung für den Tatort und verabschiedete sich anschließend mit dem Hinweis darauf, dass Max und er sie in Ruhe arbeiten lassen würden. So gäbe es erfahrungsgemäß die besten Untersuchungsergebnisse.

»Passt schon«, meinte Jan daraufhin.

Dann gingen sie zur Tür hinaus.

Max und Franz waren sich einig, dass sie gleich morgen in aller Früh die Arbeit aufnehmen und den Mörder von Waldemar zur Strecke bringen wollten. Das war schließlich Ehrensache in diesem ganz besonderen, fast schon privaten Fall. Dann lägen hoffentlich auch schon die ersten Ergebnisse von Jans Team und vom Leichenbeschauer auf Franzis Schreibtisch, und sie würden sich damit leichter bei den Ermittlungen tun. Obwohl morgen Sonntag war.

3

»Du kanntest diesen Waldemar doch näher«, sagte Max zu Franz, als sie im strömenden Regen aus der berühmten Filmstadt vor den Toren Münchens hinausfuhren. »Fällt dir wirklich kein Grund ein, warum er getötet worden sein könnte? Wer hatte etwas gegen ihn?«

»Ich weiß es nicht.« Franz bog in die von hohen Bäumen flankierte Hauptstraße ein. »Ich kannte ihn nur vom Stammtisch her. Er war eigentlich immer gut drauf und gab auch gern mal einen aus. Geld hatte er schließlich genug.«

»Was ist mit seinen Frauengeschichten? Seitensprünge? Betrug? Erzwungener Sex, wie dieser amerikanische Filmproduzent vor ein paar Jahren, der dann alles mit ein paar Millionen geregelt hat?« Max sah seinen Freund von der Seite an. »Du sagtest doch, er hätte unzählige Freundinnen gehabt. Mit unzufriedenen Schauspielern, Drehbuchautoren oder Regisseuren hatte er sicher auch hin und wieder den einen oder anderen Streit. Es geht beim Film schließlich um riesige Summen.«

»Mir ist tatsächlich nichts Ungereimtes über ihn bekannt, Max. Auch wenn du mir das nicht glaubst.« Franz starrte geradeaus durch die Windschutzscheibe. Er nahm dabei aus den Augenwinkeln im Rückspiegel das Pferdedenkmal vor dem Filmgelände wahr, das sie gerade hinter sich ließen. »Eine neue Freundin hatte er, glaube ich. Aber ich kenne sie nicht näher.«

»Aha.«

Sie fuhren schweigend in die Stadt hinein. Die Scheibenwischer des Autos liefen auf Hochtouren, trotzdem war die Sicht denkbar schlecht. Max fragte sich, wann es zuletzt ein solches Mistwetter gegeben hatte, doch so weit er auch zurückdachte, er konnte sich nicht erinnern. Typisch Herbst halt.

Am Tiroler Platz bog Franz nach links zum Tierpark hinunter ab, wo Max' Freundin Monika ganz in der Nähe ihre *Kleine Kneipe* hatte, von der ihn Franz vorhin auf dem Hinweg zu Waldemar abgeholt hatte.

»Du willst doch zurück zu Moni, oder?«, erkundigte er sich.

»Sicher.« Max nickte. »Kommst du auf einen Schluck mit rein? Vielleicht hat sie ein paar ihrer genialen Fleischpflanzerl für dich übrig.«

»Klingt sehr verführerisch. Insbesondere weil mich meine Sandra zurzeit wieder mal an der ultrakurzen Leine hält, was das Essen betrifft.« Franz leckte sich mit der Zunge über die Lippen.

»Joghurt und Früchte?« Max musste grinsen. Da er ihn seit dem Kindergarten kannte, wusste er genau, wie ungern sich Franz von jeher gesund ernährte. Obwohl es ihm sicher nicht geschadet hätte. Aber es schmeckte ihm einfach nicht. Da war nichts zu machen.

»Schlimmer. Ihr neuester Plan für mich ist eine Schrottkur.«

»Eine Schrottkur? Will sie dich zum alten Eisen geben?« Max schüttelte grinsend den Kopf. Natürlich wusste er, dass es keine Schrottkur gab. Fragte sich nur, ob Franz das auch wusste.

»So ähnlich.« Franz grinste unsicher. Er schien nicht genau zu wissen, was Max meinte, wollte das aber wohl auf keinen Fall zugeben.

»Ich glaube eher, dass sie eine Schrothkur mit dir machen

will.« Max grinste immer noch. »Das ist so eine spezielle salz- und fettlose Diät mit Reis-, Gries- und Haferbrei.«

»Ist das etwa kein Schrott, Herr Oberschlaumeier?« Franz grinste.

»Doch, könnte man so sagen.« Max schüttelte erneut den Kopf und lächelte amüsiert. Auf seine ganz spezielle Art und Weise war Franz einfach unschlagbar. Nichts auf der Welt könnte sie jemals auseinanderbringen. Er wusste, dass Franz genauso dachte. »Also kommst du noch mit?«

»Na klar. Ein dreifaches Hoch auf Fett und Bier und Bratensaft.«

Franz parkte seinen Wagen direkt vor der Tür zu Monikas kleiner Kneipe in der Nähe des Flauchers. Dann gingen sie mit über den Kopf gezogenen Jacken hinein. Für den wunderschönen kleinen Biergarten vor dem Lokal war es leider schon zu kalt und heute sowieso viel zu nass. Da würden sie wohl bis zum nächsten Frühjahr warten müssen, um eine schöne Halbe an der frischen Luft zu genießen.

»Hallo, ihr zwei!«, begrüßte Monika sie fröhlich. Sie hatte pünktlich um 22 Uhr geschlossen und war jetzt damit beschäftigt, den Tresen ihres mit viel dunklem Holz eingerichteten Schankraumes zu putzen. »Sauwetter, stimmt's?«

»Hallo, Moni.« Max umarmte sie und gab ihr ein Küsschen auf die Wange. »Das kannst du laut sagen. Typisch Herbst halt. Bald ist Weihnachten. Schau mal, wen ich dir mitgebracht habe. Einen hungrigen Gesellen, der ohne deine Fleischpflanzerl nicht einschlafen kann.«

»Servus, Moni«, sagte Franz.

»Ihr habt Glück. Ich hab noch welche da. Sie sind allerdings kalt.« Monika legte ihren Putzlappen beiseite und wusch sich die Hände. »Wie war es in Grünwald? Wolltet ihr nicht irgendwo auf dem Filmgelände Franzis neues

Geistersuchgerät ausprobieren? Das sagtet ihr doch, als ihr vorhin verschwunden seid.«

»Wollten wir, und dabei haben wir gerade einen Toten gefunden«, erwiderte Max.

»Wieso wundert mich das nicht?« Sie sah von einem zum anderen. Dann blieb ihr Blick an Max hängen.

»Es ist der Filmproduzent Waldemar Brachtinger.« Er kniff ernst die Lippen zusammen. »Er lag in seinem Büro draußen auf dem Filmgelände. Ich bekam vorher auch noch kräftig eins auf die Nuss.«

»Der Waldemar Brachtinger ist tot? Bei dem wart ihr also.« Sie machte ein erschrockenes Gesicht. »Mein Gott, er hat wirklich tolle Filme gemacht. Ich habe sie geliebt.«

»Stimmt«, fügte Franz hinzu. »Sandra und ich haben sie auch immer gerne gesehen. Sein Name stand für Qualität, was nicht jeder von sich behaupten kann. Erst recht nicht im Filmgeschäft.«

»Schlimm?« Monika sah Max neugierig an.

»Der Kopf?« Er tippte sich gegen die Stirn.

»Nein, dein rechtes Knie.« Sie lachte leise. »Natürlich dein Kopf, Depp.«

»Ich dachte schon, du fragst gar nicht mehr.« Er setzte ein vorwurfsvolles Gesicht auf. »Geht schon wieder. Ich könnte eine Kopfschmerztablette gebrauchen.«

»Kriegst du. Ach, weil ihr gerade den Brachtinger erwähnt habt.« Monika machte eine kleine Pause. Offensichtlich dachte sie nach.

»Ja?« Franz sah sie erwartungsvoll an.

»Also neulich, da saßen hier zwei Schauspieler«, sagte sie schließlich. »Nichts großartig Berühmtes, glaube ich, aber in Deutschland wohl doch ziemlich bekannt. Sie kommen gelegentlich her und schienen diesen Brachtinger zu kennen. Sie haben nur über ihn geschimpft. Brachtinger hätte sie betrogen. Er wäre ein ganz übler Ganove und so weiter.«

»Totaler Schwachsinn. So war Waldemar nicht«, protestierte Franz. »So gut kenne ich ihn auf jeden Fall.« Er schüttelte energisch den Kopf.

»Daran kannst du dich noch so gut erinnern, Moni? Wie das?« Max sah sie lange an und zog dabei verwundert die Brauen hoch. Dass sie normalerweise ein gutes Gedächtnis hatte, wusste er. Aber im oftmals hektischen Kneipenbetrieb ging so manches unter. Das wusste er auch.

»Sie hatten bereits fünf Halbe und unterhielten sich eigentlich ganz privat unter Eingeweihten. Nur halt ein bisserl zu laut. Deswegen habe ich alles unfreiwillig mitgehört.« Monika grinste flüchtig. »Außerdem schien Brachtinger verschiedene Liebschaften auf beiden Seiten des Flusses zu haben, meinten sie. Scheinbar war das ein offenes Geheimnis.«

»Er war bisexuell?« Max staunte.

»Schaut so aus.« Sie nickte zum wiederholten Mal.

»Das wussten die beiden also auch. Weißt du, wie sie heißen?« Max sah sie gespannt an. Die Namen wären natürlich hilfreich gewesen, weil sie ihnen eine Menge Nachforschungen erspart hätten.

»Nein.« Monika schüttelte den Kopf. »Aber sie waren, wie gesagt, schon öfter hier. Wenn ich sie das nächste Mal sehe, rufe ich euch sofort an.«

»Das wäre super, Moni«, meinte Franz. »Du weißt selbst, dass wir bei einer Mordermittlung auch der kleinsten Spur nachgehen müssen.«

»Natürlich.« Sie nickte. »Ich kenne euch zwei Supercops schließlich nicht erst seit gestern.«

»Was die beiden da gesagt haben, ist übrigens nichts als Schmarrn.« Franz schüttelte erneut den Kopf. »Der Waldemar hatte nichts mit Männern. Das hätte ich mitbekommen. Was waren das denn nur für Deppen? Bestimmt irgendwelche Neider.«

»Ich sage nur, was ich gehört habe«, meinte Monika achselzuckend. »So, und jetzt hole ich erst mal eure Fleischpflanzerl, für jeden ein Bierchen und eine Kopfschmerztablette für Max, einverstanden?«

»Perfekt, Moni«, freute sich Franz. »Mir läuft schon das Wasser im Mund zusammen.«

4

Monika kam mit vollen Händen aus ihrer winzigen Küche zurück, in der sie jeden Tag ein paar kleine, typisch bayerische Schmankerl zum Bier zubereitete. Leberkäs, Fleischpflanzerl, Würschtel und so weiter. Sonntags gab es dann auch schon mal einen schönen Schweinsbraten mit Semmelknödeln und Krautsalat. Morgen zum Beispiel war es wieder soweit. Sie würde den Braten gleich in der Früh in den Ofen schieben, damit er langsam vor sich hin garen konnte. So wurde er erfahrungsgemäß am zartesten.

Jetzt hatte sie zwei männerfaustgroße Fleischpflanzerl für jeden dabei. Auf den Tellern befanden sich ebenfalls je eine Brezn, ein kleiner Klecks Kartoffelsalat sowie ein großer Klecks Mayonnaise und ein noch größerer Klecks Ketchup.

»Kein Senf?«, erkundigte sich Max verwundert.

»Steht vor deiner Nase.« Monika zeigte auf den Tresen. »Ich möchte nur ein einziges Mal erleben, dass du nichts zu meckern hast.«

»Der Moment kommt dann, wenn alles passt.« Er grinste frech.

Im selben Moment, als Franz hocherfreut seinen ersten Bissen machen wollte, strömte eine bunte, lauthals singende Gruppe chinesische Touristen zur Tür herein. Sie hatten jeweils kleine verschiedenfarbige Papierwimpel in der Hand und winkten unentwegt damit. Gut die Hälfte von ihnen trug Kameras um den Hals. Es gab sie also tatsächlich, die lebendigen Klischees, und sie irrten auch noch spätabends im Herbst durch die abgelegeneren Gegenden Münchens, wie hier unten am Tierpark.

»Da schau her. Die sind richtig gut drauf«, entfuhr es Max spontan. »Daran sollten wir uns mal ein Beispiel nehmen, Franzi.«

»Übertriebene Fröhlichkeit schadet dem Denken.« Franz biss gierig in sein Fleischpflanzerl.

»Wir haben geschlossen.« Monika lief mit erhobenen Armen auf den schmächtigen Anführer zu. »Sorry, we are closed.«

»Aber diese Männer trinken und essen auch«, erwiderte der kleine Mann mit dem Tiroler Hut auf dem Kopf, während er auf Max und Franz zeigte.

»Privat, private, leider«, erwiderte Monika. »Kommen

Sie bitte morgen Mittag wieder. Dann ist offen, tomorrow open. Tonight not.«

»Kein Bier? Wir kommen von weither aus China.« Er machte ein enttäuschtes Gesicht.

»Heute nicht mehr, leider.« Monika schüttelte bedauernd den Kopf. »Morgen gibt's wieder Bier.«

»Morgen?«

»Morgen, jawohl. Morgen Mittag.« Monika musste sich ein Lachen verbeißen. Er schien ein wenig schwer von Begriff zu sein oder er war bereits sauber angetrunken.

»Okay.« Er nickte.

Die ganze Gruppe machte kehrt und verschwand wieder.

»Franz schwört übrigens auf sein Geistersuchgerät«, kam Max auf ihren Mordfall zurück, sobald sie wieder alleine waren. »Ich halte es für einen ausgemachten Schmarrn.«

»Kein Schmarrn.« Franz hob oberlehrerhaft den Zeigefinger. »Immerhin hat es ausgeschlagen.«

»Aber ohne Geist.«

»Auf jeden Fall frage ich gleich am Montag in der Früh bei Waldemars Produktionsfirma nach, mit wem genau er in letzter Zeit Streit hatte. Vielleicht geht es diesmal ja ganz schnell mit der Tätersuche.« Franz biss erneut in sein Fleischpflanzerl und verzog gleich darauf verzückt das Gesicht. »Ein Traum, Moni. Wie immer.«

»Freut mich, wenn es dir schmeckt.« Monika lächelte geschmeichelt.

»Mir schmeckt es auch«, meinte Max.

»Freut mich, Max. Etwas anderes hättest du auch nicht sagen dürfen, Freundchen.« Monika gab ihm ein Bussi auf die Wange. Sie lachte und zeigte dabei wie jedes Mal ihre tadellosen, strahlend weißen Zähne.

Ein perfekter Kontrast zu ihrem eher dunklen Teint, den blauen Augen und ihren pechschwarzen Haare. Alles gute Gründe, warum Max bereits seit langer Zeit so schwer verliebt in sie war. Allerdings durfte er das ihr gegenüber nicht zu offen zeigen, weil sie sich dann sofort bedrängt gefühlt hätte. Sie war beileibe kein einfacher Charakter. Aber wer war das schon. Er selbst sicher auch nicht.

Max lachte mit, und auch Franz stimmte ein.

Für einen kurzen Moment vergaßen alle drei den Mord an Waldemar.

»So kenne ich meine Moni. Immer bestens gelaunt.« Max trank zufrieden einen Schluck Bier. Er fragte sich dabei, ob es wirklich nötig war, dass er jede noch so kleine Kleinigkeit kommentierte. Schließlich könnte er doch auch einfach mal die Klappe halten. Möglicherweise würde es ihm seine Umwelt danken.

»Was bleibt einem anderes übrig mit einem ewigen Pessimisten wie dir an der Seite«, gab ihm Monika prompt zurück.

»Auf die Gefahr hin, dass ich mich wiederhole, Leute. Diese Fleischpflanzerl schmecken tatsächlich einfach nur himmlisch. Ich glaube, ich hätte lieber dich statt Sandra heiraten sollen, Moni.« Franz verdrehte genussvoll die Augen.

»Dazu gehören immer noch zwei.« Monika lachte erneut.

»Das meine ich aber auch«, sagte Max. »Wenn nicht sogar drei.« Er zeigte auf sich.

»Oder vier. Vergesst mir die gute Sandra nicht.« Franz grinste. »Sie ist zwar nicht hier, aber ich habe sie immer in meinem Herzen dabei.«

»Wer's glaubt, wird selig«, meinte Max und hörte auf zu grinsen. »Hast du vorhin im Auto nicht kurz erwähnt, dass Waldemar eine neue Freundin hatte?«

»Ich glaube nicht. Oder doch?« Franz legte nachdenklich die Stirn in Falten. Auch er hörte schlagartig auf zu grinsen. »Moment, du hast recht. Er hat einmal etwas von einer Verena erzählt. Soweit ich mich erinnere, hatte sie ihm früher immer nur in seinem Stammsalon beim Viktualienmarkt die Haare geschnitten. Recht viel mehr weiß ich leider nicht über sie.«

»Früher?« Max sah ihn erstaunt an. »Was soll das heißen?«

»Bis sie etwas miteinander anfingen. Dann hat sie nicht mehr nur seine Haare geschnitten.«

»Wann war das?«

»Vor ein paar Monaten, denke ich. Ich hätte sie gerne mal näher kennengelernt, aber es kam jedes Mal etwas dazwischen.«

»Kannst du über deine anderen Stammtischbrüder rausfinden, wie sie heißt und wo sie wohnt?«

»Bestimmt.«

»Sehr gut.« Max rieb sich zufrieden die Hände. »Dann würde ich sie mal so ganz allgemein befragen. Vielleicht findet sich bei ihr eine erste Spur. Was meinst du?«

»Gute Idee.« Franz nickte und schnappte sich das nächste Fleischpflanzerl.

5

Monikas Wecker zeigte 8.30 Uhr an.

»Mir brummt immer noch der Schädel«, meinte Max. Er hatte sie beim Schlafen beobachtet und dann aus Langeweile und Kaffeedurst damit begonnen, ihr ins Gesicht zu pusten, bis sie schließlich davon aufgewacht war.

»Dann nimm noch mal eine Kopfschmerztablette«, erwiderte sie verschlafen und gähnte laut.

»Wo hast du sie hin?«

»Ins Bad.«

»Hol ich mir gleich. Soll ich schon mal einen Kaffee durchlaufen lassen?«, fragte er. »Ich kenn mich zwar nicht so gut mit deiner Kaffeemaschine aus, aber ich könnte es versuchen.« Er wusste genau, dass sie es niemals zulassen würde, dass er mit ihren Sachen herumhantierte. Was das betraf, war sie schon immer eigen gewesen. Deshalb konnte er auch gefahrlos anfragen. Im schlechtesten Fall stieg er damit in ihrer Gunst, weil er Hilfsbereitschaft signalisierte, auch wenn sie in Wahrheit nur vorgetäuscht war.

»Nein, lass. Das mache ich lieber selbst«, erwiderte Monika erwartungsgemäß und stand auf.

»Soll ich solang Semmeln holen gehen? Wird zwar wehtun mit den Kopfschmerzen, aber ich würde es machen.«

»Ich hab genug Brot da. Hol dir deine Tablette und setz dich in die Küche. Der Kaffee ist gleich fertig.« Monika verließ das kleine Schlafzimmer, das zu ihrer Wohnung über ihrer kleinen Kneipe gehörte. »Und hör auf, mich mit deiner gespielten Pseudoschleimerei zu verarschen. Ich bin nicht blöd.«

»Wie meinst du das?«

»So wie ich es sage.«

»Na gut. Da will man helfen, und dann ist es auch wieder nicht recht.« Max zuckte die Achseln. Natürlich wusste er ganz genau, was sie meinte.

Er zog sich an, ging ins Bad, putzte sich die Zähne, schluckte frei nach dem Motto »viel hilft viel« sicherheitshalber drei Kopfschmerztabletten auf einmal und setzte sich anschließend zu Monika in die Küche. Als er zum Fenster raus sah, stellte er zufrieden fest, dass es aufgehört hatte zu regnen. Die Apokalypse schien ein vorzeitiges Ende zu nehmen. Die zehn Tage Dauerregen, die hinter ihnen lagen, waren auch mehr als genug.

Monika hatte den Tisch bereits gedeckt. Toast, Schwarzbrot, Butter, Schinken, Käse, Tomaten, Salatgurke, Lachs, Oliven, Honig, Marmelade.

»Hey, das sieht aus wie im Urlaubshotel in Italien«, freute er sich. »Und das ist jetzt keine Pseudoschleimerei, damit du es weißt.«

»Der Kaffee ist gleich fertig.« Sie ignorierte seine im leicht vorwurfsvollen Ton vorgetragene Einlassung. Wahrscheinlich hatte sie wie immer keine Lust, auf seine Provokation einzugehen. Beide wussten, dass es nur im Streit enden würde, wenn sie es täte. »Magst du ein weichgekochtes Ei?«, fragte sie ihn stattdessen.

»Gerne.« Er nickte.

»Eins? Zwei?« Sie sah ihn fragend an.

»Eins. Nein, doch lieber zwei.«

»Also zwei?«

»Zwei.« Er nickte erneut.

»Sicher?«

»Ja.«

»Gut, dann also zwei.«

Max' Smartphone machte sich mit der Mundharmonikamelodie von *Spiel mir das Lied vom Tod* bemerkbar. Er hatte sie deshalb darauf installiert, weil er dachte, dass sie einfach perfekt zu einem Ex-Kommissar und Privatdetektiv passte. Außerdem liebte er den Film. Der beste Western aller Zeiten, pflegte er zu sagen, wenn das Gespräch darauf kam, und das meinte er auch so.

»Raintaler, wer stört?«, meldete er sich, nachdem er das Gespräch angenommen hatte.

»Franzi hier. Gut geschlafen?«, kam es vom anderen Ende der Leitung.

»Geht so. Was gibt's Neues?«

»Verena Neuner. Sie wohnt ganz in der Nähe des Frisiersalons am Viktualienmarkt, in dem sie arbeitet, nämlich im Tal.«

»Das freut mich für die gute Frau Neuner.« Max lauschte mit offen stehendem Mund in den Hörer hinein.

»Waldemars Freundin?« Franz lachte leise.

»Ach ja, richtig. Entschuldige, ich bin noch nicht ganz wach.« Max schüttelte verwirrt den Kopf. »Schickst du mir bitte ihre genaue Adresse und die Telefonnummer aufs Handy, dann schau ich gleich nachher bei ihr vorbei.«

»Sicher. Bis dann, Max. Schönen Sonntag.«

»Gleichfalls.«

»So früh schon hinter anderen Frauen her?« Monika setzte, neugierig dreinblickend, die gekochten Eier für Max in zwei weiße Eierbecher aus Porzellan.

»Hör schon auf, Moni. Das war der Franzi. Du hast doch gestern mitbekommen, dass der tote Waldemar eine neue Freundin hatte. Ich werde gleich nach dem Frühstück zu ihr fahren und sie befragen. Oh je, bestimmt weiß sie noch nicht einmal, dass er nicht mehr lebt.« Er zog leicht genervt die Stirn in Falten. Näheren Freunden, Verwandten oder guten Bekannten der Opfer vom Tod ihrer Liebsten zu berichten, gehörte schon früher als Kommissar bei der Kripo nicht unbedingt zu seinen bevorzugten Tätigkeiten. Viele brachen dabei zusammen, und er war nun mal nicht der beste Seelentröster auf dieser Welt. Er hätte sich selbst zwar durchaus als einfühlsam bezeichnet, aber die innerliche Abgeklärtheit fehlte ihm einfach bei diesem heiklen Thema, und so ließ er die Dinge zu nah an sich heran, was die Situation nicht unbedingt besser machte. Weder für ihn noch für die anderen.

»Es sei denn, sie hat ihn eigenhändig umgebracht oder umbringen lassen.« Monika brachte es wieder mal gnadenlos auf den Punkt.

»So ist es, Madame Watson.« Max nickte. Er dachte noch eine Weile nach, dann machte er sich mit großem Appetit über das reichhaltige Frühstück her.

Monika hatte natürlich wieder mal recht. Waldemars Freundin zu befragen, war auch deshalb so wichtig, weil allgemein bekannt war, dass statistisch gesehen die größte Anzahl von Morden ihren Ursprung im privaten Umfeld der Opfer hatte. Oft musste man deshalb gar nicht besonders weit nach den Tätern suchen.

»Hilfst du mir heute Abend beim Ausschenken, oder soll ich Annie anrufen?«, fragte sie ihn.

Die blonde Anneliese Rothmüller war Monikas beste Freundin. Mit den Adjektiven witzig, hilfsbereit, intelligent und offenherzig war sie treffend beschrieben. Außerdem verfügte sie seit ihrer Scheidung von ihrem Mann Bernhard Rothmüller über viel Zeit und Geld, arbeitete aber trotzdem gerne ein wenig. Der Trubel in Monikas kleiner Kneipe machte ihr Spaß und war eine willkommene Abwechslung zu ihren manchmal doch recht einsamen Tagen und Nächten daheim. Zumal ihre inzwischen erwachsene Tochter Sabine seit einigen Monaten endgültig aus dem Haus war und in England ihr Glück als Au-pair-Mädchen versuchte.

Lohn verlangte Annie nicht von Monika für ihre Hilfe beim Bedienen. Sogar ihr Trinkgeld gab sie lieber ihrer Freundin, statt es für sich zu behalten. Allerdings sagte sie niemals Nein zum einen oder anderen Prosecco während und nach der Arbeit.

»Bei einer Mordermittlung kannst du nicht pünktlich zum Feierabend die Dienstwaffe aus der Hand fallen lassen«, dozierte Max. »Das ist nicht so wie hier in deiner Kneipe. Wer weiß, was in diesem Fall alles auf uns zukommt.«

»Ich wollte nur wissen, ob ich Annie fragen soll. Deine Vorträge bezüglich Ermittlungen kenne ich seit Jahren, und sie werden durch ihre dauernde Wiederholung nicht besser.«

»Mir wäre es tatsächlich lieber, wenn du Annie anrufst.« Max biss ein großes Stück von seinem Marmeladebrot ab. »Es war übrigens nicht abwertend gemeint mit deiner Arbeit hier. Sondern rein erklärend. Du kannst schließlich absperren, wenn Feierabend ist. Ich aber leider nicht, weißt du? Mörder lassen sich nicht einfach so aussperren oder einsperren, leider.«

»Iss dein Brot, Max.« Monika trank kopfschüttelnd einen Schluck Kaffee.

»Bin ich jetzt wieder ein supergescheiter Klugscheißer wie sonst?« Er sah sie herausfordernd an.

»Suchst du Streit?«

»Nein.«

»Dann halt die Klappe und iss endlich.«

6

Nachdem sie fertig gefrühstückt hatten, machte sich Max auf den Weg zu Verena Neuner ins Tal. Da die Sonne schien und die Temperaturen zwar im Keller, aber nicht zu frostig waren, entschloss er sich, zu Fuß zu gehen. Ein ausgiebiger Spaziergang an der Isar entlang würde seinem geschundenen Kopf guttun.

Während er am *Flaucherbiergarten* vorbeikam, in dem heute bei dem kalten Herbstwetter natürlich keine Gäste unter den Kastanien saßen, blieb er stehen, holte sein Handy heraus und wählte Verenas Nummer.

»Neuner, Grüß Gott«, meldete sie sich nach zweimaligem Freizeichen.

»Raintaler, Kripo München«, erwiderte Max. Er meldete sich immer als einer von der Kripo, wenn er mit oder für Franz ermittelte. Das ersparte ihm die üblichen Erklärungen, warum er als Privatdetektiv das Gespräch mit Zeugen oder Verdächtigen suchte, und ob das überhaupt rechtens sei und so weiter.

»Die Kripo? Hab ich falsch geparkt?« Verena klang amüsiert und fröhlich. »Oder machen Sie sich nur einen Spaß mit mir?«

Sein erster spontaner Gedanke war, dass sie sich tatsächlich keiner Schuld wegen irgendetwas bewusst zu sein schien, schon gar nicht einer so schwerwiegenden Tat wie eines Mordes.

»Ich würde gerne in einer guten Stunde bei Ihnen vorbeischauen.« Er ließ seinen Blick über den Biergarten und die weitläufigen Isarauen schweifen.

»Um was geht es? Ist etwas mit Waldemar?«, erkundigte sich Verena. Sie hörte sich nach wie vor bestens gelaunt an.

»Wie kommen Sie darauf?«

»Er geht nicht an sein Telefon. Ich habe mir schon Sorgen gemacht.«

»Besonders besorgt klingen Sie aber nicht, wenn ich das so bemerken darf.« Max räusperte sich.

»Er hat sich schon öfter ein, zwei Tage nicht bei mir gemeldet. Es ist also nichts Besonderes.« Sie lachte. »Ist wirklich nichts mit ihm?«

»Das würde ich Ihnen gerne persönlich sagen.«

»Jetzt bin ich aber doch beunruhigt.« Ihre Fröhlichkeit war auf einmal aus ihrer Stimme verschwunden. »Na gut. Aber nur, wenn Sie Ihren Dienstausweis mitbringen. Sonst kann ich Sie leider nicht reinlassen.«

»Natürlich. Bis dann.«

Max legte nachdenklich auf. Er hatte nicht die geringste Lust, ihr die offensichtlich gute Sonntagslaune zu verderben. Andererseits musste er einen Mord aufklären, und da hörte nun mal jeder Spaß auf. Doch vorher wollte er sich noch umziehen und bei sich zu Hause nach dem Rechten sehen.

Als er mit der Post von gestern in der Hand vor seiner Wohnungstür angekommen war und gerade aufsperren wollte, öffnete sich die Tür seiner Nachbarin, der alten Frau Bauer.

»Hallo, Herr Raintaler. Schauen Sie mal«, sagte sie und hielt den braunen Kochtopf in ihren Händen hoch in die Luft. Ihre wasserblauen Augen leuchteten dabei vor Freude. »Ich hab mir schon gedacht, dass Sie die Treppen heraufkommen. Man erkennt es am Schritt.«

»Mein Gulasch?«, fragte er neugierig.

»Natürlich.« Sie nickte. »Wie jedes Wochenende. Gestern Abend waren Sie ja nicht da.«

»Super. Vielen lieben Dank, Frau Bauer.« Er öffnete seine Tür und nahm ihr den schweren Topf ab. »Wie geht es Ihrem Bertram?«

»Der Arzt hat ihm Bewegung verordnet. Da geht er jetzt öfter mal selbst in die Küche und holt sich, was er braucht.«

»Warten Sie es ab. Bald rennt er zum Marienplatz und zurück.«

»Ach ja.« Sie winkte lachend ab. »Da muss aber erst noch viel Wasser die Isar hinunterfließen.«

»Ich hoffe es nicht für Sie.« Max machte Anstalten, seine Wohnung zu betreten. »Alles alleine in der Wohnung zu machen, ist doch sicher sehr anstrengend.«

»Passt schon.« Sie lächelte gutmütig. »Wenn Sie heute nicht dazu kommen, das Gulasch zu essen, können Sie es einfrieren und nächste Woche irgendwann essen.«

»Sehr gute Idee. Ich bin nämlich wirklich gerade in Eile. Die Arbeit ruft. Ich bringe Ihnen den Topf nachher rüber.«

»Das hat Zeit. Ich muss heute nirgends mehr hin. Nur morgen zum Arzt, wegen meiner Beine.«

»Was ist damit?«

»Nichts Schlimmes, hoffe ich, sie jucken am Abend.«

»Vielleicht wollen sie mit Ihnen spazieren gehen.«

»Ach, Herr Raintaler. Sie und Ihre Scherze.« Sie lachte. »Sie müssen also am Sonntag arbeiten?«, erkundigte sie sich anschließend beiläufig, so als interessiere sie seine Antwort nicht wirklich. Natürlich wusste Max aber, dass es auf jeden Fall so war. Ihre Neugier kannte normalerweise keine Grenzen, besonders dann, wenn es um seine spannenden Kriminalfälle ging.

»Ja, wir haben einen ganz frischen Mordfall. Ich muss auch gleich wieder los zu den Ermittlungen.«

»Ein Mord? Wie interessant. Wer ist das Opfer?« Sie blickte ihn erwartungsvoll an.

»Ein berühmter Filmproduzent«, erwiderte er. »Mehr darf ich im Moment noch nicht sagen.« Er hielt mit geheimnisvoller Miene seinen Zeigefinger vor den Mund.

»Etwa der Waldemar Brachtinger?«

»Woher wissen Sie das?« Max zog staunend die Brauen hoch.

»Ich kann hellsehen, wussten Sie das nicht?« Sie grinste breit.

»Das beste Gulasch der Welt kochen können Sie. Das weiß ich. Aber von Hellsehen wusste ich bisher noch nichts.«

»Also gut.« Sie lachte. »Sie haben es gerade im Radio gebracht.«

»Tatsächlich? Es kommt schon im Radio?«

Da musste es wohl wieder mal eine undichte Stelle auf dem Revier gegeben haben. Normalerweise wurden solche Meldungen erst zusammen mit einer Pressekonferenz herausgegeben. Wie auch immer. Jetzt wusste also sogar Frau Bauer über Waldemars Tod Bescheid. Er war neugierig, ob Verena Neuner inzwischen ebenfalls davon erfahren hatte. Das würde ihm die Unannehmlichkeit ersparen, sie persönlich über Waldemars Tod informieren zu müssen.

»Ja, vorhin.« Sie nickte. »Wissen Sie schon, wer es war?«

»Leider nein.« Er schüttelte den Kopf.

»Dann wünsche ich Ihnen viel Erfolg.«

»Danke, Frau Bauer. Bis später.« Er ging in seine Wohnung und schloss die Tür hinter sich.

»Genial, sie hat wie immer an mein Wochenendgulasch gedacht«, murmelte er zufrieden, an dem Topf in seinen Händen riechend, während er ihn in seine Küche trug. »Auf die gute Frau Bauer ist einfach Verlass.«

Er füllte den Inhalt in eine Plastikschüssel mit Deckel und stellte sie ins Tiefkühlfach seines Kühlschrankes. Den Topf spülte er gründlich aus und trocknete ihn ab. Danach ging er ins Schlafzimmer hinüber und zog dort seine schwarzen Lieblingsjeans, ein warmes rotes Hemd und seine schwarze Lederjacke an. Zuletzt goss er noch die zwei Zimmerpflanzen in seinem Wohnzimmer, die bereits traurig ihre Blätter hängen ließen.

Dann verließ er seine Wohnung wieder mit Frau Bauers gespültem Topf in der Hand. Er gab ihn bei ihr ab, verabschiedete sich von ihr und machte sich auf den Weg zu Verena Neuner.

Zuerst kam er an der Wittelsbacher Brücke und der Sankt Maximilianskirche vorbei, bis er schließlich wenig später das *Deutsche Museum* erreichte. Jetzt war es nicht mehr weit bis zu seinem Ziel. Die nächste Straße links rein, über den Altstadtring drüber, am *Valentin-Karlstadt-Musäum* vorbei, und schon stand er im Tal. Zu seiner Linken lag der Viktualienmarkt mit seinen leckeren Spezialitäten, zu seiner Rechten in wenigen Metern Entfernung das *Hof-*

bräuhaus. Genau vor ihm war der Marienplatz mit dem historischen Münchner Rathaus.

Er fand Verena Neuners Klingelschild und schellte.

»Herr Raintaler, sind Sie das?«, fragte sie durch die nagelneue Gegensprechanlage, nachdem er geläutet hatte.

»Ja«, erwiderte er.

»Kommen Sie rauf. Zweiter Stock links.«

Max öffnete die Tür und machte sich auf den Weg zu ihr hinauf.

7

Franz saß an seinem Schreibtisch in seinem winzigen Büro und genoss die zwei Leberkassemmeln, die er sich auf dem Herweg in seiner Lieblingsbäckerei zum Frühstück geholt hatte. Ein genialer Laden, in dem es Brotzeiten aller Art gab. Auch heute am Sonntag. Das machte ihn sehr beliebt, was allerdings einen kleinen Nachteil hatte. Unter Umständen durftest du bis zu einer halben Stunde darauf warten, dass du drankamst. Heute hatte er Glück gehabt. Es war nicht besonders voll gewesen, was am kühlen Wetter gelegen haben mochte, und so ergatterte er seine zwei Prachtstücke mit süßem Senf bereits nach fünf Minuten.

Noch zwei kleine Bissen, und die köstlichen Semmeln waren Geschichte. Dann konnte er sich endlich in aller Ruhe den Unterlagen auf seinem Schreibtisch und im PC widmen. Die Untersuchungsergebnisse vom Pathologen waren gekommen.

Als er sich ans Lesen der Dokumente machte, erfuhr er, dass Waldemar eindeutig an der Stichverletzung in seiner Brust gestorben war. Sie war ihm entweder mit einem langen Messer oder einem anderen spitzen Gegenstand zugefügt worden.

Verwunderlich dabei war lediglich, dass Max kurz zuvor noch vom vermeintlichen Täter mit einem stumpfen Gegenstand niedergeschlagen worden sein musste, möglicherweise einem Totschläger oder Ähnlichem. Wieso er dann für Waldemars Ermordung so schnell die Waffe gewechselt hatte, darüber würde noch nachzudenken sein. Franz rief Max an, um ihm die Untersuchungsergebnisse mitzuteilen.

»Vielleicht waren es zwei Täter«, überlegte Max, nachdem ihm Franz in allen Einzelheiten berichtet hatte.

»Du meinst, dass der Kerl mit der Schlagwaffe im Keller nichts mit Waldemars Messermörder zu tun hat?« Franz staunte. Daran hatte er bisher noch gar nicht gedacht.

»Oder die Kerlin. Kann doch sein.«

»Wäre allerdings ein seltsamer Zufall.«

»Stimmt auch wieder«, meinte Max. »Wir werden sehen. Ich steh gerade bei Verena Neuner vor der Tür. Lass uns später noch mal telefonieren.«

»Klar, mach weiter. Bis dann.«

Franz legte auf. Dann nahm er erneut den Hörer zur Hand und wählte die Nummer von Fritz Ratgeber, einem Stammtischbruder, der sehr eng mit Waldemar befreundet gewesen war. Der konnte ihm sicher weiterhelfen.

»Servus, Fritz. Der Franzi spricht hier«, begrüßte er ihn, nachdem er abgehoben hatte.

»Franzi, so früh am heiligen Sonntag. Was gibt's? Ist jemand gestorben?« Fritz, der bekanntermaßen auch außerhalb des Stammtisches gerne den einen oder anderen Schluck trank, schien bereits zu Scherzen aufgelegt zu sein. Er konnte also gestern Abend nicht allzu lange unterwegs gewesen sein.

»Woher weißt du das?«

»Bloß ein Witz.« Fritz lachte.

»Leider nicht. Waldemar ist gestorben.«

»Damit scherzt man jetzt wiederum nicht. Du weißt, dass Waldemar einer meiner besten Freunde ist.« Fritz' Stimme klang unsicher.

»Ich weiß, Fritz.«

»Jetzt … also … wirklich? Es ist dein Ernst?« Fritz sagte jetzt gar nichts mehr, sondern atmete nur noch schwer in den Hörer.

»Tut mir leid.« Franz legte nun im Gegensatz zu seiner überrumpelnden Eröffnung etwas mehr Empathie in seine Stimme. Er wartete eine Weile, dann sprach er weiter. »Er wurde in seinem Büro auf dem Filmgelände ermordet.«

»Aber das ist doch gar nicht möglich.« Fritz schien leise zu weinen. Franz meinte zumindest, es zu vernehmen.

»Mein alter Freund und Ex-Kollege Max Raintaler und ich fanden ihn gestern erstochen in seinem Büro auf dem Filmgelände auf«, fuhr er fort.

»Den Max kenne ich«, hauchte Fritz wie geistesabwesend. Natürlich hatte er gerade einen riesigen Schock zu verdauen.

»Ja, ich hab ihn zweimal zum Stammtisch mitgebracht.«

»Prima Kerl.«

»Finde ich auch.«

»Waldemar war auch ein prima Kerl.« Fritz' Stimme hörte sich nun tränenerstickt an.

»Das war er wohl.« Franz klang jetzt zumindest genauso traurig wie sein Bekannter am anderen Ende der Leitung.

»Sag Max einen Gruß.«

»Mach ich.« Franz nickte.

»Wisst ihr schon, wer es war?«

»Leider nicht.« Franz schüttelte unwillkürlich den Kopf.

»Der Waldemar ermordet. Ich fasse es nicht.« Fritz atmete tief ein und aus.

»Bei dir alles in Ordnung? Du schnaufst so heftig.«

»Geht schon, Franzi, es ist das Herz. Ich nehm gleich mal eine von den Pillen, die mir der Arzt verschrieben hat.«

»Tu das. Ich bleib solang dran.« Franz hoffte inständig, dass es nicht jeden Moment die zweite Leiche an diesem Wochenende zu beklagen gab.

»So, da bin ich wieder«, meldete sich Fritz zwei Minuten später mit deutlich frischerem Tonfall zurück.

»Alles wieder gut?«

»Gut? Was soll das sein? Das war früher mal. Aber passt schon.«

»Sag mal, weißt du etwas über irgendeinen Streit, den Waldemar gehabt haben könnte?« Franz spielte unbewusst mit dem Kugelschreiber in seiner Hand. Sonst malte er oft Männchen oder irgendwelche Muster beim Telefonieren. Im Moment war er dafür allerdings zu sehr auf das Gespräch konzentriert.

»Nur das Übliche«, meinte Fritz. »Ärger mit Schauspielern, Autoren und Regisseuren und natürlich mit den Geldgebern. Aber das gehörte zu seinem täglichen Geschäft, da hätte er bereits vor Jahren von jemandem umgebracht werden können.«

»Also wirklich nichts Spezielles?«, hakte Franz noch einmal nach.

»Nein. Nicht dass ich wüsste.«

»Das ist schade.« Franz leckte sich ausgiebig über die Lippen, um dort die letzten Reste vom süßen Senf seiner Leberkassemmeln zu entfernen. Danach wischte er mit einer der Papierservietten, die sie ihm in der Bäckerei mitgegeben hatten, noch einmal nach. »Sehr schade.«

»Ich habe wirklich keine Ahnung, was bei ihm in letzter Zeit alles abging«, fuhr Fritz fort. »Eine neue Freundin hatte er. Das habe ich mitbekommen. Sie heißt Verena und wohnt im Tal.«

»Da sind wir bereits dran«, erwiderte Franz. Er machte es sich bequem und legte seine Beine auf den Tisch. Schließlich hatte er noch einen langen Tag vor sich, so wie es aussah. Da hieß es, Energie sparen, wo es nur ging.

»Ach, da fällt mir was ein«, meinte Fritz. »Er erwähnte mal was von einem Poltergeist in seinem Keller, aber ich habe ihn nicht ernst genommen.« Er schniefte erneut. »Ich bitte dich, Franzi, Geister. Wir leben doch nicht im Mittelalter.«

»Es soll sie auch heute noch geben«, wusste Franz.

»Woher willst du das denn wissen?«

»Es gibt einschlägige Literatur. Da muss man sich nur mal schlaumachen.«

Franz setzte sich wieder aufrecht hin. Das Thema regte ihn zu sehr auf, um dabei weiterhin in halber Schlafposition zu verharren. Schließlich konnte es tatsächlich immer noch sein, dass Waldemar von einem Geist erstochen wurde, und dass er selbst und Max einfach nur großes Glück gehabt hatten, dass sie nicht ebenfalls sterben mussten. Es war zwar unwahrscheinlich, das gab er selbst zu, aber es lag durchaus im Bereich des Möglichen.

»Wie du meinst«, sagte Fritz. »Wenn du noch etwas wissen musst, ruf an. Ich versuche, dir auf jeden Fall zu helfen. Ich brauch jetzt erst mal einen Schnaps.«

»Danke dir. Bis demnächst mal beim Stammtisch. Leider ohne unseren Waldemar.« Franz schniefte nun ebenfalls.

»Danke dir fürs Bescheid sagen, Franzi. Wann wird er beerdigt? Weißt du schon einen ungefähren Termin?«

»Erst wenn in der Gerichtsmedizin alle Untersuchungen gemacht wurden. Ich gebe euch allen Bescheid.«

Sie legten auf, und Franz studierte die Unterlagen der Spurensicherung, die zusammen mit dem Bericht des Pathologen auf seinem Schreibtisch gelandet waren. Leider gaben sie nicht viel her. Es wurden zwar jede Menge Finger- und Fußabdrücke im Büro und im dazugehörigen Garten gefunden. Aber die mussten alle erst einmal zugeordnet und sortiert werden.

Auf die Ergebnisse der DNA-Untersuchungen würde er bis morgen warten müssen. Auch hier gab es einfach zu viele verschiedene Spuren. Waldemar schien oft und gerne Besuch empfangen zu haben. Dass er ein geselliger Mensch gewesen war, wusste Franz.

Er sprach ein leises Gebet für seinen toten Stammtischbruder und hoffte dabei, dass es nicht sobald wieder einen seiner Bekannten erwischen würde. Die tödlichen Einschläge in der Nähe des eigenen Privatlebens waren die unangenehmsten, fand er, weil sie einen so massiv an die eigene Sterblichkeit erinnerten.

8

»Grüß Sie Gott, Herr Raintaler. Kommen Sie herein.« Verena Neuner, blonder Pferdeschwanz, blaue Augen, attraktiv und ungezwungen in einen pinkfarbenen Jogginganzug gekleidet, hielt ihm die Tür zu ihrer Wohnung auf.

»Danke.« Er zeigte ihr kurz den improvisierten Dienstausweis, den ihm Franz vor Monaten einmal gegeben hatte, trat ein und zog sogleich überrascht die Brauen hoch. »Schön haben Sie es hier.« Er fragte sich, ob man als Friseurin wohl so viel verdiente, dass man sich eine große Wohnung im Tal und die ausgesuchten Designerstücke, die überall herumstanden, leisten konnte. Eher wohl nicht, antwortete er sich selbst. Die Quelle des Geldes musste woanders sein.

»Danke, man tut, was man kann.« Sie lächelte geschmeichelt.

»Wollen wir uns setzen?« Sie zeigte auf die Sitzgruppe links von ihnen, die um einen ovalen Glastisch platziert war. »Möchten Sie einen Kaffee? Espresso? Cappuccino?«

»Zu einem Kaffee sage ich normalerweise nicht nein, aber nein danke, ich muss bald wieder los.«

Sie blieben beide stehen.

»Was kann ich für Sie tun, Herr Raintaler?«, fragte Verena.

»Sie sind mit Waldemar Brachtinger befreundet?«

»Ja.« Sie beäugte ihn abwartend.

»Ein Kollege von der Kripo, Franz Wurmdobler, und ich waren gestern bei ihm.«

»Vom berühmten Franzi habe ich schon viel gehört. Waldemar hält große Stücke auf ihn. Haben Sie den Poltergeist bei Waldemar gehört?«

»Da war kein Geist.« Max schüttelte den Kopf.

»Aber ich habe ihn selbst gehört, wenn ich dort war. Wir sind sogar schon mit Golfschlägern bewaffnet in seinen Keller gegangen und haben nach ihm gesehen.« Sie sah ihn mit einem eindringlichen Blick an. Die Sache schien ihr tatsächlich nach wie vor unheimlich zu sein.

»Mit Erfolg?«

»Nein.« Sie schüttelte den Kopf. »Sobald wir die Kellertreppe hinunterstiegen, wurde es jedes Mal still.«

»Wo waren Sie gestern Abend?«, fragte Max.

»Warum?« Sie sah ihn erstaunt an.

»Reine Routine.« Er zuckte die Achseln.

»Ich war von Donnerstag bis heute früh bei meinen Eltern in Frankfurt. Aber noch mal, wozu ist das wichtig?«

»Ich muss Ihnen leider etwas Unangenehmes über Herrn Brachtinger mitteilen.«

Max notierte sich innerlich, dass ihr Alibi noch überprüft werden musste. Franz sollte bei den Eltern anrufen und nachfragen. Das würde fürs Erste genügen. Außerdem sah sie nicht so aus, als würde sie etwas verbergen. Er war sich so gut wie sicher, dass sie nichts mit dem Mord an Waldemar zu tun hatte.

»Ja?« Sie sah ihn mit großen Augen an.

»Er lebt nicht mehr.« Max brachte die Worte nur schwer über seine Lippen.

»Was sagen Sie da?« Verenas Miene versteinerte vor Schreck.

»Herr Brachtinger wurde gestern ermordet. Tut mir sehr leid, Frau Neuner.« Max fühlte sich zusehends unwohl in seiner Haut.

»Sie lügen doch.« Sie sah ihn ungläubig an.

»Leider nicht.« Max schüttelte langsam den Kopf.

»Ermordet?« Tränen schossen ihr in die Augen. Sie setzte sich zitternd auf das nächststehende Sofa. »Sie täuschen sich auch nicht? Sie meinen Waldemar Brachtinger, den bekannten Filmproduzenten?«

»Ja.« Max blieb stehen und nickte. Er war sich jetzt so gut wie sicher, dass sie nicht die Täterin war. So perfekt schauspielern konnte niemand. Nicht einmal eine Oscarpreisträgerin.

Verena starrte eine Weile schweigend vor sich hin. Dann sprach sie fast tonlos weiter.

»Was genau ist passiert?«

»Er wurde in seinem Büro erstochen.«

»Also hat er nun doch zugeschlagen.«

»Wie bitte?« Max meinte, sich verhört zu haben. Kannte sie den Täter etwa? Das wäre dann allerdings eine ungewohnt schnelle Mordaufklärung. Möglicherweise sogar eine der schnellsten in der gesamten Geschichte der Kriminalistik.

»Der Poltergeist«, hauchte sie.

»Der Geist bei Herrn Brachtinger?« Also kein Aufklärungsrekord, sondern eher ein weiterer Schritt in Richtung Verwirrung.

»Ja.« Sie nickte. Dann weinte sie hemmungslos.

Als sie sich Minuten später wieder etwas beruhigt hatte, reichte ihr Max eins seiner Papiertaschentücher. Sie wischte sich damit die Tränen aus dem Gesicht.

»Fühlen Sie sich in der Lage, mir ein paar Fragen zu beantworten?« Er setzte sich zu ihr an den Couchtisch.

»Ja«, sagte sie nach einigem Zögern und nickte dabei.

»Was genau meinten Sie damit, dass der Poltergeist nun doch zugeschlagen habe?«

»Waldemar hatte eine Heidenangst vor diesem Geist. Er sagte, es handle sich dabei um einen hässlichen alten Kerl, der ihn auch schon daheim in seinem Schlafzimmer heimgesucht und ihm damit gedroht hätte, ihn umzubringen.«

»Er hat ihn also tatsächlich gesehen?« Max schüttelte den Kopf. War am Ende jemand wirklich schon länger hinter Waldemar her?

»Mehrmals.« Verena nickte vehement. »Eine knorrige Gestalt in einem schwarzen Umhang. Gesprochen habe er auch mit ihm. Das war's. Das hat mir mein Waldi über ihn erzählt.« Sie schniefte und putzte sich die Nase.

»Mehr wissen Sie nicht darüber?«

»Leider nicht.« Sie schüttelte mit leerem Blick den Kopf. »Außer ...«

»Ja?« Max spitzte gespannt die Ohren.

»Der Geist ...«

»Was ist mit ihm?«

»Waldi hat einmal gesagt, dass der hässliche Kerl ihn bereits als kleines Kind verfolgt hätte.«

»Möglicherweise ein frühes Trauma. Hat er jemals etwas davon erzählt, dass er missbraucht wurde?« Max wusste, dass sich sein Verdacht von weit hergeholt anhörte.

»Nein.« Verena schüttelte erneut den Kopf. »Außerdem sagte ich Ihnen doch bereits, dass ich den Geist selbst gehört habe. Er ist echt. Es gibt ihn wirklich.«

»Aha.« Max widersprach ihr nicht. Es hätte wohl keinen Sinn gehabt. Sie schien tatsächlich zu glauben, was sie sagte. Oder wollte sie ihn mit ihrer Geschichte über den Poltergeist vom wahren Täter ablenken? »Es gibt anscheinend tatsächlich Dinge zwischen Himmel und Erde, die wir uns nicht erklären können«, fügte er hinzu und hoffte, damit weitere Informationen aus ihr herauszulocken.

»So ist es, Herr Raintaler.« Sie nickte.

9

»In dieser Wohnung hier gibt es zum Beispiel auch einen Geist.« Verena hatte sich wieder etwas beruhigt. Sie zeigte in ihrem Wohnzimmer umher. »Aber es ist ein guter Geist. Es ist eine weiße Frau. Sie nennt sich Maria Josefa und sie beschützt mich vor dem Bösen.«

»Verstehe.« Max räusperte sich. Langsam wurde ihm das Ganze eindeutig zu gespenstisch. Franz musste gewaltig aufpassen, dass er mit seinem ganzen Geistergetue nicht in ein sehr schräges Fahrwasser kam. Da war der Weg zur Nervenklinik in Haar draußen nicht mehr weit. »Spricht sie ebenfalls mit Ihnen wie dieser böse Geist mit Herrn Brachtinger?«, erkundigte er sich dennoch weiter.

»Ja.« Verena nickte. »Aber sie droht mir nicht, sondern tröstet mich und gibt mir kluge Ratschläge.«

»Verstehe.« Max fragte sich, was es wohl war, das die Menschen immer wieder ins Esoterische abdriften ließ.

»Ich brauch jetzt unbedingt einen Kaffee«, sagte Verena, nach wie vor immer wieder aufschluchzend. »Leisten Sie mir Gesellschaft bei einer Tasse? Ich will gerade nicht alleine sein.« Sie sah ihn mit einem Hilfe suchenden Blick an.

»Gerne.« Max nickte.

»Ich habe auch einen Käsekuchen da. Wollen Sie ein Stück?«

»Käsekuchen?« Max riss gierig die Augen auf. »Immer gerne. Da kann ich einfach nicht Nein sagen.«

»Genau wie mein Waldi«, meinte Verena und schluchzte erneut, während sie in ihre Küche ging.

Max sah sich genauer in dem tatsächlich sehr geschmackvoll eingerichteten Zimmer um.

»Geld müsstest du haben«, murmelte er. »Dann könntest du dein kleines Appartement auch so schick einrichten lassen. Moni hätte ihre reine Freude dran.«

Nachdem ihn aber gleich darauf die Einsicht überfiel, dass es sehr wohl viele wesentlich ärmere Zeitgenossen als ihn mit seiner großzügigen Pension und den gelegentlichen gut bezahlten Jobs als Detektiv gab, hörte er umgehend wieder damit auf, sich zu beklagen. Alles in allem ging es ihm nicht schlecht, seine Wohnung war ausreichend gemütlich möbliert, und besser gehen könnte es schließlich jedem jederzeit, sagte er sich. Das lag wohl in der Natur des Menschen, der immer und ewig weiter sowie nach Besserem und Höherem strebte.

»Ich habe Ihnen ein extra großes Stück mitgebracht. Sie sehen so sportlich aus, da verträgt man etwas mehr.« Verena war mit einem runden Silbertablett in den Händen zurück. Sie stellte es auf dem gläsernen Couchtisch ab und platzierte die darauf befindlichen Teller und Tassen mit Goldrand daneben.

»Der Käsekuchen sieht gigantisch aus«, sagte Max. »Davon vertrage ich auf jeden Fall ein großes Stück.« Er grinste voller Vorfreude. »Darf ich schon mal anfangen?«

»Natürlich.« Sie lächelte und schenkte ihnen Kaffee ein. »Soll ich Ihnen gleich noch ein zweites bringen?«, wollte sie danach wissen.

»Nein, danke.« Er hob kauend die Hände. »Ich muss auf meine Figur achten. Habe in letzter Zeit sowieso ganz schön gelumpt.«

»Davon sieht man aber nichts.« Sie sah ihn freundlich an.

»Ich schon.« Er lächelte.

Es verwunderte ihn ein wenig, dass sie auf einmal wie ausgewechselt erschien. Gerade war sie noch die trauernde Quasiwitwe gewesen, jetzt gab sie sich als die beherrscht wirkende und amüsant plaudernde junge Dame aus besserem Hause, die sie allem Anschein nach wohl auch war. Schon erstaunlich, was eine gekonnte Verdrängung alles zustande brachte.

Ihr Handy läutete. Sie trat auf ihren Balkon hinaus, um das Gespräch anzunehmen. Keine fünf Minuten später war sie wieder zurück.

»Mein Ex-Mann. Ich habe ihm die Sache mit Waldi erzählt, und er will gleich nachher vorbeikommen. Sie wären dann also bald als Seelentröster entlassen.« Sie lächelte erneut und sah ihm dabei mit offenem Blick ins Gesicht. »Vielen Dank schon mal, dass Sie noch hierbleiben.«

»Nichts zu danken.« Max erwiderte ihren freundlichen Blick. »Bei diesem großartigen Kuchen und der netten Gastgeberin ein reines Vergnügen.«

»Flirten Sie etwa gerade mit mir?« Sie sah ihm direkt in die Augen.

»Nein, es war ernst gemeint.« Er schüttelte den Kopf. »Aber Ihr Kuchen ist wirklich ein Gedicht. Ich hätte gerne das Rezept. Den muss mir meine Freundin unbedingt einmal backen. Ich selbst habe kein Talent zum Kochen und Backen. Bin eher einer, dem sogar das heiße Wasser anbrennt.«

»Typisch Mann. Mein Waldi war genauso.« Sie winkte amüsiert ab.

»Geben Sie es mir? Das Rezept, meine ich.«

»Sicher, Sie kriegen es. Soll ich es Ihnen aufs Handy schicken?«

»Gerne.« Er gab ihr seine Visitenkarte mit seiner Handynummer darauf.

Verena schenkte ihnen Kaffee nach.

»Sie scheinen ein gutes Verhältnis zu Ihrem Ex-Mann zu haben?« Max wusste, dass es immer erhellend sein konnte, möglichst viel über das Umfeld der Opfer und ihrer Angehörigen zu wissen, auch wenn sich einem das manchmal nicht gleich im ersten Moment erschloss.

»Er lässt mich nicht im Stich.« Sie nickte. »Seine neue Freundin ist diesbezüglich auch sehr tolerant.«

»Aha.« Max aß doch noch ein Stück Kuchen. Er konnte sich einfach nicht beherrschen. Er würde dafür nachher eine extra Runde am Flaucher drehen, nahm er sich vor. Im Wissen, dass es meistens bei den guten Vorsätzen blieb, wenn es ums Essen und seine Fitness ging. Da war er Franz wohl nicht ganz unähnlich. Aber er war auf jeden Fall besser trainiert. Doch, doch, ganz bestimmt.

»Hat Ihnen Waldemar Brachtinger erzählt, ob er mit irgendjemandem in letzter Zeit Ärger oder Streit hatte?«, fragte er Verena, als sie ihnen zum dritten Mal Kaffee einschenkte.

»Meinen Sie in der Filmbranche?«

»Ja, aber auch ganz allgemein.« Max spießte das nächste kleine Stück Kuchen auf seine Gabel und ließ es sich schmecken.

»Er hat mal etwas von zwei Schauspielern erwähnt, die ihm damit gedroht hatten, ihn zu verklagen, weil sie eine versprochene Rolle nicht bekommen hatten.«

»Wissen Sie deren Namen?«

»Leider nicht. Hab sie vergessen.« Sie schüttelte abermals den Kopf. »In der Regel hat er mit mir auch nicht über seine Geschäfte gesprochen. Aber besonders bekannt waren sie wohl nicht. Sonst hätte ich mir die Namen bestimmt gemerkt.«

Eine halbe Stunde später kam ihr Ex-Mann zur Tür herein. Sie stellte ihn Max als Bernie Neuner vor. Ein kleiner gedrungener Mann im mausgrauen Geschäftsanzug mit rot kariertem Schlips, glatt rasiert, dunkelbraunes kurzes Haar mit einer halbkreisförmigen beginnenden Glatze, braune Knopfaugen und ein dauerhaft spöttisches Grinsen auf den zu feuchten Lippen, was aber auch ein Defekt von Geburt an hätte sein können. Max hatte schon sympathischere Zeitgenossen gesehen.

Er verabschiedete sich von beiden mit dem Hinweis darauf, dass sie sich unbedingt bei ihm melden sollten, falls ihnen noch etwas Wichtiges bezüglich Waldemar einfiele.

»Das Rezept für den Kuchen lasse ich Ihnen noch heute zukommen«, sagte Verena zum Abschied. »Viel Glück bei Ihren Ermittlungen. Bitte kriegen Sie den Täter. Egal wer es war.«

»Ich tue mein Bestes«, erwiderte Max, obwohl er wirklich nicht wusste, wie er einen Geist fangen sollte, falls dieser tatsächlich der Schuldige gewesen sein sollte. Diesbezüglich musste er sich wohl besser an Franz halten. Bestimmt hatte der die eine oder andere Idee dazu. Möglicherweise gab es sogar irgendwelche Geisterfallen, die man im Haus aufstellen konnte.

Letztlich würde er die Geistertheorie aber wohl schnell wieder an den Nagel hängen und ganz normale Ermittlungen gegen unbekannte Sterbliche einleiten. Das mit den Geistern war ihm, ganz ehrlich gesagt, einfach zu albern. Egal wie viele Menschen es gab, die behaupteten, schon mal Kontakt mit irgendwelchen Wesen aus dem Jenseits gehabt zu haben. Ihm selbst war es noch nie passiert, und nur das zählte letztlich für ihn.

10

Als Max wieder unten auf der Straße stand, rief er bei Franz an und bat ihn, Verenas Eltern anzurufen, damit sie ihr Alibi bestätigten, und ihren Ex-Mann Bernie zu überprüfen. Nicht dass es da noch irgendwelche unliebsamen Überraschungen gab.

»Mach ich, kein Problem«, erwiderte Franz. »Wie hat sie reagiert?«

»Sie war es wohl nicht, Franzi. Wenn ihre Eltern jetzt

auch noch bestätigen, dass sie die letzten Tage ununterbrochen bei ihnen verbracht hat, ist das ein felsenfestes Alibi.«

»Bist du sicher?«

»So gut wie.« Max nickte.

Ein mittelalter Passant in Jeans und Sportjacke rempelte ihn an und ging wortlos weiter. Max war im ersten Moment versucht, ihn am Schlafittchen zu packen und zur Rede zu stellen, ließ es dann aber doch lieber bleiben, weil er einsah, dass er seine ganze Energie für seinen Fall brauchte. Außerdem gab es mehr als genug rücksichtslose Idioten auf der Welt. Da machte es gar keinen Sinn, einen von ihnen zu bekehren. Zehn andere würden sofort an seiner Stelle stehen.

»Ich sprach vorhin mit Fritz Ratgeber«, sagte Franz. »Er ist ein guter Freund von Waldemar gewesen, hatte aber weiter auch nichts Sachdienliches zu berichten. Nur dass Waldemar den üblichen Ärger mit irgendwelchen Leuten aus der Filmbranche hatte.«

»Genaueres wusste er nicht darüber?«

»Nein, sonst hätte ich es dir gesagt, Herr von und zu Raintaler.«

»Ist ja gut. Man fragt ja nur.«

Max wusste selbst, dass er gelegentlich eine übergenaue Nervensäge war. Es hatte wohl etwas damit zu tun, dass er bereits in Kindertagen immer alles besonders gut machen wollte. Sicher hing es mit den Erwartungen seines Vaters an ihn zusammen, meinte er, wusste aber intuitiv, dass er sich da auch täuschen konnte. Diesbezüglich einmal tiefer in sich zu gehen und darüber nachzuforschen, was tatsächlich dahintersteckte, erachtete er nicht als notwendig. Zum einen wollte er das Andenken seines Vaters nicht beflecken, zum anderen war er sich sehr sicher, dass es jetzt nichts mehr nützen würde, sich das eigene Leben aufgrund von längst vergangenen Kindheitserfahrungen zu erklären. Dazu war inzwischen zu viel Zeit vergangen und zu viel anderes geschehen.

Er bedauerte es, wie so oft, dass er keine eigenen Kinder hatte. Monika streikte diesbezüglich schon immer. Sie sagte, dass sie diese Welt keinem Kind zumuten wollte. Klimawandel, Kriege, Krankheiten, die sich überall in Windeseile verbreiteten, das wäre nichts für so ein kleines unschuldiges Wesen. Basta. Damit musste er wohl leben.

»Hatte Waldemar weitere enge Freunde, die uns weiterhelfen könnten?«, fuhr er fort.

»Soweit ich weiß nicht«, erwiderte Franz. »Er war beliebt, zeigte sich gesellig, wenn es ums Bier oder ums Essen ging, aber sonst war er mehr ein Einzelgänger.«

»Konntest du schon herausfinden, wer diese Schauspieler sind, von denen Moni geredet hat und mit denen er Ärger hatte?«

»Morgen weiß ich mehr. Heute am Sonntag kriegst du normalerweise keine Leute ans Telefon. Weißt du doch selbst.«

»Käme auf einen Versuch an. Na gut, ich werde jetzt einen weiten Spaziergang in Monis *Kleine Kneipe* unternehmen und dabei nachdenken. Sonst noch was?«

Es war nach wie vor kühl. Er zog den Reißverschluss seiner Lederjacke zu.

»Nur so viel, die Spurensicherung hat keine fremden Fingerabdrücke außer unseren, denen von Waldemar und denen von seiner Sekretärin in seinem Büro gefunden. Der Täter muss also Handschuhe getragen haben, falls er überhaupt etwas berührt hatte, oder es war tatsächlich ein Geist.«

»Waldemar hatte wohl eine fleißige Putzfrau.«

»Schaut so aus.«

»Viel Besuch scheint er außerdem wirklich nicht gehabt zu haben.«

»Auch das ist wohl richtig. Ich habe übrigens vorhin den Bernd und zwei seiner Leute losgeschickt, die Nachbarn in den anderen Büros zu befragen. Bernd hat auch jemanden zu Waldemars Sekretärin geschickt.«

»Sehr gut.« Max wusste, dass Hauptkommissar Bernd Müller, den alle wegen seiner teils überharten Verhörmethoden den »scharfen Bernd« nannten, immer gute Ergebnisse brachte. Ein absolut fähiger Kriminalbeamter, der eines Tages sicher Franz' Nachfolge antreten würde, wenn der pensioniert wurde. Allerdings nur, wenn Bernd sein respektloser Umgang mit seinen Verdächtigen nicht vorher auf die Füße fiel. »Wie schaut es mit DNA-Spuren im Haus aus?«

»Morgen. Das Labor läuft heute nur mit halber Besetzung.«

»Kann man da nicht Dampf machen?«

»Ich versuch's natürlich, aber versprechen kann ich nichts.«

»Ruf auch noch ein paar von euren Stammtischbrüdern an. Am besten alle. Vielleicht weiß ja doch einer von denen etwas über Waldemars Ärger in letzter Zeit.«

»Jawohl, Chef.«

»Sorry. Du weißt schon, wie ich es meine. Servus, Franzi.« Warum muss ich ihm eigentlich ständig in den Hintern treten? Er könnte ja auch mal von selbst auf so was kommen, der faule Sack, Herrschaftszeiten noch mal.

Sie legten auf.

Max spazierte über das Isartor zur Isar hinunter. Dann machte er sich nachdenklich flussaufwärts auf den Weg zu Monika. Der Verkehr rauschte an ihm vorbei. Die Mittagssonne im Gesicht tat ihm gut. Er stellte in letzter Zeit immer öfter fest, dass er nicht mehr der Jüngste war, und es beschäftigte ihn. Die unangenehme Frage nach dem eigenen Tod tauchte immer öfter vor seinem inneren Auge auf. Wie lange würde er wohl noch leben, vorausgesetzt, es erschoss ihn niemand oder er hatte keinen Unfall? Was in seinem Job natürlich beides jederzeit geschehen konnte.

Dass es mit seiner Gesundheit oft nicht zum Besten stand, war ihm als gestandenem Hypochonder völlig klar, und dass er dabei gelegentlich wohl ein wenig übertrieb, ebenfalls. Fragte sich nur, ob er sich am Ende nicht doch in einem tatsächlich labilen Allgemeinzustand befand, der jederzeit durch eine bösartige Krankheit sein Ende bedeuten konnte. Nicht einfach das Leben, wenn man es in seiner Gesamtheit betrachtete.

Er verscheuchte die trüben Gedanken und blickte auf die kleinen Wellen im Flussbett neben ihm, die das Sonnenlicht in vielfältigen silbrigen Schattierungen reflektierten.

München war eine herrliche Stadt, stellte er nicht zum ersten Mal fest. Etwas weniger Bewohner hätten ihr seiner Meinung nach allerdings gutgetan. Vor allem die vielen Zugereisten aus Norddeutschland machten ihm Sorgen. Ihre teils hektische und wichtigtuerische Art verwässerte das urbayerische Klima auf unangenehme Weise, das früher noch viel stärker von der Gemütlichkeit und dem Zusammenhalt der Einheimischen geprägt gewesen war. So sah er das zumindest. Dass ihm dabei längst nicht jeder zustimmte, war ihm klar und gleichzeitig völlig egal.

Monika zum Beispiel fand seine diesbezüglichen Ansichten reaktionär und unflexibel. Auch das störte ihn nicht weiter. Er würde schon selbst merken, wann er damit eine

Grenze überschritt. Dann war immer noch Zeit genug, genauer über das Ganze nachzudenken, und auch darüber, ob es tatsächlich notwendig war, gegenüber Leuten, die er nicht einmal persönlich kannte, von vorneherein abweisend und unnahbar zu sein. Schließlich gab es auch unter den Einheimischen mehr als genug unsympathische Deppen. Ein Gedanke, den er nicht außer Acht lassen durfte, wenn er sich schon einmal mit solchen Gedankenspielen beschäftigte.

Er kam am Röcklplatz vorbei und entschloss sich, beim Italiener ein Eis zu kaufen. Die Temperaturen waren zwar längst nicht mehr sommerlich, was um die Jahreszeit auch nicht weiter verwunderlich war. Aber der Himmel leuchtete blau, und ein Eis würde ihm ganz sicher beim Nachdenken darüber helfen, wie er mit den Nachforschungen von Waldemars Tod weitermachen sollte.

11

»Wenn das mal nicht mein guter alter Freund Max ist«, hörte er eine ihm wohlbekannte Stimme von hinten, nachdem er sich beim Eisverkauf des Cafés angestellt hatte.

Max drehte sich um und entdeckte, wie erwartet, direkt hinter sich seinen alten Freund und Fußballmannschaftskollegen beim *FC Kneipenluft*, den schnauzbärtigen Josef Stirner, der südlich vom Tierpark die von seinen Eltern geerbte Villa bewohnte. Das nötige Kleingeld zu einem sorgenfreien Leben hatten sie ihm ebenfalls vermacht, und so war Josef das geworden, was man im landläufigen Sinn einen Bohemien oder Privatier nannte.

»Servus, Josef. Was machst du denn hier? Gibt es bei euch unten in der Nobelgegend kein Eis?«

Beide lachten wissend, denn das einzige brauchbare Eis gab es tatsächlich nur hier und sonst nirgends in der Umgebung. Höchstens noch in Untergiesing über der Isar, aber das war von hier aus zu weit.

»Sonntagsspaziergang. Du auch?«

»Teils, teils.« Max senkte seine Stimme. »Franzi und ich haben einen Mord aufzuklären.«

»Tatsächlich? Erzähl mir mehr.« Josef sah ihn neugierig an. Max wusste, dass sein Freund schon immer großes Interesse an der Kriminalistik hatte. Er hatte ihm auch bereits bei der Bearbeitung einiger Fälle geholfen. Unentgeltlich, aus reiner Neugier, was natürlich umso besser war.

»Wir waren gestern bei Waldemar Brachtinger auf dem Filmgelände.«

»Du und Franzi beim reichsten Filmproduzenten Münchens? Wie kam es denn dazu?« Josef zog staunend die Stirn kraus.

»Du kennst ihn?«, antwortete Max überrascht mit einer Gegenfrage.

»Wer kennt den Waldemar nicht. Allerdings nur aus der Ferne. Empfänge beim Bürgermeister und so weiter. Da kamen wir uns kurzfristig näher. Er lebt recht zurückgezogen.«

»Lebte«, sagte Max.

»Lebte?« Josef sah ihn neugierig an. »Ist er tot?«

»Richtig. Er wurde erstochen, als wir gestern bei ihm waren. Er wollte, dass wir uns seinen Poltergeist anschauen. Das muss aber unter uns bleiben.«

»Da schau her. Wer hätte das gedacht.« Josef schüttelte überrascht den Kopf.

»Pronto«, rief der Eisverkäufer und sah Max auffordernd an. »Oder steht ihr zwei nur zum Spaß hier herum?«

»Auf gar keinen Fall.« Max lachte. Dann bestellte er sich zwei Kugeln Schokoladeneis in der Waffel. Genau das Richtige nach dem Käsekuchen vorhin bei Verena Neuner.

Als er bezahlt hatte, wartete er noch auf Josef. Der holte sich zwei Kugeln Vanilleeis, ebenfalls in der Waffel. Dann verließen sie den Eisstand und setzten sich auf eine der Parkbänke auf der anderen Straßenseite. Sie suchten sich dabei umsichtig die Stellen aus, auf die noch kein Vogel gekackt hatte.

»Von dem Poltergeist bei Waldemar Brachtinger habe ich übrigens auch schon gehört«, meinte Josef, nachdem er genüsslich an seinem Eis geleckt hatte. »Das schien eine regelrecht fixe Idee von ihm gewesen zu sein.«

»Nicht nur von ihm«, meinte Max.

»Von wem denn noch?« Josef blickte fragend zu ihm hinüber.

»Ach nichts.« Max winkte ab. Natürlich dachte er an Franz, aber auch an Verena Neuner. »Unwichtig.«

»Waldemar soll zuletzt ziemlichen Ärger mit einigen Leuten aus der Branche gehabt haben.« Josef beugte sich vor, um sich nicht mit seinem von der Waffel heruntertropfenden Eis zu bekleckern.

»Das mit dem angeblichen Ärger weiß ich auch, aber sonst weiß ich nichts.« Max leckte zum zweiten Mal an seinem Schokoladeneis. Er genoss es leise stöhnend. Die zwei Jungs aus Kalabrien, die das kuschelige italienische Café betrieben, wussten einfach, wie man das beste Eis machte.

»Er hat wohl zwei relativ bekannte schwule Schauspieler aus seinem nächsten Projekt gekickt, weil ihm ihre Nasen nicht passten.«

»Siehst du. Dass sie schwul sind, wusste ich zum Beispiel gar nicht.«

»Dann wusstest du sicher auch nicht, dass Waldemar selbst bi war und es nicht nur Ärger wegen weiblicher Schauspielerinnen mit ihm gab.«

»Doch, Moni hat so etwas erwähnt. Weißt du die Namen von den beiden?«

»Zufällig ja.« Josef nickte. Dabei fiel ihm fast das Eis herunter, das er in seiner rechten Hand zu nah vor seinem Gesicht in die Höhe hielt.

»Sagst du mir die Namen auch?« Max sah ihn gespannt an.

»Natürlich, Hans Schwesinger und Siegfried Sauerteig. Ich meine, sie sogar bei Moni gesehen zu haben.«

»Woher kennst du die?« Max notierte sich die Namen auf dem kleinen Notizblock, den ihm Monika zum seinem letzten Geburtstag samt wertvollem Füller geschenkt hatte. Er würde sie gleich am Telefon Franz durchgeben, dann konnte der rausfinden, wo die beiden zu finden waren, und seine Leute hinschicken, oder Max schaute selbst dort vorbei.

»Ich gehe ab und zu ins Kino. Könnte ich dir auch empfehlen.«

»Danke, Josef.« Max hatte eine Idee. »Du tauchst auf, und der Nebel lichtet sich. Magst du mir nicht bei der Aufklärung von Waldemar Brachtingers Tod helfen?«

»Das tue ich doch längst.« Josef grinste breit. »Mein Gehalt beträgt wie immer eine ausführliche Einladung zu Bier und Essen. Bargeld hab ich selber genug, wie du weißt.«

»Genial, komm.« Max freute sich über die Verstärkung. Josef war ein Glücksbringer. Das hatte sich bereits mehr als einmal erwiesen. »Wir gehen zu Moni rüber und essen dort erst mal einen Schweinsbraten auf meine Rechnung. Der müsste gleich fertig sein.«

»Du meinst wohl auf ihre Rechnung?« Josef, der Max fast ebenso lange kannte, wie es Franz tat, lachte.

»Hauptsache, du musst nicht bezahlen«, erwiderte Max.

»Stimmt auch wieder. Eine deftige Hauptspeise nach einem Eis als Dessert. Das lasse ich mir gefallen. Vor allem am Sonntag.« Josef grinste erneut. »Außerdem ist Monis Schweinsbraten absolute Weltklasse.«

»Unbedingt.« Max grinste ebenfalls.

12

Franz wählte die nächste Nummer auf seinem Dienstapparat. Er hatte bereits zwei weitere Stammtischbrüder von sich und Waldemar angerufen, Jan Berger und Leopold Weininger. Beide konnten ihm allerdings nicht weiterhelfen.

Weder mit der Geistergeschichte noch mit dem Ärger, den Waldemar in letzter Zeit gehabt haben sollte. So nahe wären sie ihm auch wieder nicht gewesen, hatten sie gemeint.

Jetzt rief er einen weiteren Stammtischbruder an, Rudolf Bertramer, und der wusste schon wieder etwas mehr, wie sich nach kurzer Zeit herausstellte.

»Du bist dir absolut sicher, dass es zwei ihm sehr gut bekannte Hauptdarsteller waren, die Waldemar rausgeschmissen hat?«

»Ja, er hat es mir beim Bier erzählt.« Rudolf sprach im Brustton der Überzeugung. »Er meinte, die beiden wären zwar ganz nett, aber einfach nicht tauglich für die Rollen in seinem neuen Film gewesen. Seine Castingagentur und der Regisseur hätten da einen schweren Fehler gemacht, den er dann wieder ausbügeln durfte.«

»So kann man sich seine Entscheidungen auch schönreden«, murmelte Franz mehr zu sich selbst.

»Wie bitte?« Rudolf schien ihn nicht verstanden zu haben.

»Nichts«, erwiderte Franz schnell. »Weißt du, wie diese beiden Schauspieler heißen? Hat er ihre Namen genannt?«

»Nein«, sagte Rudolf. »Außerdem kenne ich mich in der Filmbranche kein bisschen aus, wie du weißt.«

»Danke, Rudolf. Bis zum nächsten Stammtisch, servus.«

»Servus, Franzi.«

Sie legten auf. Prompt klingelte Franz' Telefon.

»Franzi, Max hier. Hast du Lust, nachher mit mir und Josef bei Moni einen Schweinsbraten zu essen?«

»Wann?«

»Wir gehen noch ein Stück und sind ungefähr in einer halben Stunde bei ihr. Das wäre dann um 13 Uhr geradeaus.«

»Das passt. Dann sind meine Leberkassemmeln verdaut.«

»Ach, du hast schon gegessen? Na gut, wenn du nicht willst …«

»Doch, unbedingt, Max«, beeilte sich Franz zu antworten. Nicht dass da irgendwer noch auf falsche Ideen kam. »Bevor ich Salat ohne Öl und anderen Schrott daheim esse, komme ich auf jeden Fall lieber zu euch.«

»Dachte ich's mir doch.« Max lachte. »Wie ich dich kenne, wirst du deiner Sandra auf jeden Fall klarmachen, dass du bei deinen Ermittlungen unabkömmlich bist.«

»Da kannst du Gift drauf nehmen.« Franz lachte ebenfalls. »Übrigens habe ich gerade erfolgreich mit einem meiner Stammtischbrüder telefoniert, Rudolf Bertramer. Er meinte, dass Waldemar Ärger mit zwei bekannten Hauptdarstellern hatte.«

»Ich weiß. Hans Schwesinger und Siegfried Sauerteig. Wollte ich dir gerade sagen.«

»Woher weißt du das denn schon wieder?« Manchmal staunte Franz über das Tempo, das Max bei seinen Ermittlungen vorlegte. Er hatte damals wirklich eine echte Lücke bei der Münchner Kripo hinterlassen, als er sich in gegenseitigem Einvernehmen von seinen Vorgesetzten in die Frühpension hatte schicken lassen. Aber das war eine andere Geschichte.

»Josef hat es mir gerade gesagt«, berichtete er jetzt. »Er ist Filmfan und damit genau der Richtige, um uns bei den Ermittlungen zu helfen.«

»Gute Idee. Ich habe aber nur ein Budget für dich.« Franz wischte sich seine schweißnassen Hände an seiner Hose ab. Zu viel Leberkas, dachte er flüchtig. Nicht gut für den Kreislauf. Vielleicht doch mal abnehmen. Ach was, alles nur Einbildung. Er vertrieb die unguten Gedanken mit einer schnellen Handbewegung.

»Kannst du rausfinden, wo die beiden wohnen und jemanden zu ihnen schicken?«, erkundigte sich Max.

»Willst du nicht selbst hingehen? Immerhin ist es die erste vernünftige Spur, die wir haben.«

»Hast recht. Schick mir ihre Telefonnummern und Adressen einfach aufs Handy, sobald du sie hast. Ich kümmere mich dann gleich nach dem Essen darum.«

»Mach ich«, sagte Franz. »Bis dann, Max.«

Franz legte auf. Dann rief er beim Gerichtsmediziner, Benjamin Bauhalter, an.

»Hast du schon etwas für mich, Benjamin?«

»Nicht viel. Ich bin heute ganz allein hier«, beschwerte sich Benjamin. »Alle anderen haben sich frei genommen und sind auch nicht zu erreichen. Bisher weiß ich nur, dass die Stichwunde in Waldemar Brachtingers Herz sofort zum Tod geführt hat. Sie stammt wohl von einem sehr langen Messer, möglicherweise von einem großen Dolch oder von einer Art Kurzschwert.«

»Wie man sie aus den Ritterfilmen kennt?« Franz ging erst gar nicht auf Benjamins Gejammer ein. Schließlich musste er ebenfalls arbeiten.

»Ja, es gibt solche Waffen aber auch im asiatischen Raum. In Japan zum Beispiel.« Benjamin sprach unaufgeregt, fast schon gelangweilt. Es war ihm deutlich anzumerken, dass er gerade lieber etwas ganz anderes tun würde, als zu arbeiten. Er war ein begeisterter Angler, wusste Franz. Sicher sehnte er sich danach, irgendwo an einem lauschigen Ufer zu sitzen und seine Rute ins Wasser zu halten.

»Da schau her. Sonst noch etwas?«

»Gib mir Zeit bis morgen, Franzi.«

»Okay. Danke dir.«

Sie legten auf.

Franz wählte Bernd Müllers Nummer.

»Wie weit seid ihr?«, fragte er, nachdem Bernd abgehoben hatte.

»Wir sind gerade mal eine Stunde unterwegs, Franzi«, erwiderte Bernd genervt. »Außerdem hatten wir abgemacht, dass ich mich melde, sobald ich irgendetwas Relevantes erfahre.«

»Hast ja recht.« Franz schnaufte tief durch. »Aber die Sache brennt mir unter den Nägeln. Immerhin geht es um meinen ehemaligen Stammtischbruder, und es ist nicht ausgeschlossen, dass weitere von ihnen in Gefahr sind, einschließlich meiner eigenen unwichtigen Person.«

»Du bist nicht unwichtig.«

»Danke, weiß ich. War auch pure Ironie. Bitte gebt mir schnell Bescheid, sobald ihr etwas herausfindet.« Franz begann damit, unruhig an seinen Fingernägeln herumzukauen.

»Also eines kann ich dir jetzt schon sagen«, meinte Bernd.

»Und das wäre? Red doch schon.« Franz fand es mehr als ärgerlich, wenn die Leute nicht gleich mit ihren Neuigkeiten herausrückten, sondern immerzu einen Umstand daraus machen mussten, um die Spannung zu erhöhen.

»Du hast uns doch so einen Geisterjäger zur Verstärkung geschickt.«

»Richtig.« Franz nickte unwillkürlich. »Johannes Bartschläger. Der beste Mann in seinem Fach.«

»Er hat vorhin im Schnelldurchgang das Haus von unten bis oben auf den Kopf gestellt. Oder von oben bis unten, wie es dir lieber ist.«

»Und? Lass dir doch nicht jedes Wort einzeln aus der Nase ziehen, Herrschaft noch mal.« Franz spürte, wie sich eine drängende Ungeduld in ihm breitmachte. War der Beweis für Waldemars Poltergeist nun erbracht oder nicht?

»Es gibt keinen Geist in diesem Haus, sagt er.«

»Tatsächlich?« Doch kein Poltergeist. Blödsinn. Da war ein Geist. Das wusste Franz ganz genau. Er hatte es schließlich mit eigenen Augen auf seinem Messgerät verfolgt. Dieser Johannes Bartschläger war offenkundig auch nur ein Schaumschläger.

»Allerdings stand die Kellertür ein Stückweit offen, als wir hier ankamen.«

»Also hatte jemand einen Schlüssel und war drin.«

»Richtig, aber ein Geist war es wohl nicht. Die müssen nicht aufsperren. Sie können durch Wände gehen.« Bernd lachte kurz. »Natürlich kann es auch gestern Abend unsere Spusi gewesen sein, die die Tür nicht abgeschlossen hat.«

»Findet heraus, ob es die Putzfrau war oder wer noch alles einen Schlüssel hat. Ein Nachbar vielleicht. Am besten natürlich der Täter.«

»Hatte Waldemar Brachtinger Verwandte?«, erkundigte sich Bernd.

»Soweit ich weiß, nicht.« Franz schüttelte unwillkürlich den Kopf.

»Seine Freundin hat doch bestimmt einen Schlüssel«, fuhr Bernd fort. »Diese Verena Neuner, von der du vorhin gesprochen hast.«

»Sie hat ein hieb- und stichfestes Alibi für die Tatzeit, sagt Max.«

»Das mag sein. Aber vielleicht war sie heute Morgen hier und hat etwas gesucht und sogar gefunden. Morde kann man auch in Auftrag geben, und Schlüssel kann man an andere weitergeben.«

»Möglich, dass Waldemar irgendwo Wertsachen versteckt hatte oder er hatte ein Testament zu ihren Gunsten verfasst. Da muss ich dir recht geben. Habt ihr irgendwelche offen stehenden Schubladen oder einen geöffneten Safe entdeckt?« Franz stand auf, weil ihm sein Rücken wieder mal Probleme machte. Die andauernde Sitzerei würde ihn eines Tages noch umbringen, ahnte er.

»Leider nicht. Außerdem hätten das die Leute von der Spurensicherung doch gestern längst entdeckt.«

»Nicht, wenn der Safe zu gut versteckt ist und erst heute Morgen geöffnet wurde.« Franz trank einen Schluck Kaffee aus seiner Lieblingstasse und spuckte ihn sofort wieder zurück. Er war längst kalt und schmeckte dementsprechend bitter.

»Stimmt auch wieder«, sagte Bernd. »Frag doch diese Verena Neuner mal, ob sie herkommt. Vielleicht weiß sie ja, ob etwas fehlt. Entweder sie hilft uns damit wirklich oder sie verplappert sich zu ihren Ungunsten, falls sie etwas mit Waldemars Tod zu tun hat. Beides wäre möglich.«

»Gute Idee. Ich ruf sie gleich mal an.«

13

Franz rief zunächst einmal, wie mit Max besprochen, bei Verena Neuners Eltern an und ließ sich von ihnen bestätigen, dass ihre Tochter das ganze Wochenende bei ihnen gewesen sei. Nur am Samstagabend hätte sie eine Freundin ganz in der Nähe besucht, wäre aber bereits eine Stunde später wieder zu Hause gewesen. Zu kurz, um von Frankfurt nach München Süd und zurück zu fahren, wusste er. Allerdings könnte sie immer noch einen Komplizen gehabt haben oder den Mord in Auftrag gegeben haben, wie Bernd gemeint hatte.

Er rief Verena gleich als Nächste an. Sie sagte ihm, dass sie natürlich gerne bei Bernd und seinen Leuten in Waldemars Büro vorbeischauen würde, um zu helfen. Je eher der Täter gefasst wäre, umso ruhiger könne sie wieder schlafen. Vielleicht habe er sie ebenfalls im Visier.

»Hat Waldemar ein Testament verfasst?«, fragte Franz sie anschließend in neutralem, nicht unbedingt freundlichem Tonfall. Ihm ging die andauernde Telefoniererei gerade ein klein wenig auf die Nerven.

»Davon weiß ich leider nichts«, erwiderte sie ebenso sachlich. »Aber wenn, dann muss irgendwo in seinen Unterlagen etwas darüber zu finden sein, meinen Sie nicht?«

»Hatte er einen Safe?«, schoss Franz die nächste Frage ab.

»Ich weiß es nicht. Aber sein Notar hieß Doktor Wolfram Spitzer. Er hat sein Büro in der Sonnenstraße. Gleich beim Sendlinger Tor Platz.«

»Das wissen Sie also?« Franz wurde hellhörig.

»Ich weiß es, weil ich mehrmals mit ihm dort war. Ist das verdächtig?«

»Wozu waren Sie mit ihm dort?« Franz ignorierte ihre Frage. Einen Höflichkeitspreis gewann er gerade nicht. Die Trauer um Waldemar ließ ihn über ein angemessenes Benehmen einfach vergessen.

»Was er dort wollte, müssten Sie Waldemar schon selbst fragen«, erwiderte Verena jetzt auch schon eine Spur unfreundlicher. »Geht aber leider nicht mehr. Ich habe immer im Vorzimmer gewartet und Modemagazine gelesen, bis er wieder herauskam, und dann gingen wir zu seinem Lieblingsitaliener in der Stadt.«

»Gut, Frau Neuner. Es wäre tatsächlich hilfreich, wenn Sie sich in der nächsten Stunde in Waldemars Büro in der Filmstadt einfänden.«

»Sicher. Darf ich Ihnen noch etwas sagen?«

»Natürlich.«

»Ihr Kollege heute Morgen, dieser Herr Raintaler …«

»Was ist mit ihm?«

»Er war um einiges freundlicher und charmanter als Sie. Sie scheinen Ihrem pampigen Tonfall nach ein gefühlloser Wasserbüffel zu sein. Immerhin habe ich gestern meinen Freund verloren. Auf Wiederhören.«

Sie legte auf, noch bevor Franz etwas erwidern konnte.

»Was hat sie nur?«, murmelte er verwirrt. »Ich war doch ausgesucht höflich. Die sollte mich mal unfreundlich erleben.«

Er suchte die Privatnummer von Doktor Wolfram Spitzer heraus und rief bei ihm an.

»Spitzer.«

»Da habe ich ja Glück. Franz Wurmdobler, Kripo München. Entschuldigen Sie, dass ich Sie am Sonntag störe, Herr

Doktor Spitzer, aber wir ermitteln in einem Mordfall und bräuchten Ihre Hilfe.« Franz setzte sich wieder an seinen Schreibtisch. Das lange Stehen schien seinem Rücken noch mehr zu schaden als das Sitzen. Wie man es machte, machte man es falsch. Dass er zu Wolfram Spitzer deutlich freundlicher war als zu Verena Neuner, merkte er nicht einmal. Aber irgendetwas war da im Busch. Möglicherweise stimmte etwas nicht mit ihr, und er hatte es rein intuitiv erfasst. Normalerweise konnte er sich auf sein Bauchgefühl immer verlassen. Sollte es diesmal anders sein?

»Die Kripo. Was kann ich für Sie tun?«, fragte Wolfram sachlich.

»Waldemar Brachtinger wurde gestern ermordet.« Franz hielt sich nicht lange mit Vorreden auf. Direkt auf die Zwölf, war seine Devise gerade. Das schockte zwar, aber dann hatten die Leute wenigstens keine Zeit, sich irgendwelche Ausreden zurechtzulegen, wie er das in anderen Fällen bereits 100-fach erlebt hatte.

»Was? Der Waldemar? Das kann doch gar nicht sein.« Wolfram klang ehrlich erschrocken.

»Doch, leider.« Franz versuchte weiterhin, einfühlsam und nicht allzu forsch nach Chefermittler zu klingen. Die Kritik von Verena Neuner eben klang ihm noch in den Ohren. Außerdem gab es wirklich keinen nachvollziehbaren Grund, absichtlich pampig zu sein. Mein Gott, aber immer diese Empfindlichkeiten überall. Keiner wollte mehr einen Gegenwind ertragen. Schon gar nicht, wenn er kräftig blies.

»Geben Sie mir eine Minute bitte«, bat Wolfram aufgeregt. »Das kommt gerade sehr überraschend.«

»Natürlich.« Franz legte den Hörer auf den Schreibtisch.

»Was wollen Sie wissen, Herr Wurmdobler?«, meldete sich Wolfram wenig später mit gefasster Stimme.

»Hat Waldemar ein Testament bei Ihnen hinterlegt?«

»Nein. Er hat zwar eines geschrieben, wie er mir einmal erzählte, aber das blieb immer in seinen Händen. Ich weiß auch nicht, was drinsteht. Mit so etwas war Waldemar, sagen wir mal, sehr eigen. Vielleicht hat er es aber auch im Beisein seines Familienanwalts verfasst. Ich weiß es nicht.««

»Verstehe. Ich danke Ihnen, Herr Doktor Spitzer. Gibt es sonst noch etwas, was uns bei der Aufklärung des Mordes an Waldemar helfen könnte?«

»Ich wüsste nicht, was.« Wolfram klang jetzt sehr neutral. Die anfängliche Aufregung war aus seiner Stimme verschwunden. »Wir hatten privat wenig miteinander zu tun. Es war eine rein geschäftliche Beziehung zwischen uns. Verträge, Büros und so weiter.«

»Hat Ihnen Waldemar in letzter Zeit etwas über seinen geschäftlichen Ärger erzählt?«

»Immer wieder mal.«

»Konkret bitte! Schauspieler? Autoren? Geldgeber?« Franz wusste, dass es einem als Ermittler nicht zu dumm sein durfte, ein und dieselben Fragen an die 100-mal zu stellen. Das gehörte zum Job, und wenn es gut lief, landete man irgendwann damit sogar einen Treffer.

»Es gab da wohl in letzter Zeit Ärger mit zwei Schauspielern«, antwortete Wolfram. »Mehr weiß ich darüber allerdings nicht.«

»Aha, schade.«

Sieh an, die Geschichte mit den beiden abgelehnten Mimen verdichtete sich immer mehr. Denen musste Max auf jeden Fall sobald wie möglich einen Besuch abstatten. So wie es aussah, waren sie im Moment ihre Hauptverdächtigen.

»Danke, Herr Spitzer. Bitte rufen Sie mich unter der

Nummer auf Ihrem Display an, wenn Ihnen noch etwas Wichtiges einfällt, was uns helfen könnte.«

»Mach ich. Schönen Sonntag noch, Herr Wurmdobler.«

»Danke, Ihnen auch. Auf Wiederhören.«

Franz legte auf. Dann zog er sein Jackett und seine Winterjacke an und machte sich auf den Weg zu Monikas kleiner Kneipe. Im Gegensatz zu Max und Josef würde er allerdings mit dem Auto dorthin fahren. Zum Gehen war die Strecke bei den fast schon winterlichen Temperaturen heute viel zu weit.

14

Max und Josef kamen bei Monikas kleiner Kneipe an. Die Tür stand offen. Sie traten voller Vorfreude auf ihren Schweinsbraten ein. Das Erste, was Max auffiel, war die nicht eingeschaltete Heizung. Er ging zum Zentralschalter neben dem Tresen hinüber und machte sie an. Bestimmt hatte Monika im Schweinsbratenstress darauf vergessen.

»Moni?«, rief Max. »Ich bin's. Ich hab Josef mitgebracht.«

Keine Antwort.

»Moni?«, versuchte es Max erneut. »Monika!«

Nichts.

»Ich sehe mal oben in ihrer Wohnung nach. Schaust du solang in der Küche und im Keller nach ihr?«

»Logisch.«

Als Max in Monikas Wohnung ankam, wo sie noch vor wenigen Stunden gemeinsam gefrühstückt hatten, rief er erneut nach ihr. Doch wieder meldete sie sich nicht.

»Sehr merkwürdig«, sagte er zu sich selbst, nachdem er alle Zimmer gründlich abgesucht hatte und sich auf den Weg in den Schankraum zurück machte.

Dort wartete Josef bereits auf ihn.

»Und?« Max sah seinen Freund erwartungsvoll an.

»Nichts.« Josef schüttelte den Kopf. »Scheint so, als wäre sie kurz weggegangen. Vielleicht holt sie Kräuter im Garten von ihrem Nachbarn auf der anderen Straßenseite. Der hat ihr erlaubt jederzeit welche zu pflücken.«

»Zehn Minuten vor dem Mittagsgeschäft? Kann ich mir nicht so ganz vorstellen.« Max kratzte sich nachdenklich am Hinterkopf. Er überlegte, ob er bereits eine ähnliche Situation mit Monika erlebt hatte, und verneinte sich die Frage selbst. Normalerweise rief sie immer kurz an, wenn sich irgendetwas ergab, das nicht in den geplanten Ablauf passte.

»Den Herd hat sie auf jeden Fall vor bestimmt einer Stunde ausgeschaltet«, meinte Josef. »Er ist kalt. Aber der Braten liegt im Rohr, und der Semmelknödelteig scheint fertig zu sein.«

»Aber warum sollte sie das tun?« Max kratzte immer stärker. »Der Schweinsbraten muss doch warm bleiben, es sein denn, sie will ihn heute absichtlich kalt und halb roh servieren.«

Franz kam zur Tür herein.

»Servus, Franzi«, sagte Max. »Hast du Moni draußen irgendwo gesehen.«

»Nein, wieso?« Franz sah ihn erstaunt an.

»Wir können sie nirgends finden.«

»Die kommt sicher gleich wieder.« Franz winkte beruhigend ab.

»Zu Fuß? Wo sollte sie denn hin?« Max schüttelte nachdenklich den Kopf. »Hier ist weit und breit kein Geschäft.«

»Bestimmt ist sie mit ihrem Auto gefahren.« Franz klang zuversichtlich wie ein Orthopäde beim Eingipsen eines Bruches.

»Das steht vor der Tür«, meinte Max.

»Mit einem Taxi?«

»Das könnte sein.« Max nickte erleichtert.

»Sicher kommt sie gleich«, meinte Josef, dem Max' Aufregung ebenso wenig entgangen sein konnte wie Franz. Schließlich wussten alle beide, wie sehr Max an seiner Monika hing.

Der Vibrationsalarm von Max' Handy rührte sich. Eine Nachricht. Er zog es schnell aus seiner Hosentasche und sah nach, wer ihm geschrieben hatte. Bestimmt war es Monika, hoffte er.

»Hört auf, nach Waldemars Mörder zu suchen, oder deine Freundin stirbt«, las er Josef und Franz laut vor. »Das kommt von Monis Handy.« Seine Stimme zitterte.

»Das klingt nicht gut.« Franz schüttelte besorgt den Kopf.

»Gar nicht gut.« Max hörte sich auf einmal an, als hätte er mit Reißnägeln gegurgelt. Er wurde mit einem Schlag leichenblass im Gesicht. »Können deine Jungs auf dem Revier ganz schnell herausfinden, wo ihr Handy ist, Franzi? Sie muss es bei sich gehabt haben, und jetzt hat es der Täter.«

»Klar, ich ruf gleich an.« Franz holte sein Smartphone aus der Tasche und trug seinen Mitarbeitern im Büro auf, Monikas Handy zu orten.

»Mann, so ein Mist.« Josef wurde nun ebenfalls bleich vor Schreck. Schließlich waren sie alle drei gute Freunde von Monika, und keiner wollte, dass ihr etwas zustieß.

»Ja, hallo. Lieber Besuch. Wie geht's euch, Männer?« Anneliese stand wie aus dem Nichts in der Tür. »Habt ihr etwa Hunger?«

»Servus, Annie«, erwiderte Max. »Du hast recht, wir wollten etwas essen, aber Moni ist verschwunden.«

»Wie – verschwunden?« Anneliese runzelte fragend die Stirn.

»Es sieht so aus, als hätte sie jemand entführt.«

»Moni? Geh, du spinnst ja. Die kann sich doch wehren mit ihrer ganzen Kampfkunsterfahrung.« Anneliese setzte sich sichtlich verunsichert auf einen Barhocker.

»Gegen eine Schusswaffe hilft dir kein Karate etwas.« Max sah sie lange an. »Du hast heute noch nichts von ihr gehört?«

»Nein, wir hatten gestern abgemacht, dass ich ihr beim Service helfe. Sie hatte eine Menge Reservierungen für heute Mittag.«

»Ihr Entführer hat mir eine Nachricht aufs Handy geschickt.«

»Und?«

»Wir sollen aufhören, nach Waldemar Brachtingers Mörder zu suchen, sonst stirbt sie.«

»Das kann dann wohl nur der Mörder von diesem Brachtinger selbst sein.« Anneliese war immer noch starr vor Schreck. »Ich hab heute Morgen im Radio von der Sache gehört. Auf den Schock brauche ich erst mal einen Schnaps. Ihr auch?« Sie blickte aufgewühlt von einem zum anderen.

»Unbedingt.« Franz nickte mit ernstem Gesicht.

»Auf jeden Fall«, meinte Josef.

»Ja«, sagte Max. »Mein Gott, hoffentlich ist sie wohlauf.«

Während Annie die Schnäpse einschenkte, erklärte Franz Max und Josef, dass die Untersuchung des Gerichtsmediziners ergeben habe, dass es sich bei der Tatwaffe um ein langes Messer oder ein Kurzschwert gehandelt habe.

»Könnte eine Filmrequisite gewesen sein.« Max war hellwach.

»Sind die scharf?« fragte Josef.

»Die Messer sicher. Sie schneiden damit ja auch Gemüse und Ähnliches.«

»Also möglicherweise ein Täter aus Waldemars filmischem Umfeld?«, spekulierte Josef. »Vielleicht sogar unsere beiden frustrierten Schauspieler.«

»Hans Schwesinger und Siegfried Sauerteig?« Max sah ihn nachdenklich an. »Das wäre durchaus eine Option«, fügte er hinzu.

Josef nickte nur.

»Kurzschwerter gibt es überall«, meinte Franz. »Lange Messer ebenfalls. Nicht nur beim Film.«

»Stimmt auch wieder. Herrschaftszeiten, wir müssen Moni unbedingt finden.« Max traten dicke Schweißperlen auf die Stirn. So etwas wie das hier war noch nie vorgekommen, und es versetzte ihn in leichte Panik. Nicht auszumalen, was los wäre, wenn Monika tatsächlich etwas passierte. »Wie fangen wir an?«

»Zuerst ziehe ich Bernd und seine Leute vom Tatort in der Filmstadt ab.« Franz tippte eine Nummer in sein Smartphone ein. »Vielleicht werden die ja von den Entführern beobachtet.«

»Sehr gut, Franzi, danke.« Max zitterte am ganzen Körper.

»Bernd«, sagte Franz, nachdem die Verbindung stand, »ihr müsst da sofort weg. Wir haben hier einen Entführungsfall, der mit Waldemars Tod zusammenhängt.«

»Okay, wie du meinst, Chef. Wer geht ab?«

»Moni wurde entführt.«

»Was? Wirklich? Wie können wir helfen?«

»Bitte räumt erst mal den Tatort und kommt zu Monikas *Kleine Kneipe*. Wir machen hier in einer halben Stunde eine Lagebesprechung.«

»Geht klar, Franzi. Diese Verena Neuner war übrigens gerade kurz hier. Sie hat allerdings nicht gewusst, wo Waldemars Safe ist, wenn er denn überhaupt einen hatte.«

»Konnte sie euch sagen, ob etwas in seinem Büro fehlte? Papiere? Wertsachen?«

»Sie meinte nur, dass sie nicht so genau über Waldemar Brachtingers Sachen Bescheid wüsste. Er hätte ihr zwar gelegentlich etwas von seiner Arbeit erzählt. Aber nur selten und sehr wenig, und Papiere oder Wertsachen hätte er ihr nie gezeigt. Mit seinen eigenen Sachen wäre er sehr eigen gewesen.«

»Ist sie noch bei euch?«

»Nein, sie musste wieder zurück in die Stadt. Irgendein Besuch von außerhalb, den sie wohl erwartet.«

»Alles klar. Kommt bitte so schnell ihr könnt her.«

»Machen wir, bis gleich.«

Sie legten auf.

»Er ist auch ganz schön erschrocken«, sagte Franz zu den anderen. »Er kennt die Moni genauso gut wie wir, war ja auch oft genug mit uns hier.«

15

Anneliese hatte allen noch einen zweiten Beruhigungsschnaps eingeschenkt. Der war schnell wieder abgebaut und konnte deshalb nicht schaden, selbst wenn der eine oder andere noch mit dem Auto fahren musste.

»Dann wird es heute wohl nichts mit der Öffnung und dem Schweinsbraten«, sagte sie, nachdem sie ausgetrunken hatten.

»Direkt schade drum.« Max schüttelte den Kopf. »Die Semmelknödel stehen halb fertig in der Küche. Der Braten ist im Rohr, aber kalt. Was für eine Verschwendung.«

»Um Himmels willen, wo mag sie nur sein. Hoffentlich tun sie ihr nichts.« Annie stürzte todesmutig ihren dritten Schnaps hinunter. Normalerweise hasste sie Hochprozentiges, aber das hier war eine notwendige rein medizinische Maßnahme.

»Du kannst uns helfen«, meinte Max. »Bleib am Telefon erreichbar. Vielleicht versucht Moni, bei dir anzurufen oder dir eine Nachricht zu schicken.«

»Das ist doch das Mindeste.« Anneliese nickte. »Dann mach ich mich mal wieder auf den Heimweg. Sobald du was über sie weißt, gibst du mir Bescheid ja?«

»Sicher. Mach's gut, Annie.« Max gab ihr links und rechts ein Küsschen auf die Wangen.

»Macht's besser, Männer. Mein Gott, ich werde keine ruhige Minute mehr haben, bis sie wieder da ist. Findet sie schnell, Max.«

Anneliese wischte sich ein paar Tränen aus den Augenwinkeln, nahm mit zitternder Hand ihre Tasche vom Tresen und ging Richtung Tür.

»Diese Verena Neuner kommt mir nicht ganz astrein vor«, meinte Franz währenddessen zu den beiden anderen.

»Wie das?«, erkundigte sich Max.

»Kann ich dir nicht genau sagen. Es ist mehr so eine Art Gefühl.«

»Was hätte sie denn von Waldemars Tod?«

»Das wenn ich wüsste.« Franz blickte nachdenklich auf das Regal mit den Schnapsflaschen hinter dem Tresen.

»Lasst es uns rausfinden«, sagte Josef.

»So schaut's aus.« Max nickte. »Und zwar möglichst schnell.«

»Wieder kein Bier?« Der chinesische Reiseleiter vom Vorabend streckte seinen Kopf in die Tür, noch bevor Anneliese nach draußen gehen konnte.

»Er schon wieder«, murmelte Max leicht genervt. »Nein, heute ist geschlossen«, sagte er anschließend laut. »Die Chefin ist nicht da.«

»Kein Bier? Kein Schweinebraten? Aber gestern …« Die pure Enttäuschung stand dem Mann ins Gesicht geschrieben. »Mein Name ist Herr Cheng. Wir sind 20 Leute. Was soll ich denen sagen?«

»Die kannst du nicht wieder wegschicken, Max«, meinte Anneliese leise. »Moni reißt mir den Kopf ab, wenn sie das erfährt. Das ist ein super Umsatz. Sie braucht das Geld.«

»Aber was willst du machen?«

»Auf jeden Fall das Essen, das sie vorbereitet hat, nicht wegwerfen. Ich schalte den Ofen mit dem Braten darin wieder an, lege die Knödel ein, wärme das Kraut auf und schenke ihnen Bier aus.«

»Von mir aus.« Max zuckte die Achseln. »Wir trinken bloß schnell was und machen uns dann weiter auf die Suche.«

Herrn Chengs bunt gekleidete Reisegruppe strömte ins Lokal und verteilte sich aufgeregt schwatzend auf die wenigen Tische. Anneliese nahm die Getränkewünsche auf und machte sich ans Einschenken.

Franz ging an sein Handy, das sich gerade mit Getöse bemerkbar machte, als er seinen ersten Schluck Bier trinken wollte. Er hörte eine Weile zu. Dann wandte er sich an Max und Josef.

»Monikas Handy soll sich irgendwo bei Feldafing in der Nähe des Starnberger Sees im Wald befinden, meinen die Jungs von der Technik.«

»Dann wird sie dort vielleicht in einer Hütte oder in einem abgelegenen Haus festgehalten«, erwiderte Max.

»Haus gibt es keines da, wo ihr Handy geortet wurde.« Franz schüttelte den Kopf. »Da sind nur ein riesiger Parkplatz und ein noch größerer Wald.«

»Dann halt eine kleine Hütte oder ein Bunker oder irgendein anderes Versteck. Lasst uns hinfahren und Moni und ihr Handy suchen.«

»Auf jeden Fall.« Franz holte seinen Autoschlüssel aus seiner Hosentasche.

»Bin dabei.« Josef knöpfte seine Jacke zu.

»Hey, Annie«, rief Max in die Küche. »Sie haben Monis Handy beim Starnberger See draußen geortet. Wir fahren gleich mal hin.«

»Wo genau?«, wollte sie wissen, als sie zur Tür herausschaute.

»Irgendwo bei Feldafing im Wald. Mehr wissen wir noch nicht.«

»Hoffentlich findet ihr sie und es geht ihr gut.«

»Das hoffe ich auch.« Max stürmte zwischen den teils immer noch stehenden Gäste zur Eingangstür hinaus. Er spürte, wie er immer mehr unter Druck geriet. Wie ein Dampfkochtopf kurz vor der Explosion. Er musste Monika unbedingt finden. So schnell wie möglich. Weiter wagte er im Moment nicht zu denken.

Franz und Josef folgten ihm auf dem Fuße.

Draußen rief Franz noch einmal den scharfen Bernd an.

»Kommando zurück«, sagte er, sobald Bernd abgehoben hatte. »Nicht in Monikas *Kleine Kneipe* kommen. Wir treffen uns am besten gleich am Starnberger See. Monis Handy wurde irgendwo dort im Wald geortet.«

»Wo genau?«

»Irgendwo bei Feldafing am Westufer.«

»Wir kommen zum Parkplatz bei der S-Bahnstation.«

»Perfekt.«

Franz organisierte gleich noch telefonisch eine Hundertschaft Bereitschaftspolizisten mit Suchhunden, die er ebenfalls zur S-Bahnstation in Feldafing schickte, dann stiegen sie zu dritt in seinen Dienstwagen, und er fuhr los. Damit sie schneller durch den Ausflugsverkehr in die Berge kamen, der inzwischen so gut wie jedes Wochenende besonders bei schönem Wetter sämtliche Ausfallstraßen verstopfte, schaltete er das Blaulicht und die Sirene ein und trat aufs Gaspedal.

16

Anneliese schwitzte. Der Herd heizte Monikas kleine Küche auf wie eine Sauna. Während sie die Semmelknödel, die sie gerade gerollt hatte, ins kochende Wasser einlegte, dachte sie unentwegt über Monika nach. Sie konnte den Gedanken, dass der liebste Mensch, den sie kannte, möglicherweise in Lebensgefahr war, kaum ertragen und bedauerte es zutiefst, dass sie nicht selbst Polizistin war und bei der Suche mithelfen konnte. Das Einzige, was sie im Moment für ihre beste Freundin tun konnte, war, möglichst viel Umsatz zu machen, damit Monika wenigstens zusätzlich zu ihrer Entführung nicht auch noch ein riesengroßes Minus in der Kasse hatte.

»Max wird sie finden«, tröstete sie sich halblaut. »Er ist ein super Ermittler, und wenn es um Moni geht, wird er sicher alles nur Menschenmögliche tun, um sie zu retten. Mit Franzi und Josef an seiner Seite schafft er das auch ganz bestimmt.«

Sie versuchte, ihre besorgten Gedanken zu verscheuchen, und konzentrierte sich dazu vermehrt auf das Essen. Der Schweinsbraten musste in 30 Minuten aus dem Rohr. Dann konnte sie eigentlich bald die Teller vorbereiten und servieren.

»In München steht eine *Hofbräuhaus*!«, ertönte es vielstimmig aus dem Schankraum. Offensichtlich versuchten die Teilnehmer von Herrn Chengs Reisegruppe, sich in die originale bayerische Oktoberfeststimmung zu bringen, wie man sie auf der ganzen Welt von Videos und aus dem Fernsehen kannte.

»Hoffentlich seid ihr nicht gleich zu blau.« Anneliese schüttelte den Kopf. Sie hatte sich hier drinnen bei der Arbeit für Moni schon oft gefragt, warum so viele Menschen das Bedürfnis hatten, sich zu betrinken. Sie selbst trank gerne mal ein Gläschen Prosecco oder mehr. Ein kleiner Schwips konnte schließlich auch sehr unterhaltsam sein. Aber sie würde sich niemals so weit gehenlassen, dass sie tatsächlich betrunken wäre. Sie hasste es, sich selbst nicht mehr unter Kontrolle zu haben. Deswegen würde sie heute auch garantiert keinen Schnaps mehr trinken.

Ihre Tochter Sabine hatte sich vor einigen Jahren einmal eingebildet, unbedingt Haschisch und Marihuana rauchen zu müssen. Für Anneliese war es der reine Horror gewesen, ihr dabei zuzuschauen. Sie hatte sich große Sorgen gemacht, sah ihr geliebtes Baby bereits delirierend im Drogenrausch auf der Straße dahinstolpern. Gott sei Dank hatte sich die Sache bald von selbst erledigt, als Sabine einen neuen Freund hatte – Julian. Ein Junge aus gutem Hause, der nach dem Abi Zahnarzt werden wollte und der das giftige Zeug nicht mochte und sie zur Vernunft brachte.

Eine gute halbe Stunde später war der Schweinsbraten fertig. Sie bereitete die Teller vor und trug sie anschließend in den Gastraum, wo inzwischen beste Partystimmung herrschte.

Nachdem sie den ausgelassenen Besuchern das Essen und weitere Getränke serviert hatte, gönnte sich Anneliese eine Zigarette und einen Kaffee. Dabei blickte sie sich innerlich stöhnend in der Küche um, die sie natürlich auch noch aufräumen musste. Ein Handy fiel ihr auf. Es lag auf dem Boden unter dem Fenster.

»Hat Moni ein neues Handy? Sie sagten doch vorhin, es läge irgendwo bei Feldafing im Wald.« Sie nahm das Telefon der neuesten Generation genauer in Augenschein und kam zu der Erkenntnis, dass es nicht Monika gehörte. Sie hatte eine andere Marke, außerdem war ihres älter, weil sie es nicht so mit der neuesten Technik hatte und sich deshalb lieber ans Gewohnte hielt. Aber wem gehörte das neumodische Ding dann? Einem der Entführer?

Sie rief aufgeregt bei Max an.

»Max? Hier lag ein Handy auf dem Boden in der Küche. Könnte es von einem der Entführer stammen?«

»Warte mal kurz, Annie. Ich frag Josef, ob er seines eventuell verloren hat. Er hat vorhin die Küche durchsucht.«

Nach zwei Minuten meldete sich Max wieder.

»Kannst du es öffnen, wenn du oben von ganz links nach rechts ziehst und dann den Strich rechts außen bis ganz nach unten.«

Anneliese tat, was er gesagt hatte, und das Display öffnete sich.

»Es funktioniert.«

»Es ist das neue Smartphone von Josef«, meinte er. »Bitte lass es einfach in der Küche liegen. Er holt es sich später ab und bedankt sich jetzt schon mal bei dir fürs Finden.«

»Wo seid ihr?«, fragte sie ungeduldig.

»Wir fahren gerade vom Parkplatz bei der S-Bahnstation Feldafing los. Drück uns die Daumen, dass wir Moni ganz schnell finden.«

»Mach ich, logisch. Hoffentlich geht es ihr gut.« Sie kaute ohne es zu merken nervös auf ihrem Daumennagel herum.

»Weißt du, was ich mir für ihren Entführer vorgenommen habe, wenn ich ihn zu fassen kriege?«, fuhr Max fort.

»Nein.« Sie schüttelte unbewusst den Kopf.

»Ist auch besser so.« Er klang für einen Moment lang so düster, wie sie ihn noch nie gehört hatte. »Wir melden uns, sobald wir mehr wissen.«

»Danke, Max.«

Sie legten auf.

Anneliese deponierte Josefs Smartphone auf der Ablage gegenüber vom Herd. Es war der einzige nicht verschmutzte Platz im Moment. Dann drückte sie ihre Zigarette in Monikas großem Lieblingsaschenbecher aus und schaute im Gastraum nach dem Rechten.

Herrn Chengs Reisegruppe war inzwischen außer Rand und Band. Zwei der Frauen tanzten auf den Tischen, und die anderen klatschten rhythmisch dazu. Dabei skandierten sie unentwegt: »In München steht ein *Hofbräuhaus.*«

Anneliese ließ sie gewähren. Erstens war niemand da, den sie störten. Zweitens gaben sie sicher mehr Trinkgeld, wenn sie ausgelassen feiern durften. Bestimmt würden sie zu Hause erfreut und aufgeregt von diesem verrückten kleinen Lokal in der Nähe des Münchner Tierparks berichten, in dem sie ihren schönsten Sonntag in Europa verbracht hatten.

Sie legte eine CD mit bayerischer Marschmusik auf, was ihre aufgekratzten Gäste bereits wenige Sekunden später an den Rand der Ekstase führte. Ausnahmslos alle tanzten und grölten jetzt wie eine Herde wildgewordene Fußballfans.

Anneliese brachte ihnen noch eine Runde Bier. Dann machte sie sich daran, die Küche zu putzen. Dabei klingelte auf einmal Josefs Handy. Sie überlegte kurz, ob sie drangehen sollte oder nicht, bis schließlich ihre Neugierde siegte.

»Hallo, hier spricht die Annie«, meldete sie sich. »Auf dem neuen Telefon vom Josef«, fügte sie schnell hinzu, damit erst gar keine Unklarheiten aufkamen.

»Wer ist da?«, erkundigte sich eine offenkundig erstaunte Frauenstimme.

»Die Annie.«

»Hier ist die Susanne. Bin ich nicht bei Josef Stirner gelandet?« Die Stimme klang spitz und fordernd.

»Doch. Aber er hat sein Handy vorhin in der Eile hier liegen gelassen«, erwiderte Annie wahrheitsgemäß.

»Ach tatsächlich?«

»Ja.«

»Wo ist denn *hier*?«

»Hier in der Küche. Er sucht gerade die Moni zusammen mit Max und Franz.«

»Soso, die Moni sucht er.«

»Ja, sie ist verschwunden.«

»Und wer waren Sie noch mal?«

»Ich bin die Annie.«

»Und warum gehen Sie an Josefs Handy?«

»Reine Neugier.« Annie nickte unwillkürlich. »Ich bin eine alte Freundin von ihm.«

»Sagen Sie ihm, er kann sich auf etwas gefasst machen, wenn wir uns das nächste Mal sehen.«

»Mach ich, auf Wiederhören.« Annie nickte unwillkürlich.

Susanne hörte schon nicht mehr zu. Sie hatte aufgelegt.

»Seltsame Person«, murmelte Annie, der offenkundig nicht ganz klar war, dass sie Susanne mindestens ebenso seltsam vorgekommen sein musste, wenn nicht sogar noch ein gutes Stück seltsamer.

17

Die Einsatztrupps waren gerade erst losmarschiert, da meldete eine Stimme lautstark den Fund eines Handys. Der rothaarige junge Mann mit den zahllosen Sommersprossen im Gesicht, der es aufgehoben hatte, brachte es sogleich zu Franz und Max, die gerade gemeinsam mit Josef mit ihrer Suche nach Spuren von Monika und ihrem Entführer begonnen hatten.

Vom Starnberger See her wehte eine kühle Brise. Die Sonne schien hell vom tiefblauen Himmel und erleichterte ihnen somit die Arbeit.

»Grüß Gott, Polizeiobermeister Ludwig Gangler«, stellte sich der Rothaarige vor. »Ich habe es am Rand des Parkplatzes gefunden. Könnte jemandem aus der Tasche gefallen sein.« Er übergab Franz das Smartphone.

»Haben wir gleich.« Max fischte sein eigenes Handy aus der Innentasche seiner Lederjacke und rief bei Moni an.

Das Smartphone in Franz' Hand läutete.

»Deine Nummer auf dem Display«, sagte er zu Max.

»Also ist es ihr Handy. Treffer! Wo genau haben Sie es gefunden?«, fragte er Ludwig, der immer noch bei ihnen stand.

»Ich zeige es Ihnen.« Ludwig führte sie zum hinteren Ende des Parkplatzes direkt am Waldrand und zeigte auf eine Stelle auf dem Kiesboden. »Hier lag es«, sagte er.

»Da sind eindeutig frische Reifen- und Fußspuren«, meinte Max. »Es sieht ganz so aus, als hätten sie das Auto gewechselt oder jemanden hier getroffen. Den Fußspuren nach waren es genau zwei Personen. Moni und ihr Entführer.« Bereits bei der Kripo war er ein Ass im Spurensuchen gewesen. Er hatte einmal einen diesbezüglichen Kurs mitgemacht und sich alles gemerkt, was er dort darüber gelernt hatte. Schon als Kind hatte es ihn immer interessiert, wie die Fährtensucher bei Winnetou die Verfolgung ihrer Feinde aufnahmen und sie dann auch tatsächlich fanden.

»Wenn du uns jetzt noch sagst, was sie anhatten, bist du mein neuer Gott«, meinte Josef trocken. »Sind alle beide weitergefahren?«

»Siehst du hier noch ein Auto?« Max schüttelte verständnislos den Kopf. Josef war auch schon mal besser in Form. So viel war sicher.

»Natürlich nicht«, sagte Josef. »Ich bin ja nicht blöd. Aber sind wirklich alle beide eingestiegen und weitergefahren?«

»Den Spuren nach schon.« Max suchte noch einmal gründlich den staubigen Kiesboden unter ihnen ab. »Doch, müsste so gewesen sein«, fügte er hinzu.

»Aber du sagtest, dass sie den Wagen gewechselt haben. Dann haben sie sich also in dem neuen Wagen wieder auf den Weg gemacht. Was geschah mit dem alten?«

»Den hat wohl ein weiterer Fahrer entsorgt. Vielleicht liegt er längst im See.«

»Gibt es von dem anderen Fahrer auch Fußspuren?«

»Jetzt, wo du es sagst, ja.« Max nickte. »Sie sind zwar nicht so deutlich, so als ob es eine kleine, sehr leichte Person gewesen ist, aber es gibt sie durchaus.« Er zeigte vor sich auf den Boden. »Möglicherweise eine Frau.«

»Ich seh nichts«, meinte Josef.

»Ich auch nicht. Auch wenn ich ganz konzentriert schaue.« Franz legte angestrengt die Stirn in Falten. »Aber das macht eh die Spurensicherung. Ich ruf sie gleich mal an.«

»Wie sollen wir Moni so jemals finden?«, wollte Josef wissen.

»Schwierig«, sagte Franz, während er sein Smartphone herausholte und die Nummer des Reviers wählte. Schnell gab er die wichtigen Daten an die Spusi durch und legte wieder auf.

»Es geht wohl nur über Waldemars Mörder«, wusste Max. »Wir haben keine andere Chance. Ein paar Männer sollen hierbleiben, den Wald absuchen und die Rückkehrer zu ihren geparkten Autos befragen, ob ihnen etwas Verdächtiges aufgefallen ist. Ich fahre zu Waldemars Büro und suche dort noch mal gründlich nach Spuren des Mörders. Wenn wir ihn haben, haben wir auch Monis Entführer.«

»Aber hat dir der Entführer nicht geschrieben, dass sie stirbt, wenn wir weiter nach Waldemars Mörder suchen?« Franz sah Max fragend an. »Das kannst du doch nicht riskieren. Was, wenn er seine Drohung wahrmacht?«

»Erfahrungsgemäß bringt er sie sowieso irgendwann um, wenn wir sie nicht vorher retten.« Max befand sich in innerem Aufruhr, und er wusste, dass man es ihm anmerkte. Doch er konnte nichts dagegen tun. Die angespannte Situation ging für ihn über ein erträgliches Maß hinaus. Er wusste nur, dass er verrückt werden würde, wenn er nicht irgendetwas tat, was ihn in seinen Augen dem Täter näherbrachte.

»Ich frage mich andauernd, wann er sie wieder freilassen wollte, falls wir auf seine Bedingung eingehen?« Franz blickte von einem zum anderen. »Der kann doch in fünf Jahren immer noch glauben, dass wir die Ermittlungen wieder aufnehmen, sobald sie frei ist. Das Ganze ist für mich total unlogisch.«

»Sag ich doch«, meinte Max. »Es eilt. Vielleicht ist der Entführer geisteskrank und deshalb nicht zurechnungsfähig. Jede Minute, die wir nicht nach ihr suchen, ist eine verlorene Minute.«

»Aber was passiert konkret, wenn er dich bei Waldemars Büro sieht?«, fragte Josef. »Das ist ein sehr hohes Risiko, das du da eingehst.«

»Ich glaube nicht, dass er dort ist.« Max schüttelte den Kopf. »Er wird erst mal irgendwo ein Versteck für Moni finden müssen. Möglicherweise hat er eine Hütte irgendwo weitab in den Bergen. Da würden wir sie nur sehr schwer finden.«

»Was, wenn er einen Komplizen bei Waldemars Büro postiert hat, der alles dort beobachtet und ihm meldet, wer rein- und rausgeht?«, wollte Josef wissen.

»Ich werde sehr umsichtig und vorsichtig vorgehen.« Max begann, ungeduldig zu werden. Er wusste, dass es Josef nur gut meinte, aber im Moment gingen er und Franz ihm mit ihren Bedenken ganz gewaltig auf die Nerven.

»Sollten wir hier draußen nicht zunächst mit vereinten Kräften alles gründlich absuchen? Vielleicht hat er sie ja doch irgendwo da hinten im Wald versteckt.« Josef nervte unverdrossen weiter. Er legte skeptisch den Kopf schief.

»Das könnt ihr gerne machen, obwohl die Spuren dagegen sprechen.« Max war seine wachsende Ungeduld deutlich anzusehen. »Ich fahre jetzt auf jeden Fall nach München aufs Filmgelände. Wenn der Entführer auch Waldemars Mörder ist, muss er Franzi und mir gestern von Waldemars Büro aus zu Monis Kneipe gefolgt sein. Vielleicht hat er sein Büro ganz in der Nähe des Tatortes oder er kennt die umliegenden Gebäude. Dann könnte Moni auch dort irgendwo stecken.«

»Warum bist du dir da so sicher?«, erkundigte sich Josef.

»Woher sollte er sonst wissen, dass sie und ich zusammen sind? Bestimmt hat er uns gestern in ihrer Kneipe durch die Fenster beobachtet.«

»Vielleicht hat er sie tatsächlich irgendwo auf dem Filmgelände versteckt«, sagte Josef nachdenklich. »Da gibt es jede Menge dustere Keller.«

»Wozu dann die ganze Sache mit dem Parkplatz hier?«, fragte Franz.

»Ablenkung?« Josef legte erneut den Kopf schief. »Monis Handy ist nicht kaputt. Jemand könnte es absichtlich auf den Boden gelegt haben, um uns herzulocken.«

»Kann natürlich auch sein. Aber macht es Sinn?«, fragte Max. »So viel Aufwand für einen kleinen Effekt? Eine Hütte in den Bergen käme allerdings nach wie vor auch infrage.«

»Gut, das haben wir im Blick.« Franz nickte. »Ich würde aber trotzdem wie Josef noch gerne die nähere Umgebung hier nach ihr absuchen.« Franz gab Max Monikas Handy. »Sie hat seit gestern Abend bei niemandem angerufen und wurde auch nicht angerufen, so wie es aussieht.«

»Ich schaue mir die Daten gleich noch mal an.« Max steckte Monikas Handy zu seinem in seine Jackentasche. »Ich mach mich jetzt zusammen mit Bernd auf den Weg zu Waldemars Büro. Jede Sekunde zählt.« Er blickte finster vor sich hin und winkte den scharfen Bernd zu sich, der wenige Meter entfernt bei einer Gruppe von Uniformierten stand.

»Wie schaut es aus?«, fragte Bernd, von einem zum anderen blickend, nachdem er sich ihnen genähert hatte.

»Wir zwei müssen noch mal zu Waldemar Brachtingers Büro fahren«, erwiderte Max.

»Jetzt also doch.«

»Ja.« Max nickte. »Wir müssen unbedingt so schnell wie möglich seinen Mörder finden, dann haben wir auch Moni.«

»Du meinst, der Mörder ist dort?« Bernd machte ein erstauntes Gesicht.

»Das weiß ich nicht, aber ich will es so schnell wie möglich rausfinden.« Max klang gehetzt. Für langatmige Gespräche war gerade überhaupt keine Zeit.

»Aber wir haben doch schon alles durchsucht.« Bernd kratzte sich unschlüssig am Kopf.

»Hinweise, Bernd.« Max trat unruhig von einem Bein auf das andere. »Lass uns einfach nach weiteren Hinweisen suchen.«

»Fahren wir mit meinem Wagen?«, fragte Bernd. »Sollen wir noch zwei meiner Leute mitnehmen?«

»Beides Mal ja.« Max war sichtlich erleichtert, dass nicht schon wieder angefangen wurde zu diskutieren.

18

»Habt ihr unten im Keller wirklich noch mal alles gründlich durchsucht?« Max sah Bernd erwartungsvoll an.

Sie waren vor einer halben Stunde in Waldemars Büro

angekommen und hatten sich unter größter Vorsicht durch die immer noch aufgesperrte Kellertür hereingeschlichen, um den Vordereingang, der möglicherweise beobachtet wurde, zu umgehen. Max war sich absolut sicher, dass sie niemand gesehen hatte.

»Wir haben da unten alles auf den Kopf gestellt«, versicherte Bernd. »Nichts zu finden, was man mit dem Mord in Verbindung bringen könnte. Wie schaut es hier oben aus?«

»Nichts.« Max hob mit leichter Verzweiflung im Blick die Arme. »Kein Safe, kein Versteck mit Papieren. Einfach nichts. Verflixt noch mal, die Zeit für Moni läuft ab, und wir stolpern hier wie die blinden Hühner herum.« Er presste seine Hände zu Fäusten zusammen.

»Wir finden sie, Max. Warte es ab.« Bernd klopfte ihm tröstend auf die Schulter.

»Hoffentlich.« Natürlich war Max dankbar für jede seelische Unterstützung. Aber die Gedanken an Monika ließen ihm trotzdem keine Ruhe. Was war wohl mit ihr? Lag sie irgendwo einsam und gefesselt? Hatte der Entführer sie eingesperrt? Würde sie sich möglicherweise ganz allein aus ihrer Situation befreien können? Er wusste natürlich von ihrer Karateausbildung, die sie in jungen Jahren absolviert hatte. Wenn es Spitz auf Knopf stand, war nicht mit ihr zu spaßen. Der Kerl sollte ihr nicht den Rücken zukehren. Das würde er schnell bereuen. Natürlich nur, wenn er sie nicht gefesselt oder angekettet hatte.

»Hallo?«, riss ihn eine weibliche Stimme vom Eingang her aus seinen Gedanken.

»Hier sind wir«, rief Max, der wie die anderen keine Ahnung hatte, wer es sein konnte. Von einer neuen jungen Kollegin in Franz' Büro hätte er sicher längst von ihm erfahren. »Wir sind hier hinten im Büro.«

Wenig später stakste eine attraktive junge Frau auf knallgelben High Heels zur Tür herein. Schlank, lange dunkle Haare, grünäugig und in einen wohl passend zur Augenfarbe ausgesuchten grünen, sicher nicht ganz billigen Hosenanzug gekleidet. Darüber trug sie eine weißgraue Pelzweste, von welchem Tier auch immer. Womöglich war es auch ein Kunstpelz. Ihre ganze Körperhaltung und ihr fester Blick strahlten das natürliche Selbstbewusstsein von Kindern reicher Leute aus.

»Hallo«, sagte sie noch einmal, während sie neugierig in die Runde der vier im Raum anwesenden Ermittler blickte. »Darf ich fragen, wer Sie sind und was Sie hier machen?«

»Wir sind von der Kripo und durchsuchen das Büro eines Mordopfers. Wer sind denn Sie?« Max sah sie erstaunt an. »Haben Sie das Polizeisiegel an der Tür nicht gesehen? Das hier ist immer noch ein offizieller Tatort.«

»Ich bin Doro Brachtinger. Die Tochter des Toten.« Sie sah unschlüssig von einem zum anderen. »Und nein, das Siegel ist mir nicht sonderlich aufgefallen. Ich hab gar keines gesehen.«

»Sie wissen vom Tod Ihres Vaters?«, fragte Max und sagte sich sofort, dass es eine saublöde Frage war. Sie hatte doch im Moment vom »Toten« gesprochen.

»Ihre Kollegen vom Revier haben mich heute Morgen verständigt.« Sie nickte. »Ich bin erst letzte Nacht aus New York zurückgekommen. Habe dort einen Film mit Brad Pitt gedreht.«

»Mit Brad Pitt?«, staunte Bernd mit offenem Mund, der genau wie Josef ein begeisterter Cineast war. Er kannte alle Schauspielerinnen, Schauspieler und Regisseurinnen sowie Regisseure von Rang. Natürlich nicht persönlich, aber er hatte zu jedem dieser Hollywoodstars eine kleine Geschichte parat. Immer eine unterhaltsame Abwechslung auf Partys, in der Kneipe oder auf Weihnachtsfeiern. Max wusste das ebenso gut wie das ganze Revier in der Hansastraße.

»Ja, er ist ein guter Freund.« Doro machte ein kokettes Schmollmündchen.

»Unglaublich.« Bernd bekam seinen eigenen Mund jetzt gar nicht mehr zu.

Sie quittierte es mit einem amüsierten Lächeln.

»Wir werden den Mörder Ihres Vaters finden«, versprach ihr Max. »Zumal er auch noch meine Freundin entführt hat. Sind Sie denn gar nicht traurig über den Tod Ihres Vaters?« Ihm fiel schon die ganze Zeit über auf, dass sie sehr gefasst wirkte, fast so, als wäre der Tote nur ein entfernter Bekannter von ihr gewesen.

»Vater und ich hatten in letzter Zeit nicht viel miteinander zu tun.« Sie blickte zum Fenster hinaus. Offenbar war ihr das Thema peinlich.

»Streit?«

»Ja.« Sie nickte. »Aber nicht so, dass man sich deswegen umbringen würde, wenn Sie das meinen.« Sie sah Max unverwandt an. »Vaters Mörder hat Ihre Freundin entführt, sagen Sie?«

»Ja.« Er nickte knapp. »Deshalb bin ich auch sehr in Eile, was Sie sicher verstehen können.«

»Natürlich.«

»Hat Ihr Vater ein Testament hinterlassen?«, fuhr Max fort. »Wir finden hier absolut nichts.«

»Er hatte vor zwei Wochen mal etwas in der Art erwähnt. Aber Genaueres weiß ich auch nicht. Möglicherweise liegt es beim Notar oder hier im Büro in seinem Safe.«

»Hier gibt es keinen Safe«, meinte Max. »Wir haben alles durchsucht.«

»Doch, gibt es. Nur mein Vater und ich wissen, wo er ist.«

Sie ging hinter Waldemars Schreibtisch, kniete sich hin und öffnete eine kleine Luke, die perfekt vom Teppichboden getarnt war. Niemand, der nicht davon gewusst hätte, wäre jemals darauf gekommen.

Sie öffnete den Safe und nahm einige Papiere heraus.

»Hier ist es.« Sie hielt ein einseitiges Dokument hoch und übergab es Max, der es sofort las.

»Da steht, dass Sie alles erben«, sagte er. »Sie wissen schon, dass Sie das verdächtig macht.«

»Das ist auch für mich neu und haut mich glatt um.« Doro ließ sich in den Bürostuhl ihres toten Vaters fallen. »Bisher wollte er immer alles seiner neuen Freundin vererben.« Sie blätterte in den anderen Papieren, die sie gerade aus dem Safe geholt hatte. »Moment mal, hier ist noch was«, sagte sie und fischte ein Blatt heraus. »Soll ich es Ihnen vorlesen?«

»Wenn es für die Lösung des Falls relevant ist, gerne.« Max setzte ein neugieriges Gesicht auf. »Aber machen Sie schnell bitte, ich muss meine Freundin finden, bevor ihr etwas zustößt.«

»Natürlich.« Sie nickte. »Also hier steht ›Mein liebes Kind, bitte entschuldige unseren Streit. Ich war ein dummer alter Sturkopf. Du hattest recht. Verena spielt nicht mit offenen Karten. Deshalb habe ich ein neues Testament verfasst, in dem ich dir alles vererbe. Melde dich bitte schnellstmöglich bei unserem Familienanwalt, Herrn Burger, damit sie mein letztes Testament, das sie bestimmt längst an sich genommen hat, nicht vorher bei ihm geltend machen kann. Er weiß zwar über alles Bescheid, schließlich hat er mir bei dem neuen Testament für dich geholfen, aber sicher ist sicher. Mach's gut, dein dich immer liebender Vater. Verzeih mir.‹«

Als Doro von dem Blatt Papier in ihrer Hand wieder aufblickte, hatte sie Tränen in den Augen. »Er hat mir alles vererbt«, sagte sie ungläubig. »Das gibt es doch gar nicht.«

»So kann's gehen«, meinte Max. Endlich mal eine echte Reaktion, sagte er sich. Er dachte schon die ganze Zeit über, sie sei aus Stein und hätte einen dauerhaften Schaden ihrer Vater-Tochter-Beziehung davongetragen. »Wo ist eigentlich Ihre Mutter?«, erkundigte er sich und fragte sich gleich selbst, warum er nicht schon früher darauf gekommen war, nach ihr zu fragen.

»Kalifornien«, erwiderte sie knapp. »Ich weiß aber nicht genau, wo sie wohnt. Wir haben keinen Kontakt.«

»Lebten Ihre Eltern im Streit?«, wollte Max wissen.

Bernd durchsuchte solang weiter die Papiere, die Doro aus dem Safe geholt hatte.

»Die hatten Streit, seit ich denken kann.« Sie sah durch Max hindurch. Möglicherweise machte sie sich gerade Gedanken darüber, wie sie ihr Erbe am besten verwalten sollte. Schließlich ging es dabei sicher um ein beträchtliches Millionenvermögen.

»Hatten Ihre Eltern noch Kontakt?«, wollte Max wissen.

»Nein.« Sie schüttelte den Kopf. »Von denen wäre in 100 Jahren keiner über seinen Schatten gesprungen und hätte sich beim anderen entschuldigt, egal für was.«

»Klingt nicht nach harmonischen Familienverhältnissen.« Max sah sie lange an. »Was meinte Ihr Vater damit, dass Sie recht hätten und Verena nicht mit offenen Karten spielte?«

»Sie hat ihn betrogen.«

»Woher wollen Sie das wissen?«

19

Doro hatte allen einen Espresso gemacht, dann fragte sie Max noch einmal nach Verena Neuner und warum sie meine, dass ihr Vater von ihr betrogen wurde.

»Ich habe sie mit einem anderen Mann gesehen. Es war vor einem kleinen Hotel in Grünwald, aus dem sie gerade Arm in Arm herauskamen. Bestimmt hat sie Vater umgebracht.«

»Warum hätte sie das tun sollen?« Man sägte doch nicht den Arm ab, der einen fütterte, sagte sich Max.

»Weil sie nur an sein Geld wollte. Sicher hält sie gerade sein erstes Testament in ihren Händen und rennt jeden Moment zu unserem Anwalt damit. Aber hiermit hat sie sicher nicht gerechnet.« Sie zeigte auf das beglaubigte Schriftstück, aus dem sie gerade vorgelesen hatte. »Das bricht der miesen Kuh das Genick.«

»Warten wir's ab«, sagte Max, der wusste, dass er die Sache mit Verena Neuner natürlich überprüfen musste. »Wir müssen weiter, Frau Brachtinger«, fuhr er fort. »Würden Sie uns eine Kopie Ihres Testaments mitgeben?«

»Ist das nötig?« Die Idee, das private Dokument aus den Händen zu geben, schien ihr nicht sonderlich zu gefallen.

»Es würde uns bei der Suche nach dem Mörder helfen. Außer uns erfährt niemand davon, versprochen. Später kommt es dann zu den Akten und verschwindet in unserem Archiv.«

»Sicher?« Sie bedachte ihn mit einem zweifelnden Blick.

»Sicher.« Er nickte.

»Hätten Sie Lust, heute Abend mit mir essen zu gehen?«, fragte sie ihn unvermittelt und blickte ihm dabei direkt in die Augen.

»Wie kommen Sie darauf?« Er sah sie verwundert an.

»Ich muss mein Erbe irgendwie feiern, und Sie sehen gut aus.«

»Das ist sehr schmeichelhaft.« Er brachte ein ungläubiges Lächeln zustande. »Aber wie Sie bereits gehört haben, bin ich in festen Händen und habe im Moment überhaupt keine Zeit für irgendetwas anderes als diesen Fall.«

»Na gut, dann lade ich halt jemand anderen ein.« Sie zuckte die Achseln.

»Gibt es irgendwelche Geschäftspartner Ihres Vaters, mit denen er Ärger hatte?«, erkundigte sich Max noch.

»Er hatte mit jedem Ärger. Das lag bei seinem Job in der Natur der Sache. Ich bin schon gespannt, wie ich mich auf seinem Stuhl anstelle.«

»Sie wollen seine Firma übernehmen?«

»Natürlich.« Sie nickte. »Ich sehe das als meine heilige Verpflichtung an.«

»Danke, Frau Brachtinger. Auf Wiedersehen.«

»Machen Sie es gut, Herr Raintaler.« Sie drückte ihm die Kopie, die sie gerade mit Waldemars Drucker von ihrem Testament gemacht hatte, in die Hand. »Wenn Sie Ihre Freundin wiederhaben, können Sie sich ja mal melden«, meinte sie mit einem breiten Lächeln. »Dann sind Sie vielleicht entspannter. Das Angebot mit dem Essen steht jedenfalls.«

»Machen Sie es auch gut«, erwiderte er. »Rufen Sie mich bitte an, falls Ihnen noch etwas Wichtiges zum Tod Ihres Vaters einfällt.« Er gab ihr seine Visitenkarte und ging kopfschüttelnd hinaus.

Sie gab keine Ruhe mit dem Essen. Sobald sie sich etwas in den Kopf gesetzt hatte, wollte es da offenkundig nicht so schnell wieder raus.

»Hübsches Mädel«, meinte Bernd, während er neben Max zum Auto ging. »Aber ganz schön selbstbewusst irgendwie.«

»Das darfst du laut sagen.« Max nickte, während sie einstiegen.

Bernd startete den Motor.

»Reichlich unverblümt ist sie außerdem«, fuhr Max fort. »Das muss nichts Schlechtes sein. Aber ihre sture Essenseinladung gerade war voll daneben, vor allem weil ich bereits gesagt hatte, dass meine Freundin entführt wurde.«

»Man glaubt es nicht.« Bernd schüttelte den Kopf. »Haben solche Leute überhaupt so etwas wie Feingefühl?« Ein wenig merkwürdig war es schon, dass gerade ausgerechnet derjenige von Feingefühl sprach, dessen überharte Verhörmethoden auf dem ganzen Revier und darüber hinaus bekannt waren.

»Aber nicht mit mir.« Max hob seinen Zeigefinger. »Von so einer lass ich mir meine Moni auf keinen Fall madig machen.«

»Das hätte vor zehn Jahren noch ganz anders geklungen«, stellte Bernd lapidar fest, während er ausparkte.

»Das stimmt«, gab Max zu. Es hätte auch keinen Sinn gemacht, erwiesene Tatsachen abzustreiten. Er war ein wilder Vogel gewesen und keinem Abenteuer gegenüber abgeneigt, wenn es sich ergab. Aber Monika war mindestens zur Hälfte schuld daran, weil sie ihm schon damals immer wieder gesagt hatte, dass sie keine feste Beziehung wolle. Ihre Unabhängigkeit wäre ihr wichtiger. Herrschaftszeiten, wie oft hatte sie wohl seine Heiratsanträge abgelehnt?

30 Mal reichten nicht. »Aber Menschen ändern sich«, fuhr er jetzt fort. »Jede Zeit hat ihren eigenen Klang.«

»Da ist wohl einer unter die Poeten gegangen?« Bernd bog auf die Hauptstraße ein, schaltete die Sirene und das Blaulicht unter seiner Windschutzscheibe ein und gab Vollgas. »Schwesinger und Sauerteig? Die zwei Schauspieler?«

»Unbedingt. Wir haben sonst keine echte Spur.«

»Verena Neuner?«

»Glaub ich nicht, dass sie es war. Aber ich kümmere mich darum. Ich zerbreche mir gerade nur ununterbrochen den Kopf darüber, wo Moni sein könnte.« Max knetete nervös seine Finger. Er machte sich immer größere Sorgen. Er wusste, dass sie dunkle Kellerräume hasste wie die Pest.

»Wir finden sie, Max.« Bernd nickte unmerklich. Max merkte, dass er sich alle Mühe gab, ihn zu beruhigen. So war das eben, wenn man mit Ex-Kollegen zusammenarbeitete, die außerdem über die Jahre hinweg zu guten Freunden geworden waren. Das Menschliche stimmte. Nicht immer, aber meistens.

»Wir müssen sie auch finden.« Max raufte sich aufgebracht die Haare. »Wenn nicht, dann garantiere ich für nichts mehr.«

»Wir finden sie«, wiederholte Bernd.

»Das hoffe ich.« Max sah unsicher auf die Straße und durch sie hindurch. Er dachte daran, wie er Monika damals kennengelernt hatte. An ihren ersten Tanz bei einem Fest an der Uni und an ihren ersten Kuss im Englischen Garten. Sie war seine absolute Traumfrau gewesen und war es heute noch. »Lass uns schnell diese beiden Schauspieler besuchen, die Waldemar Brachtinger gefeuert hat. Sie sind im Moment die heißeste Spur, die wir haben.«

»Wo wohnen sie?«

»Gleich beim Gärtnerplatz. Sie wohnen zusammen. Franz hat mir die Adresse vorhin noch geschickt.«

20

Annie stand kopfschüttelnd hinter dem Tresen. Die Situation im Schankraum war inzwischen außer Kontrolle geraten. Vier ihrer männlichen Gäste hatten sich gerade in ihrem Vollrausch ausgezogen und tanzten nun splitternackt auf dem Tisch. Der Rest der Mannschaft skandierte dazu johlend »In München steht ein *Hofbräuhaus*«. Immer wieder und immer wieder. Zwei der Damen der Truppe erbrachen sich währenddessen gleichzeitig in ihre Handtaschen, allerdings nicht ohne zuvor den gesamten Inhalt auf dem Boden verstreut zu haben. Offenkundig wussten sie, dass man nicht auf seine eigenen Sachen kotzte. Das musste man ihnen tatsächlich zugutehalten.

»Bier her! Bier her! Oder ich fall um«, rief die versammelte Mannschaft jetzt. Annie war froh, dass das *Hofbräuhaus* endlich wieder in aller Ruhe einfach nur so in München stehen durfte. Aber genau besehen war das ungestüme Geschrei nach Bier auch nicht viel besser.

»You like some coffee?«, rief sie laut in der Hoffnung, die durchgedrehten Feierbiester, als welches sich ein ehemaliger Bayerntrainer aus Holland einmal selbst bezeichnet und damit einen bleibenden Begriff etabliert hatte, so ein wenig zur Ruhe zu bringen.

»No Coffee! Bier her! Bier her! Oder ich fall um«, erwiderten ihre fröhlichen Gäste lachend und klopften sich dabei laut auf die Schenkel.

Annie zuckte schicksalsergeben die Achseln und machte sich ans Einschenken. Diese wildgewordene Truppe würde nicht eher bezahlen und gehen, als bis jeder Einzelne von ihnen nicht mehr geradeaus gehen konnte, ahnte sie. Hoffentlich schauten sie sich auch mal ein paar Sehenswürdigkeiten an und betranken sich nicht nur die ganze Zeit während ihres Aufenthalts in Bayern.

Aber vielleicht brauchten sie auch nur ein Ventil, wie so viele andere. Es gab Gedanken und Gefühle, die mussten zwischendurch einfach mal raus aus den Menschen, sagte Monika immer, sonst vergifteten sie dich langsam von innen, und womöglich hatte sie recht. Man sollte erst über andere urteilen, wenn man 1.000 Meilen in ihren Stiefeln gelaufen ist, war noch so ein alter Spruch, der Annie dazu einfiel. Auch nicht unbedingt falsch. Am besten war es wohl generell, du versuchtest, nicht auf deine Vorurteile zu hören, sondern auf das, was du in deinem Herzen spürtest. Damit warst du in jedem Fall auf der richtigeren Seite.

»Fräulein Annie.« Der lebensfrohe Leiter der Veranstaltung stand vor ihr. Er schielte leicht, und sein Tirolerhut saß schief auf seinem Kopf.

»Was gibt's, Herr Cheng?« Sie hatte sich seinen Namen als einzigen gemerkt, und das zu Recht. Er war ihr offizieller Ansprechpartner, da seine Mitfeiernden bis auf die drei oder vier gesungenen Zeilen, die sie auswendig gelernt hatten, kein Wort Deutsch sprachen, und er würde auch derjenige sein, mit dem sie zu tun haben würde, wenn es ans Bezahlen ging.

»Wir brauchen mehr Bier.« Er lachte ihr fröhlich ins Gesicht.

»Aber ich schenke doch gerade schon ein.« Annie zeigte auf die Batterie von vollen und halbvollen Gläsern neben dem Zapfhahn.

»Noch mehr! Noch mehr!« Herr Cheng sprang, während er sprach, aufgedreht auf der Stelle, weil sein Gefolge gerade wieder das spannende Lied vom *Hofbräuhaus* angestimmt hatte.

»Wie viele Halbe genau?« Annie musste über den Tresen hinweg brüllen, damit er sie verstand. Sie fragte sich, ob man von so etwas, wie es hier gerade geschah, ein Trauma zurückbehalten würde, und hoffte inständig, dass es nicht so war. Bis ans Lebensende »In München steht ein *Hofbräuhaus*« im eigenen Kopf zu hören, käme fast schon einer Todesstrafe gleich, und die war zumindest in Bayern bekanntermaßen verboten.

»20 Stück.« Herr Cheng strahlte sie begeistert an.

»Geht klar.« Annie bekam aus den Augenwinkeln mit, wie die zwei Damen, die sich zuvor in ihre Handtaschen erbrochen hatten, damit auf die Toilette gingen. Hoffentlich richteten sie da drinnen keinen allzu großen Saustall an, betete sie zum lieben Gott, obwohl sie sich angesichts des Benehmens der Menschheit hier unten auf der Erde manchmal ernsthaft fragte, ob der tatsächlich so lieb war oder eher ein durchgeknallter Spinner mit einer reichlich kranken Fantasie. So etwas würde sie hier im erzkatholischen Bayern natürlich nie laut sagen, zumal sie selbst Katholikin war, aber die Gedanken waren schließlich immer noch frei.

Herr Cheng kehrte hüpfend und tanzend zu seinen Anbefohlenen zurück und dirigierte ihren inzwischen ohrenbetäubend laut kreuz und quer durcheinander singenden Chor.

»In München steht ein *Hofbräuhaus*, oans, zwoa, g'suffa!«

»Bier her! Bier her! Oder ich fall um!«

»No milk today! No milk today!«

Über den letzten Song freute sich Annie sogar ein wenig. Zumindest stellte er endlich einmal eine kleine Abwechslung dar. Aber mal ganz ehrlich, sagte sie sich. Genau betrachtet benahmen sich die Einheimischen, die hier am Wochenende oft einmal die Kuh fliegen ließen, auch nicht recht viel anders als die bunte Gruppe aus dem fernen Osten. Also alles im grünen Bereich. Sie war sich allerdings nicht sicher, ob sie eine solch infernalische Lautstärke wie heute schon jemals in Monikas *Kleiner Kneipe* miterlebt hatte.

Sie verteilte weitere 20 Biere auf die Tische und verzupfte sich gleich darauf in die Küche, wo sie eine Zigarette rauchte und zur Ablenkung ein wenig auf ihrem Smartphone im Internet herumstöberte.

»Geführte Touren durch die Filmstadt«, las sie dabei zufällig und musste sofort wieder an Monika denken. Wie mochte es ihrer besten Freundin wohl gerade ergehen? Hoffentlich kam sie bald heil zurück, damit sie gemeinsam Annies Superumsatz des Jahres feiern konnten.

21

Franz und Josef marschierten mit der Bereitschaftspolizei durch den Wald bei Feldafing. Es war zwar immer noch kühl, aber insgesamt ein wunderbarer Tag. Wäre der Anlass für ihre Anwesenheit nicht so besorgniserregend gewesen, hätte es ein herrlicher Herbstspaziergang werden können.

»Meinst du, sie lebt noch?«, fragte Josef. »Wir haben es bald 16 Uhr.«

»Sonst würde ich wohl kaum mit dir nach ihr suchen.« Franz schüttelte verständnislos den Kopf. Was war das denn für eine selten dämliche Frage. Er mochte Josef, wirklich, aber manchmal ging ihm seine direkte Art, die Dinge anzusprechen, auf den Wecker. Wusste der Torwart des *FC Kneipenluft* denn nicht, dass Menschen Gefühle empfanden, oder hatte er es, seit er sein Millionenerbe angetreten war, vergessen? Es wäre nicht das erste Mal, dass viel Geld einen Menschen von heute auf morgen zum Negativen veränderte. Obwohl, stopp. Das war jetzt wohl alles reichlich übertrieben und entsprach auch nicht der Wahrheit.

Brems dich wieder ein, Franz Wurmdobler. So wie es ausschaut, hast du gerade nicht die besten Nerven und bist einfach nur ungerecht, weil du dir so große Sorgen um Moni machst.

Vorhin hatte er mit Sandra telefoniert. Sie dachte wie er andauernd an Monika. Sogar geweint hatte sie. Schließlich kannten sie sich alle gut, auch von den vielen Ausflügen und Urlauben, die sie bereits gemeinsam mit Max und Monika unternommen hatten. Sowohl mit dem Single Josef als auch ohne ihn.

Erst letztes Jahr waren sie zusammen in Kroatien gewesen und hatten sich zu fünft ein großes Haus mit Pool nicht weit vom Meer gemietet. Ein traumhafter Urlaub, den alle in bester Ferienlaune verbracht hatten. Grillen, baden, spazieren gehen, Kaffee trinken und dann abends gemütlich im Restaurant am Meer oder im Garten ihrer Villa beim Lagerfeuer sitzen. Es war einfach nur grandios gewesen. Natürlich hatten sie jede Menge Spaß dabei gehabt und sich an manchen Abenden fast tot gelacht. Vor allem Josef war es gewesen, der die Runde bestens zu unterhalten wusste.

Also, jetzt wirklich halblang, Wurmdobler. Er hat doch nur gefragt, ob du meinst, dass Moni noch lebt. Du hättest schließlich auch einfach ja sagen können, und alles wäre gut gewesen.

Sie gingen weiter in einer Reihe mit den 50 Uniformierten neben ihnen. Die andere Hälfte der Hundertschaft hatten sie nach Hause geschickt, wo sie wegen einer Demonstration gegen das Baumsterben am Odeonsplatz gebraucht wurde. Immer wieder stolperten sie dabei über herumliegendes Geäst und immer wieder riefen sie laut nach Monika und durchwühlten mit langen Stöcken das Laub am Boden. Doch es kam keine Antwort. Nur ein paar Vögel, die es offenkundig noch nicht in den Süden geschafft hatten, piepsten, sangen und trällerten munter vor sich hin.

Sie erreichten eine Anhöhe mit einem herrlichen Panoramablick auf den See und die Alpenkette weiter südlich. Wenn es den lieben Gott tatsächlich gab, musste er ein Bayer sein, dachte Franz kurz, dann war er sofort wieder bei der Sache.

»Monika!«, rief er. »Wo bist du?«

»Langsam kriege ich immer mehr Zweifel, ob sie hier draußen ist«, meinte Josef.

»Das geht mir gerade ähnlich.« Franz nickte. »Vielleicht hast du recht und sie sitzt tatsächlich irgendwo in einem Keller auf dem Filmgelände.«

»Du solltest auf jeden Fall ein paar Leute hinschicken.«

»Okay, wir teilen die Suchmannschaften auf.« Franz rief den Einsatzleiter an und erteilte Order, dass auf der Stelle 20 Mann aufs Filmgelände fahren und dort noch einmal gründlich alle Keller durchsuchen sollten. Vor allem die abgelegeneren. Der Rest der Truppe sollte hier noch weitersuchen.

»Was machen wir mit Max' Idee von einer Hütte in den Bergen?«, erkundigte sich Josef, nachdem Franz aufgelegt hatte.

»Weißt du wie viel Tausend Hütten es in den Bergen gibt?«

»Nein.« Josef schüttelte den Kopf.

»Es sind etliche. Das müssen wir anders angehen.«

»Wir könnten zum Beispiel erst mal versuchen herauszufinden, wer von den Verdächtigen so eine Hütte hat.«

»Treffer, Josef. So kenne ich dich. Ich sag Max gleich mal Bescheid, dass er die Frage in seine Ermittlungen miteinbeziehen soll.«

Franz rief Max an. Der bedankte sich für die Info und meinte, dass sie auf dem Filmgelände noch nichts gefunden hätten, aber gerade zu den beiden Schauspielern unterwegs wären. Vielleicht hätten die Jungs von der Hundertschaft ja mehr Erfolg beim Kellerdurchstöbern.

»Suchen wir weiter?«, fragte Franz, nachdem er erneut aufgelegt hatte.

»Unbedingt.« Josef nickte.

Eine Gruppe grauhaariger Touristen kam ihnen entgegen. Franz hielt sie an und fragte sie, ob ihnen eine Frau mit einem oder zwei Begleitern aufgefallen wäre. Er zeigte ihnen ein Foto von Moni, das er auf seinem Handy gespeichert hatte.

»Nein, nie gesehen, leider«, erwiderte der Mann in der grünen Bundhose und dem grün-weiß karierten Hemd, der ihm am nächsten stand. Im Gegensatz zu Franz hatte er keinen einzigen Tropfen Schweiß auf der Stirn.

Seine Begleiter sahen sich das Foto ebenfalls an. Keiner von ihnen konnte Monika identifizieren.

Franz bedankte sich und wünschte ihnen einen schönen Tag.

»Wie weit ist es von hier zum Starnberger See?«, fragte der Mann in der Bundhose, als Franz sich bereits zum Gehen umgedreht hatte.

»Nicht weit«, meinte Franz und hielt inne. Er drehte sich noch einmal zu ihnen um. »Woher kommen Sie?«

»Vom Ammersee.«

»Respekt.« Er schürzte anerkennend die Lippen. »Da kann ich nur hoffen, dass ich nach meiner Pension noch genauso fit bin wie Sie.«

»Bestimmt«, meinte der Bundhosenträger. »Jeden Tag ein Spaziergang von zwei Stunden genügt.«

»Na dann, alles Gute.« Franz sah zu, dass er den Anschluss an seinen Suchtrupp nicht verpasste, und eilte davon. Kurze Zeit später hatte er die anderen wieder eingeholt, was nicht zuletzt daran lag, dass sie extrem langsam gingen, um keine Spur zu übersehen.

»Und?«, fragte Josef, als sie wieder gemeinsam nebeneinander her stolperten.

»Sie haben sie nicht gesehen. Wäre auch zu schön gewesen. Jeden Tag zwei Stunden spazieren gehen soll ich, damit ich im Alter noch fit bin. Zwei Stunden, die Zeit muss man erst mal haben in meinem Job. Die haben leicht reden.« Franz schnaubte echauffiert.

»Abends nach der Arbeit, statt im Biergarten oder in der Kneipe zu sitzen?« Josef zwinkerte ihm grinsend zu.

»Und wann soll ich mich dann von der Arbeit ausruhen?« Franz machte ein verständnisloses Gesicht.

»Beim Spazierengehen?«

»Geh, so ein Schmarrn. Beim Gehen ruht man sich nicht aus. Da geht man. Das weiß doch jedes Kind.« Franz schüttelte genervt und empört zugleich den Kopf.

»War auch nicht ernst gemeint, Franzi.« Josef musste lachen. »Auf das Pensionsalter bereitet sich jeder auf seine Weise vor. Der eine so, der andere so.«

»Das will ich aber auch meinen.«

Sie gingen eine Weile lang schweigend nebeneinander her. Dann begannen sie erneut, nach Monika zu rufen.

Franz fiel dabei über einen Ast, den er übersehen hatte, und stürzte auf den Boden.

»Herrgott noch mal, drecksmistige Natur, mistige«, schimpfte er unflätig, während er sich mit Josefs Hilfe wieder hochrappelte.

22

Es war 16.30 Uhr. Max und Bernd standen im zweiten Stock eines alten Mietshauses direkt ums Eck vom Gärtnerplatz vor der Wohnungstür von Hans Schwesinger und Siegfried Sauerteig. Unten war offen gewesen. Max läutete.

Kurz darauf öffnete ein blonder Mann im mittleren Alter die Tür einen Spaltweit. So viel Max erkennen konnte, zierte seinen Kopf ein langer Pferdeschwanz. Seine Lippen waren offensichtlich frisch aufgespritzt, und er trug ein rosa T-Shirt zu weißen Jeans.

»Was kann ich für Sie tun, meine Herren?«, erkundigte er sich höflich, aber sichtlich wenig begeistert über die Störung.

»Max Raintaler, Kripo«, stellte sich Max vor und hielt ihm seinen improvisierten Dienstausweis hin. »Das hier ist der Kollege Müller. Wir hätten ein paar Fragen an Sie. Dürfen wir reinkommen?«

»Um was geht es denn?« Der Blonde dachte anscheinend nicht daran, die Tür zu öffnen, bis seine Fragen zufriedenstellend beantwortet waren.

»Es geht um den Tod von Waldemar Brachtinger.« Max blieb ruhig und sachlich.

»Was?« Der Blonde sah ihn erschrocken an. »Das darf doch gar nicht wahr sein. Kommen Sie herein, meine Herren.« Er öffnete die Tür und ließ sie an sich vorbei in den hell beleuchteten Flur eintreten. »Mein Name ist übrigens Schwesinger, Hans. Mein Freund, der Siegfried Sauerteig, sitzt im Wohnzimmer. Am besten gehen wir gleich zu ihm rüber. Das Thema Brachtinger interessiert ihn sicher auch.«

Als sie durch den mit Antiquitäten vollgestellten Flur durchquert hatten, führte links eine Tür in ein großes Wohnzimmer. Darin standen golden und rot gemusterte Polstermöbel, ein überdimensionaler Flachbildfernseher, auf dem gerade ein Tierfilm lief, wertvolle alte Holzmöbel wie ein rustikaler Tisch, an den locker zehn Leute passten, die passenden handgefertigten Designerstühle dazu sowie dunkel und glänzend lackierte Holzregale bis knapp unter die hohe Altbaudecke. Zwei große, von schweren roten Samtvorhängen eingerahmte Fenster gaben den Blick auf die für einen Sonntag reichlich belebte Reichenbachstraße frei.

»Ich hab dir die Polizei mitgebracht, Siegfried«, sagte Hans zu dem auf der Couch vor dem Fernseher sitzenden, stämmigen und sehr dunkelhaarigen Mann mit den blauesten Augen, die Max jemals gesehen hatte, als sie alle drin waren. Er schien im gleichen Alter wie sein Freund zu sein, und seine Haare waren 100-prozentig gefärbt.

»Um Himmels willen, hat jemand unser Auto gestohlen?« Siegfried schaltete den Fernseher aus, legte die Fernbedienung auf den gläsernen Couchtisch vor sich und erhob sich von seinem Sofa.

»Es geht um Waldemar Brachtinger«, sagte Hans.

»Was ist mit ihm?« Siegfried blickte überrascht drein.

»Er ist tot, Herr Sauerteig«, ergriff Max das Wort.

»Ach du lieber Gott.« Siegfried erschrak nicht weniger als sein Freund zuvor an der Wohnungstür. »Bitte nehmen Sie doch Platz, meine Herren.« Er zeigte auf das lange Sofa, das seinem etwas kleineren gegenüberstand und gut und gerne vier Leuten einen Sitzplatz bot.

Max und Bernd setzten sich. Siegfried nahm ebenfalls wieder Platz, und Hans gesellte sich zu ihm. Sie nahmen sich an den Händen und sahen Max und Bernd gespannt an.

»Uns ist zu Ohren gekommen, dass Herr Brachtinger Sie beide vor nicht allzu langer Zeit für eine Rolle in seinem neuen Film abgelehnt hatte.« Max blickte erwartungsvoll von einem zum anderen.

»Das stimmt«, erwiderte Siegfried nickend. »Da gab es Ärger, weil er andere Vorstellungen hatte als seine Castingagentur und der Regisseur.«

»Die wollten uns nämlich unbedingt, im Gegensatz zu ihm«, meinte Hans.

»Ja, unbedingt«, sagte Siegfried, während er sich lässig durch die vollen, mittellangen schwarz gefärbten Haare fuhr. »Wir sind schließlich keine Unbekannten in der Branche.«

»Sind wir nicht, ganz richtig«, bekräftigte Hans die Aussage seines Freundes.

»Wo waren Sie gestern Abend von 18 Uhr bis sagen wir mal 20 Uhr?«, fragte Max die beiden.

Bernd hielt sich zurück und ließ ihn die Fragen stellen. So machten sie es immer, wenn sie zu zweit auftraten. Der eine gab den redegewandten interessierten Fragensteller, also Max, während Bernd stumm und bedrohlich dreinblickend daneben saß und die Verdächtigen auf diese Weise verunsicherte.

»Wir waren hier«, erwiderte Siegfried. »Wir hatten ein kleines Abendessen mit guten Freunden.«

»Stimmt nicht ganz, Siegfried«, mischte sich Hans ein. »Du warst mal eine gute halbe Stunde weg, um Champagner zu holen.«

»Blödsinn, Hans. Das war der Rolf, der den Champagner geholt hat. Wie du weißt, hatte ich jede Menge in der Küche, und der liebe Rolf ist immer sehr hilfsbereit.«

»Jetzt wo du es sagst, erinnere ich mich auch wieder.«

Hans nickte eifrig. »Entschuldige, das war jetzt wirklich vorschnell von mir.«

»Schon gut. Dafür musst du das nächste Mal kochen.« Siegried schickte Hans ein zärtliches Luftküsschen hinüber.

»Hat dieser Rolf auch einen Nachnamen?«, wollte Max wissen.

»Natürlich.« Hans nickte.

»Würden Sie ihn mir verraten?« Max stöhnte innerlich. Das ging wieder mal alles reichlich zäh voran.

»Sicher.« Jetzt nickte Siegfried.

»Und?« Max musste grinsen. Die hellsten Kerzen auf der Torte waren die beiden nicht. »Oder machen wir es doch gleich so. Wer war denn nun alles gestern bei Ihnen zum Essen?«

»Also da war erst mal der Rolf«, begann Siegfried unter zu Hilfenahme seiner Finger aufzuzählen. »Dann der Errol, der Janik, der Billie, der Sven und der Thomas. Das war's.«

»Nicht ganz, mein Lieber«, fuhr ihm Hans schnell über den Mund. »Der Helge war auch da. Er kam etwas später. Erinnerst du dich nicht?«

»Das hätte ich gleich schon noch gesagt, Hansi«, zischte Siegfried. »Musst du mich andauernd verbessern? Das ist ja unerträglich. Vor allem in Gegenwart zweier wackerer Polizisten.«

»Aber ich verbessere dich doch gar nicht.« Hans schüttelte den Kopf und ließ Siegfrieds Hand los. »Nur wenn du wichtige Dinge vergisst, muss ich was sagen. Die Polizei will schließlich die ganze Wahrheit hören. Stimmt's nicht, meine Herren?« Hans schaute Beifall heischend von Max zu Bernd und wieder zurück.

»Auf jeden Fall«, meinte Max amüsiert. Alte Ehepaare waren mitsamt ihren Schrullen generell irgendwie lustig.

Doch die beiden hier übertrafen den ihm bekannten Durchschnitt noch um einiges. »Könnten Sie mir die Namen und, soweit bekannt, die Adressen Ihrer Gäste wohl auf einen Zettel schreiben?«, fragte er weiter.

»Das mache ich gerne.« Hans sprang auf und verließ das Zimmer.

Eine Minute später war er mit einem kleinen Notizblock und einem Stift zurück. Er setzte sich erneut auf das kleine Sofa und begann konzentriert zu schreiben.

Siegfried hatte Max und Bernd derweil einen Kaffee angeboten, den beide gerne angenommen hatten, und war in der Küche verschwunden, um ihn zu holen.

Wenige Minuten später kam er wieder, verteilte die Tassen am Tisch, stellte Zucker und Milch daneben und schenkte allen ein. Dann zauberte er noch eine kleine Packung mit ausgesuchten Pralinen aus der weißen Schürze hervor, die er wohl extra zum Kaffeeholen angezogen hatte, und legte sie ebenfalls auf den Couchtisch.

»Falls einer von Ihnen ein Schleckermäulchen ist«, kommentierte er es breit grinsend.

»Kennen Sie Monikas *Kleine Kneipe* beim Tierpark unten?«, fragte Max, dem gerade Monikas Bericht über die zwei betrunkenen Schauspieler an ihrem Tresen eingefallen war.

»Sicher, wie kommen Sie darauf?«, antwortete Siegfried mit erstaunter Miene. »Da gehen wir gerne hin, wenn wir in der Filmstadt zu tun hatten.«

»Die Wirtin ist meine Freundin.« Max lächelte unbestimmt. Dann waren es also diese beiden, die Monika gemeint hatte. München war tatsächlich ein Dorf. Warum kannte er die zwei eigentlich nicht vom Sehen?

»Ach, wie schön«, mischte sich Hans ein, der immer

noch schrieb. »Wir sind gerne dort. Moni ist ein sehr netter Mensch.«

»Allerdings hat sie mir berichtet, dass Sie bei Ihrem letzten Aufenthalt alle beide sehr ausführlich über Waldemar Brachtinger schimpften.«

»Hat sie uns etwa belauscht?« Siegfried zog überrascht die Brauen hoch. »Das hätte ich ihr gar nicht zugetraut.«

»Das war gar nicht nötig, sagt sie, da Sie alle beide so betrunken waren, dass das ganze Lokal Ihre Unterhaltung mithören konnte.« Max kam gerade nur sehr schlecht damit klar, dass er erneut an Monika und ihren Verbleib denken musste. Wenn die zwei Burschen hier etwas mit ihrer Entführung zu tun hatten, konnten sie es auf jeden Fall perfekt verbergen. »Hatte einer von Ihnen ein Verhältnis mit Waldemar Brachtinger?«, fragte er geradeheraus. Manchmal war es effektiver, direkt zu sein, als lang um den heißen Brei herum zu reden, wusste er. Nicht zuletzt, weil man dabei das Überraschungsmoment auf seiner Seite hatte.

»Niemals, wie kommen Sie nur darauf?« Siegfried schien ob des ungeheuerlichen Verdachts aus allen Wolken zu fallen.

»Es war nur eine Frage.« Max trank in aller Ruhe einen Schluck Kaffee.

»Also, Herr Raintaler …« Hansi machte ein bedrücktes Gesicht.

»Ja, Herr Schwesinger?« Max betrachtete ihn aufmerksam.

»Um ehrlich zu sein: Ich hatte mal was mit dem Herrn Brachtinger.« Hansi sprach so leise, dass er kaum zu verstehen war.

»Was?« Siegfried sprang entsetzt auf. »Wieso hast du mir nichts davon gesagt? Du erzählst doch sonst immer alles, egal ob man es hören will oder nicht.«

23

Draußen begann es wieder zu regen, und Annie wurde es langsam zu bunt. Sie konnte die Lautstärke ihrer feierwütigen Gäste nur noch mit Watte in den Ohren ertragen, von der Monika Gott sei Dank genügend in ihrer Küche herumliegen hatte. Möglicherweise zündete Monika damit ihren Herd an, der nach gutem altem Brauch mit Holzscheiten befeuert wurde. Das musste die Lösung sein. Na logisch. Annie nahm sich vor, das beim nächsten Mal selbst auszuprobieren.

»Fräulein Annie?« Herr Cheng stand schielend in der Küchentür.

»Hallo, mein Freund, hier haben Sie nichts zu suchen.« Annie ging auf ihn zu. »Schauen Sie bitte, dass Sie ganz schnell in den Schankraum zurückkommen.« Sie trieb ihn vor sich her zur Tür hinaus und bekam einen riesen Schreck, als sie sah, was dort geschah.

Fünf der Anwesenden hatten sich während ihrer Abwesenheit hinter den Tresen begeben und damit begonnen, auf eigene Faust Bier, Wein und Schnaps auszuschenken. Sie richteten dabei eine riesengroße Sauerei an. Alles war nass.

»Hey, seid ihr verrückt geworden?«, rief Annie und riss ihnen die Gläser aus der Hand. Jetzt war keine Zeit mehr für Höflichkeiten. Das hier ging eindeutig zu weit. »Ab jetzt. Raus hier.« Sie scheuchte sie in den Gastraum zurück und schloss die Klappe, die den Platz hinter dem Tresen davon trennte.

»Herr Cheng!« Sie winkte den Reiseleiter zu sich.

»Ja, Fräulein Annie.« Er sah ihr verliebt in die Augen. »Sie sind die schönste Frau von Deutschland«, sagte er.

»Hören Sie schon auf mit dem Schmarrn.« Sie winkte ärgerlich ab. »Ihre Leute und Sie können sich doch hier nicht einfach selbst bedienen. Das hat Konsequenzen. Ich möchte, dass Sie mir alles, was bisher von Ihnen allen konsumiert wurde, bezahlen. Bar und auf der Stelle.«

»Natürlich, Fräulein Annie. Genügt das?« Er hielt ihr 2.000 Euro hin und sah sie fragend an.

»Das ist sehr großzügig.« Im Wissen, dass bisher überschlagsmäßig nicht mehr als 700 Euro auf der Rechnung stehen konnten, nahm sie ihm das Geld mit einem flüchtigen Lächeln auf den Lippen aus der Hand und stopfte es in ihre Hosentaschen. »Da schenke ich Ihnen gerne noch eine Runde aufs Haus ein«, meinte sie anschließend. »Was möchten Sie denn?« Sie klang nun versöhnlich. Sogar die Watte nahm sie sich aus den Ohren. Alles andere wäre angesichts der Summe, die ihr Herr Cheng ausgehändigt hatte, auch idiotisch gewesen. Mein Gott, dann waren diese Leute halt ein bisschen zu laut und übermütig. So schlimm war das nun auch wieder nicht. Sie wollten ein kleines Fest feiern. Das durfte man als Gastwirt nicht so eng sehen. Da waren ein wenig Großzügigkeit und Toleranz angesagt. Schließlich gab es hier in Bayern seit dem Ende des Zweiten Weltkriegs die berühmte *Liberalitas Bavariae*, die so viel wie leben und leben lassen besagte.

»Bier!«, erwiderte Herr Cheng, über das ganze Gesicht grinsend. »Nur ganz viel Bier.«

»Geht in Ordnung. Kommt sofort.«

Annie schenkte ein weiteres Mal 20 Gläser voll und stellte sie auf den Tresen. Daran sollte sich jeder jetzt ganz offiziell selbst bedienen. Dann machte sie sich daran, im ganzen Lokal aufzuräumen, so gut es ging.

Begleitet von erneuten Hooligan-ähnlichen Gesängen

bezüglich des »Münchner *Hofbräuhauses*« hatte sie es in einer halben Stunde geschafft, Monikas *Kleine Kneipe* wieder einigermaßen in ihren Normalzustand zu versetzen. In die Küche ging sie nicht mehr, denn obwohl ihre Gäste genug Geld für das bezahlt hatten, was sie konsumierten und sich dabei obendrein alles andere als geizig erwiesen hatten, traute sie ihnen ab sofort nicht mehr über den Weg.

24

»Wie oft soll ich es dir denn noch sagen, Siegfried? Es ist ewig lange her mit dem Waldemar und mir.« Hans war ebenfalls aufgesprungen und versuchte, seinem aufgebrachten Mitbewohner zu erklären, was sich in Wahrheit zwischen ihm und Waldemar Brachtinger abgespielt hatte. »Außerdem kannten wir beide uns zu der Zeit noch gar nicht«, fuhr er fort. »Und es hat mir nichts bedeutet. Gar nichts.«

»Ehrlich? Du lügst mich nicht an?« Siegfried hatte Tränen in den Augen.

»Wie könnte ich dich jemals anlügen, mein Schatz?« Hans weinte.

»Gott sei Dank«, platzte es aus Siegfried heraus. »Ich bin ja so froh.«

Sie fielen sich gegenseitig in die Arme und knutschten sich leidenschaftlich ab.

Max und Bernd sahen sich leicht peinlich berührt an. Max merkte, dass sie hier im Moment nicht so recht weiterkamen. Die beiden hatten allem Anschein nach nichts mit dem Mord an Waldemar Brachtinger zu tun. Ein Alibi hatten sie ebenfalls. Die Spurensuche nach dem Täter und nach Monikas Entführer ging also weiter. Es war zum Verzweifeln. Je länger es dauerte, bis sie Monika fanden, umso höher war die Wahrscheinlichkeit, dass ihr etwas Schlimmes zustieß. Weiter wollte er gar nicht denken. Er wusste nur, dass es eilte.

Von der kleinen Kaffeepause gestärkt, machte er sich mit Bernd auf den Weg nach draußen.

»Und jetzt?«, fragte Bernd, als sie unten auf der Straße angekommen waren. »Auf zu Verena Neuner?«

»Ich hab keine Ahnung.« Max zuckte die Achseln. »Ich weiß nur, dass uns die Zeit davonläuft.«

»Ruf doch mal Franzi an«, schlug Bernd vor. »Vielleicht haben die was Neues für uns in Feldafing draußen.«

»Dann hätte er sich doch längst gemeldet.« Max winkte ab.

»Trotzdem. Oder willst du hier in der Stadt herumstehen und Däumchen drehen?«

»Wie du meinst.« Max holte sein Smartphone heraus und wählte Franz' Nummer.

»Gerade wollte ich dir Bescheid sagen, dass wir einen Suchtrupp aufs Filmgelände geschickt haben«, sagte Franz, gleich nachdem er rangegangen war. »Josef und ich glauben nicht mehr, dass Monika hier draußen ist.«

»Hab ich euch doch gleich gesagt. Bernd und ich fahren auch wieder dorthin.« Max legte schnell auf.

»Vergiss die Neuner. Ab aufs Filmgelände«, rief er Bernd zu. »Ein Suchtrupp der Bereitschaftspolizei ist bereits dort.«

»Geht klar.« Sie stiegen in Bernds Wagen, den er gleich ums Eck geparkt hatte, und Bernd gab Vollgas.

Immer an der Isar lang, bis zum Tierpark, dann nach Harlaching hoch und weiter auf der Grünwalder Straße Richtung Filmgelände.

Keine halbe Stunde später kamen sie dort an.

Ludwig Gangler, der rothaarige Polizist vom Parkplatz in Feldafing, begrüßte sie.

»Habt ihr schon was gefunden?«, fragte Max, ohne sich lang mit Höflichkeitsfloskeln aufzuhalten. Später wäre wieder ausreichend Zeit dafür. Jetzt zählte jede Sekunde.

»Leider noch nichts. Aber wir haben auch längst noch nicht alles abgesucht. Das ist alles viel größer als gedacht hier.«

»Wo wart ihr bisher?«

»Wir haben noch einmal sehr gründlich das Bürogebäude von Herrn Brachtinger abgesucht.« Ludwig sprach schnell, so als regte ihn die Angelegenheit auf. Möglicherweise war es sein erster Einsatz bei einer Entführung, und dann war das Opfer auch noch die Freundin eines Ermittlers. Da galt es natürlich, möglichst keine Fehler zu machen. »Dann waren wir im Haus daneben und in einer großen Halle, die etwas weiter entfernt liegt, und unter der es einen weitläufigen Keller gibt.«

»Und?« Max machte ein fragendes Gesicht.

»Leider nichts.« Ludwig senkte den Blick.

»Dann sollten wir alle schnell weitermachen«, sagte Max. »Sagen Sie Ihren Leuten Bescheid, Herr Gangler.«

»Sind Sie hier der Verantwortliche?« Ein bierbauchiger Mann mit zotteligem Vollbart und grauen Haaren näherte sich ihnen. Er trug zu den Haaren passend einen grauen Kittel und blickte Max geradewegs ins Gesicht.

»Warum wollen Sie das wissen?«

»Weil es so nicht geht.« Die Stimme des Mannes klang gereizt und unfreundlich.

»Wie geht was nicht?« Max hörte sich ebenfalls nicht sonderlich freundlich an. So ein pampiger Sack, sagte er sich.

»Ihre Leute bringen mir hier alles durcheinander.« Der Mann fuchtelte wild mit seinen Händen in der Luft herum. »Hier werden für Millionen von Euros Filme, Fernsehsendungen und Shows produziert, da geht es gar nicht, dass eine Horde Uniformierter einfach so durchmarschiert und überall Chaos stiftet. Ich sage nur *Rosenheim Cops*, Thomas Gottschalk, Bully Herbig, Asterix und Obelix und so weiter und so fort.«

»Wer sind denn Sie überhaupt?«, fragte ihn Max. »Der Geschäftsführer des Filmgeländes? Ist der Gottschalk nicht längst in Rente?«

»Nein, er ist nicht in Rente, aber seine *Late Night Show* wurde hier früher gedreht, geweihter Boden ist das hier, auf dem Sie stehen, guter Mann.« Der offenbar unter hohem Blutdruck leidende Kittelträger schüttelte energisch den Kopf. »Rasputin Huber mein Name. Ich bin der Hausmeister.«

»Passen Sie auf, Herr Huber. Mein Name ist Raintaler.« Max baute sich direkt vor Rasputin auf. Er hatte schon den Zigarre rauchenden Hausmeister an seiner Schule in Sendling nicht leiden können. Warum genau das so war, wusste er nicht mehr. Womöglich mochte er einfach keine grauen Kittel. »Sie können froh sein, dass wir hier nicht alles absperren. Es gab einen Mord, und wir ermitteln. So ist das nun mal. Hamma uns?«

»Ja, aber das kostet alles Unsummen«, beschwerte sich Rasputin weiter.

»Ist es Ihr Geld?« Max fixierte ihn mit einem strengen Blick.

Du hinderst hier niemanden an einer Mordermittlung und schon gar nicht daran, eine vermisste Person zu finden.

»Nein.« Rasputin schüttelte den Kopf.

»Na also, dann schauen Sie, dass Sie in Ihr Büro kommen, machen Sie Ihre Arbeit und lassen Sie uns hier unsere machen.« Max' knarzender Tonfall ließ nicht den geringsten Zweifel daran zu, dass er es sehr ernst meinte. »Noch besser wäre es natürlich, Sie helfen uns, anstatt hier herumzujammern. Wir suchen neben unserer Mordermittlung auch nach einer entführten Frau. Schwarze Haare, blaue Augen, sehr attraktiv. Es eilt.«

»Die habe ich leider nicht gesehen. Aber Verstecke gibt es hier genug. Wenn Sie wollen, zeige ich Ihnen alles, Herr Kommissar.« Rasputin brachte jetzt sogar ein halbschariges Lächeln zustande.

»Das ist doch mal ein Wort.« Max fragte sich, woher Rasputins plötzlicher Sinneswandel wohl kommen mochte, verwarf die Frage aber noch im selben Moment wieder, weil es ihm eigentlich vollkommen egal war. Hauptsache, der ungepflegte Kerl gab Ruhe und half ihnen. Sie konnten tatsächlich jeden Mann gebrauchen, der gesunde Beine, Arme, Augen und Ohren hatte.

»Waren Ihre Leute schon im U-Boot?«, erkundigte sich Rasputin.

»Wart ihr schon im U-Boot?«, rief Max dem Trupp zu, der sich ihnen gerade, vom unerfahrenen Ludwig angeführt, näherte.

»Ein U-Boot, hier an Land?« Ludwig schaute verwirrt drein.

»Nein.« Max stöhnte ungeduldig. »Das U-Boot aus dem Film *Das Boot* von Wolfgang Petersen. Das kenn sogar ich. Der Grönemeyer hat da zum Beispiel mitgespielt und der Jürgen Prochnow.«

»Nie gehört«, sagte Ludwig. »Den Brad Pitt kenn ich und *Star Wars* und *Batman* oder *Ironman*. Dann kommt aber lange nichts mehr.«

Max schüttelte verständnislos den Kopf. Diese Jugend von heute. Im Internet kannten sie sich aus wie kein anderer. Aber wehe, du schicktest sie in die reale Welt hinaus. Da durften sie froh sein, wenn sie heil wieder nach Hause zurückkehrten. Na ja, nicht alle natürlich. *Star Wars* war außerdem kein schlechter Film. Er mochte das kunterbunte Weltraummärchen von der ersten Folge an. *Batman* und *Ironman* kannte er auch.

Max eilte mit Bernd voraus. Ludwig und seine Leute folgten ihnen im Laufschritt. Max fiel unterdessen ein, dass den ganzen Tag lang Leute in das U-Boot zur Besichtigung durften. Es würde also sicher keinen großen Sinn machen, dort jemanden verstecken zu wollen. Egal, jetzt waren sie schon einmal hier, dann konnten sie das stählerne Ungetüm auch ebenso gut nach Monika durchsuchen. Interessant wäre es allemal, so etwas einmal von innen zu sehen.

25

Franz hatte Josef bei dessen Villa südlich des Tierparks abgesetzt, da dieser eine Verabredung mit seiner neuen Freundin Susanne hatte. Er würde sich später noch einmal bei Max oder Franz melden, meinte er, und dann, falls nötig, auch noch heute Abend weiter bei der Suche nach Monika helfen. Doch das Date zum Essen mit Susanne könne er nicht absagen, da sie erst ganz frisch zusammen waren und sie schnell auf 180 wäre. Das hätte er bereits einige Male zu spüren bekommen.

Franz hatte das selbstverständlich akzeptiert.

Während er vor dem Dienstgebäude parkte, dachte er noch einmal daran, wie gründlich sie alles in Feldafing draußen abgegangen waren. Jeden Stein hatten sie gemeinsam mit den Suchmannschaften umgedreht, jede Hütte und jede noch so kleine Höhle durchsucht. Die Spusi hatte die Spuren untersucht. Er konnte jetzt mit absoluter Sicherheit sagen, dass Monika überall sonst sein mochte, dort draußen aber auf gar keinen Fall.

Als er in sein Büro kam, fand er einen großen Stapel Akten vor, die nach erstem Augenschein nichts mit dem Fall Waldemar oder mit Monikas Verschwinden zu tun hatten. Er setzte sich in seinen Bürosessel und rief seine Sekretärin, Heidi, herein.

»Was soll das Zeug hier auf meinem Schreibtisch?«, fauchte er los, noch bevor sie richtig hereingekommen war.

»Die hat der Chef bringen lassen. Er meinte, du solltest dich darum kümmern.« Sie zuckte mit Unschuldsmiene die Achseln.

»Das ist größtenteils irgendein alter Mist.« Franz stand auf und drückte ihr den Aktenstapel in die Hände. »Weiß er nicht, dass wir in einem Mordfall ermitteln, und dass es Sonntag ist?«

»Es wäre für morgen, sagte er. Mir ist egal, was damit wird.« Sie zuckte die Achseln.

»Alles Mumpitz, Heidi. Wirf das Zeug weg oder bring es in irgendeinem Schrank ganz hinten unter. Die nächsten Wochen passiert diesbezüglich rein gar nichts. Das kann er sich hinter die Ohren schreiben, unser vor Ehrgeiz kranker Emporkömmling aus der Provinz.« Franz konnte den arroganten Würzburger, den sie ihm vor einem halben Jahr vor die Nase gesetzt hatten, anstatt ihn selbst zum Leiter zu machen, nicht ausstehen. Der Kerl war überheblich, zeigte keinen Respekt vor seinen Mitarbeitern und kam jede Woche mit einer neuen Freundin an. Die packte er dann nach Feierabend in seinen roten Sportwagen und fuhr mit ihr wer weiß wohin.

»Wie du meinst, Franzi. Kann ich dann übrigens wieder nach Hause gehen? Mein Mann und ich haben Theaterkarten für heute Abend, da würde ich sehr gerne hingehen.« Heidi war extra ins Büro gekommen, weil Franz gemeint hatte, er käme mit dem Fall nicht allein zurecht. Jetzt hatte sich aber seit Längerem keiner mehr hier gemeldet, also stand ihrem rechtmäßigen Feierabend eigentlich nichts im Wege. Franz sah das genauso.

»War irgendetwas Wichtiges, solang ich weg war?«, fragte er noch und setzte sich wieder hinter seinen Schreibtisch.

»Ich hab alles aufgeschrieben, der Zettel liegt vor dir.«

»Aha, na gut.« Er nickte. »Dann danke fürs Kommen, Heidi, und einen schönen Abend. Was schaut ihr denn an?«

»*Die Physiker*.«

»Super, viel Spaß.« Franz hatte keine Ahnung, wer diese Physiker sein sollten. In Deutsch hatte er am Gymnasium eine glatte Vier gehabt. Der Lehrer, der alte Koslowsky, sagte dazu bei der Zeugnisvergabe immer nur lapidar eine »gerade noch«. Franz hatte es außerdem nicht so mit dem Theater oder der Oper. Aber wenn es Heidi und ihrem Mann Spaß machte, warum nicht. Jeder war seines eigenen Glückes Schmied. So hieß es doch?

Nachdem Heidi gegangen war, las er den Zettel mit den Nachrichten, den sie ihm hingelegt hatte. Ein Robert Pfannenstiel stand an erster Stelle. Er hatte angerufen und um dringenden Rückruf wegen Waldemar gebeten. Franz nahm also seinen Dienstapparat zur Hand und wählte Roberts Nummer.

»Grüß Gott, Herr Pfannenstiel«, sagte er, nachdem sich Robert gemeldet hatte. »Hauptkommissar Wurmdobler hier. Ich sollte Sie zurückrufen.«

»Herr Kommissar, gut, dass Sie anrufen«, erwiderte Robert mit zitternder Stimme. »Ich bin Schauspieler und kannte Waldemar, na, sagen wir mal, sehr gut. Jetzt ist er tot, und ich habe Angst, dass ich auch sterben muss.«

»Wie kommen Sie darauf?« Franz straffte seinen Oberkörper. Einen zweiten Mord konnte und wollte gerade wirklich niemand gebrauchen. Er am allerwenigsten.

»Es schleicht jemand vor meinem Fenster herum. Waldemar hat mir letzthin von dem Poltergeist im Keller seines Büros erzählt. Oh, mein Gott, er dreht sich zu mir um.« Blanke Panik lag in Roberts Stimme. »Ich war ein paar Mal bei Waldemar auf dem Filmgelände. Bestimmt hat mich sein Poltergeist dort gesehen und nach Hause verfolgt.«

»Machen Sie das Licht aus«, riet ihm Franz. »Dann kann er Sie nicht mehr sehen.«

»Aber wenn es wirklich Waldemars Poltergeist ist, dann sieht er mich auch im Dunkeln.«

»Beruhigen Sie sich bitte, Herr Pfannenstiel. Es sieht im Moment nicht so aus, als wäre Waldemar von einem Poltergeist ermordet worden. Der Täter war wohl eher aus Fleisch und Blut.« Franz saß nach wie vor angespannt da. Natürlich hatte er auch selbst noch so seine Zweifel daran, dass es sich beim Täter wirklich um einen Menschen gehandelt hatte. Schließlich hatte sein Geistermessgerät in Waldemars Keller überdeutlich ausgeschlagen. Die Dinger waren zuverlässig. Das hatte er in der einschlägigen Fachliteratur gestern Abend extra noch mal nachgelesen. Aber Max, Bernd und Josef waren heute Morgen eindeutig anderer Meinung gewesen, und Franz war geneigt, ihnen zu glauben.

»Wenn es aber doch ein Geist ist«, insistierte Robert. »Ich bin schmächtig, werde nächstes Jahr 60 und kann mich ganz bestimmt nicht sonderlich gut wehren.«

»Wie standen Sie zu Waldemar?«, fragte Franz.

»Er war mein Liebhaber. Eine wildromantische Geschichte, sage ich Ihnen, Herr Kommissar. Ich könnte Ihnen Sachen erzählen, die würden Ihnen die Schamesröte ins Gesicht treiben.«

»Das muss nicht sein.« Franz winkte ab. Er konnte sich vorstellen, auf was diese Geschichten hinausliefen.

»Wie Sie wünschen. Er hatte zwar auch eine Freundin, aber geliebt hat er nur mich. Da bin ich mir ganz sicher.«

»Wieso sind Sie sich da so sicher?«

»Er hat mir versprochen, dass ich einmal alles erben soll.«

»Sie wissen aber schon, dass Sie sich gerade selbst verdächtig machen«, fragte Franz stirnrunzelnd. Entweder der Mann hatte sich gerade nicht im Griff, war betrunken oder auf Droge oder er war von Haus aus naiv.

»Wieso das?«, erkundigte sich Robert.

»Wissen Sie das nicht selbst?« Franz schüttelte ungläubig den Kopf.

»Nein, jetzt kommt er an die Tür.« Die Stimme des Mannes bebte vor Angst. »Bitte schicken Sie mir eine Streife, Herr Kommissar. Ich schwebe in Lebensgefahr.«

»Der Geist?«

»Ja, er ist ganz in Schwarz gekleidet, und sicher kommt er gleich durch die geschlossene Tür oder durch die Hauswand.« Robert klang jetzt eindeutig hysterisch. »Oh mein Gott, es ist bestimmt eine Mauergänger.«

»Haben Sie getrunken, Herr Pfannenstiel?« Franz war klar, dass es irgendwo auf der Welt Geister gab. Aber Roberts aufgebrachtes Affentheater gerade war mehr als übertrieben.

»Keinen Tropfen, Herr Kommissar. Wofür halten Sie mich?«, kam es empört zurück.

»Haschisch? LSD?«

»Ich bitte Sie, Herr Kommissar.«

»Wirklich nichts?«

»Na gut, erwischt.« Robert fand bei all seiner Panik noch Zeit genug, um leise zu lachen. »Einen kleinen Joint zur Teatime vorhin. Sonst nichts.«

»Aha.« Also ein paranoider Kiffer höchstwahrscheinlich. Franz nahm Waldemars Geliebten ab sofort nicht mehr ganz so ernst wie zu Anfang ihres Gespräches. »Wo waren Sie gestern Abend ab 18 Uhr? Wissen Sie das noch?«

»Natürlich weiß ich das. Ich mag ab und zu einen Joint rauchen, aber debil bin ich nicht.«

»Das freut mich für Sie, Herr Pfannenstiel.« Franz musste sich ein Grinsen verbeißen. Was für ein seltener Vogel war das hier nur wieder?

»Und wo waren Sie?«

»Ich war mit Freunden in der Sauna.«

»Würden Sie mir die Namen Ihrer Freunde nennen, damit wir das überprüfen können?«

»Glauben Sie mir etwa nicht?«

»Doch, reine Routine.« Franz kam aus dem Grinsen nicht mehr raus.

»Na gut, da waren also dabei der Reinhard Wohlbringer, der Hubsi Stehnke, der Gerard, ein süßer Franzose, den ich einmal in Paris bei einem Dreh kennengelernt habe, und der Hannes Stehrecht.«

»Hannes Stehrecht?« Franz prustete laut los.

»Sicher. Was ist daran so lustig?« Robert hörte sich verschnupft an. »Nehmen Sie mich nicht ernst?«

»Doch, doch. Auf jeden Fall«, beruhigte ihn Franz und riss sich wieder zusammen. »Wissen Sie, wo die vier Leute wohnen?«

»Natürlich, oder glauben Sie etwa, ich treibe mich mit Fremden herum?« Robert gab ihm die Adressen.

»Was macht Ihr Geist?«, fragte Franz. »Wo ist er gerade?«

»Er ist weg, Herr Kommissar. Ich sehe ihn nicht mehr.« Pfannenstiel hörte sich immer noch aufgeregt, aber auch unendlich erleichtert an. »Wie wunderbar. Danke für Ihre Hilfe.«

»Aber ich habe gar nichts gemacht«, protestierte Franz.

»Doch, haben Sie. Bestimmt hat der Geist gemerkt, dass ich mit der Polizei telefoniere, und ist lieber abgehauen. Gut gemacht, Herr Kommissar.« Robert jodelte laut und glückselig in den Hörer hinein. »Ich musste mal einen Hirten im Oberland spielen«, erklärte er seinen emotionalen Ausrutscher sogleich. »Übrigens bei einer Produktion von

Waldemar. Der Film hieß *Der Hirte mit der zarten Hand*. Haben Sie ihn zufällig gesehen?«

»Eher wohl nicht«, meinte Franz und musste sich schwer zusammenreißen, nicht wieder laut loszulachen. »Aber das muss nichts heißen. Ich habe immer viel Arbeit und wenig Zeit, ins Kino zu gehen.«

»Das glaube ich Ihnen, Herr Kommissar. Sicher auch keine leichte Arbeit, der Sie nachgehen.«

»Da sagen Sie was. Hat Ihnen Waldemar eigentlich ein Testament zukommen lassen oder wurden Sie zu seinem Anwalt eingeladen?«

»Leider nein. Er hat mich letztlich wohl doch nicht berücksichtigt. Aber was ist schon Geld, Herr Kommissar? Für uns beim Film bedeuten Ruhm und Ehre alles. Geld ist mehr oder weniger nur ein lästiges Nebenprodukt.«

»Danke, Herr Pfannenstiel, ich melde mich noch mal, wenn ich weitere Fragen habe.«

Geld ist nur ein lästiges Nebenprodukt. Das kann auch nur einer sagen, der genug davon daheim oder auf der Bank herumliegen hat.

»Gerne, Herr Kommissar«, flötete Pfannenstiel. »Sie dürfen mich Tag und Nacht anrufen, mein Retter.«

»Alles gut. Wiederhören.« Franz legte schnell auf, bevor die ganze Sache noch zu peinlich wurde. »Große Trauer über Waldemars Tod hat er gerade nicht an den Tag gelegt«, murmelte er anschließend vor sich hin. »War der gute Waldemar am Ende in der Branche gar nicht so beliebt wie bei uns am Stammtisch?«

26

Das Chaos in Monikas *Kleiner Kneipe* wurde mit jeder Minute, die verging, infernalischer. Inzwischen waren alle Gäste nackt oder halbnackt und brüllten wie aus einem Mund »Bier her, Bier her oder ich fall um«. Anneliese wunderte sich, dass sie nicht froren. Es hatte sicher nicht mehr als 20 Grad in der Gaststube, und jedes Mal, wenn jemand die Tür öffnete, um auf die Toilette zu gehen, wurde es noch etwas kälter.

»Bitte, lieber Gott, mach, dass sie bald so betrunken sind, dass sie von allein mit ihrem Krawall aufhören«, betete sie, während sie die nächste Runde Bier einschenkte.

Sie wunderte sich, wie viel Alkohol diese Leute vertrugen. Jeder von ihnen hatte bestimmt schon sieben Halbe und etliche Schnäpse intus. Eine normale Sterbliche wie sie selbst wäre längst ins Koma gefallen oder zumindest so betrunken, dass sie kein normales Wort mehr aus ihrem Mund gebracht hätte.

»In München steht ein *Hofbräuhaus*«. Es war Zeit für den zweiten Song aus dem begrenzten Repertoire der Gäste.

»Sagt mal, fällt euch nichts anderes ein?«, fragte Anneliese Herrn Cheng, der sich erneut ans Dirigieren gemacht hatte.

»Wieso? Die Lieder sind doch schön«, erwiderte er mit einem verständnislosen, seinem fortgeschrittenen Zustand angemessen debilen Grinsen im Gesicht.

»Nicht zu fassen«, sagte sie sich kopfschüttelnd.

Noch im selben Augenblick fingen zwei der männlichen Gäste an, sich lautstark zu streiten. Offenbar ging es dabei um die halbnackte junge Frau zwischen ihnen, an der sie abwechselnd herumzerrten. Anneliese verstand die Beschimpfungen zwar nicht, die sich die beiden gegenseitig an den Kopf warfen, aber dass es ihnen ernst mit ihrer Auseinandersetzung war, bekam sie auch so mit.

Herr Cheng rannte hin und versuchte zu vermitteln. Doch prompt bekam er dabei vom Kleineren der Streithähne einen Faustschlag ins Gesicht, der ihn blitzartig von den Füßen holte und zu Boden schickte.

Jetzt war die Aufregung perfekt. Alle mischten sich ein und gingen schließlich unter martialischem Gebrüll aufeinander los. Bier wurde übereinander ausgeschüttet, Handtaschen und Schirme landeten auf den Köpfen und sonstigen Körperteilen, und vor allem die blanken Fäuste kamen immer wieder zum Einsatz.

Sapperlot, so schnell konnte die Stimmung an einem übermütig fröhlichen Abend kippen.

Anneliese duckte sich und zerrte ihren großzügigen Geldgeber, Herrn Cheng, hinter den Tresen. Dort legte sie ihn zu ihren Füßen ab. Dann rief sie Max an. Das Ganze hier war von einer schmalen Frau ohne Nahkampferfahrung nicht mehr zu bewältigen.

»Max?«, rief sie, als er ranging.

»Annie? Was ist denn bei dir für ein Lärm?«

»Die Gäste drehen durch. Es gibt eine Massenschlägerei.« Sie hielt ihre Hand so vor die Sprechmuschel, dass er sie besser verstand. »Du musst mit ein paar Leuten herkommen und die alle hier nach Hause schicken, bitte, Max. Ich schaffe das nicht mehr. Die zerlegen mir noch das ganze Lokal, wenn es so weitergeht.«

»Wir sind gleich da«, erwiderte er. »Hier auf dem Filmgelände ist leider keine Spur von Moni zu finden.«

»Aber ihr müsst sie unbedingt finden.«

»Wir geben unser Bestes, glaube mir.«

»Weiß ich doch. Bis dann.« Anneliese legte mit zitternden Händen auf.

»Hier für den Schaden«, sagte Herr Cheng, der wie durch ein Wunder wieder unter den Lebenden war und neben ihr stand. Er hielt ihr ein dickes Bündel Scheine hin. Es mussten erneut um die 2.000 Euro sein wenn nicht mehr.

»Das hilft jetzt auch nichts mehr«, erwiderte sie, nahm das Geld aber trotzdem an und steckte es zu den Scheinen von vorhin in ihre Hosentasche. »Sie müssen Ihre Leute einpacken und das Lokal verlassen. Das hier geht eindeutig zu weit.«

»Natürlich, Fräulein Annie. Sie haben ganz recht. Entschuldigen Sie bitte.« Herr Cheng kletterte umständlich auf den Tresen, stellte sich darauf und brüllte laut in seiner Landessprache in die Runde.

Die Keilerei endete ebenso plötzlich, wie sie angefangen hatte.

»Was haben Sie ihnen gesagt?«, fragte Annie erstaunt.

»Zeit zu gehen«, erwiderte Herr Cheng. »Wir haben unserem Heimatland keine Ehre gemacht.«

»Aha.«

Ohne zu murren, zogen sich die Mitglieder der Reisegruppe ihre Kleider wieder an, was natürlich nicht ohne Gerempel und erneutem Geschrei vonstattenging, und marschierten geschlossen hinter Herrn Cheng zur Tür.

»Vielen Dank für den wunderschönen Abend«, rief dieser Anneliese noch zu und verschwand dann, ebenso wie seine Schutzbefohlenen, nach draußen.

»Gott sei gedankt und gepriesen«, stieß Anneliese atemlos aus, die sich darüber wunderte, zu wie viel Disziplin ihre Gäste trotz des vielen Alkohols letztlich immer noch fähig waren. Sie beeilte sich, hinter ihnen zuzusperren, nicht dass am Ende noch einer von ihnen auf die glorreiche Idee kam zurückzukehren, aus welchem Grund auch immer.

Es herrschte auf einmal Totenstille. Anneliese vernahm lediglich ein lautes Pfeifen in ihrem Ohr. Sie hoffte, dass es bald wieder verging.

Dann stellte sie sich hinter den Tresen, schenkte sich einen doppelten Schnaps ein und rauchte erst mal eine. Ihr Blick fiel auf das Chaos, das sie gleich beseitigen durfte, weil es außer ihr natürlich niemand tun würde. Überall lagen Scherben, Kippen, Pfützen und zerbrochene Stühle. Wenn Herr Cheng nicht so großzügig gewesen wäre, hätte sie den ganzen wilden Haufen angezeigt. Aber so war der Schaden sicher gedeckt. Sie holte das Geld aus ihrer Hosentasche und begann zu zählen.

»5.300 Euro!«, stieß sie atemlos hervor. »Dafür hätten sie ruhig noch mehr kaputtmachen dürfen.« Sie steckte das Geld schnell wieder ein, drückte ihre Kippe aus und fing damit an, leere, halb volle und volle Gläser einzusammeln.

Von draußen hörte sie derweil, wie sich der Chor der Feierwütigen mit »In München steht ein *Hofbräuhaus*« langsam entfernte. Ihre Besucher schienen ihren ersten Schock verdaut zu haben. Sie bedauerte jetzt schon den nächsten Wirt, der es heute mit ihnen zu tun bekommen würde. Auf jeden Fall konnte er sich auf einen unvergesslichen Abend gefasst machen.

27

»Na, hast du dein Handy wieder?« Susanne sah Josef streng an, als er ihr die Tür geöffnet hatte und sie einließ. Sie trug einen fast bodenlangen beigefarbenen Trenchcoat. Darunter waren weiße High Heels, ein schwarzes Minikleid und weiße Strumpfhosen zu erkennen.

»Woher weißt du davon?« Er sah sie verblüfft an.

»Dreimal darfst du raten. Ich habe natürlich bei dir angerufen.« Ihr Blick triefte geradezu vor Misstrauen.

»Und?« Er ging voraus in sein im Landhausstil eingerichtetes Wohnzimmer. Seine Eltern hatten die für seinen Geschmack eher spießigen Möbel gekauft, und er hatte sie hier stehen gelassen, damit er eine Erinnerung an sie hatte.

»Was denkst du denn? Eine Frau war dran. Das weißt du doch ganz genau.« Sie folgte ihm bis zu der gemütlich mit Decken und Kissen ausstaffierten Sitzgruppe vor dem Fernseher und ließ sich auf das große Sofa fallen. Nicht ohne ihren Trenchcoat vorher auf den Boden zu werfen.

»Eine Frau? Du meinst die Annie?« Er sah sie neugierig an.

»Aha, wusste ich es doch. Hast du was mit der?« Ihr Gesicht war rot vor Ärger.

»Mit der Annie? Nein, um Himmels willen.« Er schüttelte vehement den Kopf. »Sie ist eine alte Freundin, sonst nichts.«

»Und was macht eine alte Freundin mit deinem Handy, wenn man fragen darf?« Der inquisitorische Unterton in ihrer Stimme ließ ihn erschaudern. Am Gymnasium hatten sie einmal eine Französischlehrerin gehabt, die hatte es genauso gut drauf gehabt, dir ein schlechtes Gewissen einzujagen, obwohl du nicht das Geringste getan hattest.

»Ich ließ es in Monis Kneipe liegen, als ich in der Küche war.« Josef setzte sich in den Sessel neben dem Sofa.

»Dann ist es also diese Moni, mit der du was hast. Was hast du in ihrer Küche zu schaffen? Abartige Spielchen?« Sie schleuderte ihm jetzt unverhohlen wutentbrannte Blicke entgegen.

»Moni ist die Freundin von Max.« Er schüttelte ungläubig den Kopf. Versuchte sie gerade etwa mit aller Gewalt, ihren ersten Streit vom Zaun zu brechen?

»So etwas hindert euch Männer doch nicht.«

Es sah ganz so aus. Sie wollte unbedingt streiten. Fragte sich nur, warum. Er konnte sich an kein Fehlverhalten seinerseits in der letzten Zeit erinnern.

»Wir haben den ganzen Tag lang versucht, einen Mord und eine Entführung aufzuklären«, erwiderte er. »Kannst du jetzt bitte endlich mit deinen haltlosen Verdächtigungen aufhören. Das ist nicht angemessen.«

Josef spürte auf einmal einen unbändigen Ärger in sich aufsteigen. Susannes Verhalten war absolut übertrieben und unverschämt, und er musste sich das auf keinen Fall gefallen lassen. Lieber war er in allerletzter Konsequenz wieder allein.

»Was angemessen ist, bestimme immer noch ich.« Sie setzte ein über die Maßen arrogantes Gesicht auf.

»Bist du zum Streiten oder zum Essen gekommen?« Josef beherrschte sich nur noch mühsam. Er ahnte, dass sie den Bogen jeden Moment komplett überspannte. Dann hätte es auch für ihn kein Halten mehr gegeben. »Ich habe extra meine ganz speziellen Spaghetti mit Meeresfrüchten für uns gemacht, die du so gerne magst«, fügte er hinzu.

»Mit Hummer?«

»Mit Hummer, natürlich.« Er nickte.

»Wer wurde ermordet und entführt?«

»Darf ich nicht sagen. Nur so viel: Die Moni, der du unterstellst, etwas mit mir zu haben, wurde von einem gefährlichen Killer entführt, und die Münchner Polizei sucht gerade überall nach ihr. Bist du jetzt zufrieden?« Er erhob sich aus seinem Sessel und ging unruhig vor ihr auf und ab.

»Was soll denn dieser aggressive Ton?« Sie sah ihn vorwurfsvoll an.

»Ist das dein Ernst?« In seinem Gesicht machte sich blankes Entsetzen breit. Bisher hatte er immer gedacht, er hätte mit ihr den ersten Preis in der großen Lotterie des Lebens gewonnen. Jetzt verspürte er zum ersten Mal ernste Zweifel daran. »Du führst dich doch hier auf wie eine Irre mit deinen haltlosen eifersüchtigen Verdächtigungen, und ich habe dann einen aggressiven Ton?«

»Ich soll eifersüchtig sein? Das ist ja lächerlich. Als hätte ich das nötig.« Sie schnaubte überheblich. »Schau uns doch mal an, alter Mann. Ich bin jung, blond, blauäugig, intelligent und schön. Und was bist du?«

»Was willst du, Susanne? Dass wir uns trennen?« Seine Zweifel gingen immer mehr in Gewissheit über. Sie schien es wohl doch nur auf sein Geld abgesehen zu haben und respektierte ihn als Person offensichtlich in keinster Weise. Er wusste auf einmal, dass er das wohl bereits die ganze Zeit über vermutet hatte, es aber anscheinend nicht so recht wahrhaben wollte. Überdies schien sie ihn für dumm zu halten. Ein Fehler, den dumme Leute gerne machten.

»Am liebsten, ja.« Sie nickte. »Aber wer füttert dich dann in ein paar Jahren und bindet dir die Schuhe zu?«

»Jetzt reicht es. Raus mit dir.« Josef riss endgültig der Geduldsfaden. Er zeigte auf die Tür.

»Dein Ernst, Opa?« Sie lachte höhnisch.

»Raus«, wiederholte er und machte einen Schritt auf sie zu. »Und lass dich hier nie wieder blicken. Du bist ja nicht ganz richtig im Kopf.«

»Jetzt hab ich aber Angst«, höhnte sie weiter. »Na gut, wie du meinst. Du wirst schon sehen, was du davon hast.« Sie erhob sich provozierend langsam von ihrem Platz, hob ihren Trenchcoat vom Boden auf und stöckelte gemächlich zur Tür hinaus. »Mach's gut, Opa«, meinte sie noch, als sie an ihm vorbeiging. »Ich war eh nur auf dein Geld scharf.«

»Auf Nimmerwiedersehen«, erwiderte Josef. Also doch, er hatte richtig vermutet. Er verspürte gute Lust, sie ebenfalls zu beleidigen. Verdient gehabt hätte sie es allemal, aber er war nicht gewillt, sich auf ihr unterirdisches Niveau zu begeben. Das hatte er nicht nötig. Mein Gott, wie sehr konnte man sich nur in den Menschen täuschen. Liebe machte wohl tatsächlich blind oder besser gesagt Verliebtheit.

Er schloss kopfschüttelnd die Tür hinter ihr ab, aß eine Portion Nudeln und rief Max an.

»Brauchst du heute Abend noch meine Hilfe?«, fragte er ihn.

»Wenn du Lust hast, Annie mit Bernd und mir von einer Horde betrunkener Touristen zu befreien, wäre ich bestimmt nicht undankbar«, erwiderte Max. »Ein Bier auf meine Kosten und ein Schnaps sind auf jeden Fall drin. Bernd und ich sind gerade auf dem Weg zu ihr.«

»Na klar, ich komme zu euch in Monis Kneipe. Dann kann ich mir auch gleich mein Handy abholen.«

Josef wollte schon auflegen, als Max weitersprach.

»Ach, und noch was, Josef. Ich suche gleich danach weiter nach Moni. Jede Verzögerung kann ihr Leben kosten.«

»Geht klar. Ich bin dabei. Kann die Ablenkung gerade gut gebrauchen.« Er starrte mit leerem Blick auf die gegenüberliegende Wand mit dem Druck von Picasso, den sein Vater vor vielen Jahren einmal in Frankreich erstanden hatte. Obwohl es kein Originalgemälde war, hatte er einen beträchtlichen Wert, wie so manch anderes hier im Haus. Natürlich hätte Josef diesen Wohlstand am liebsten mit einem vertrauten Menschen an seiner Seite geteilt. Aber wie bei Susanne waren auch viele andere diesbezügliche Bemühungen bisher jedes Mal gescheitert. Möglicherweise sollte er sein Auswahlraster, was die zukünftige Frau an seiner Seite betraf, etwas geschickter spinnen. Bisher blieben eindeutig zu viele Nieten darin hängen.

»Ist was Schlimmes passiert?«, fragt Max.

»Ich hab meine neue Freundin gerade rausgeschmissen. Sie respektiert mich nicht. Will nur mein Geld, sagt sie.« Josef kam wie meistens gleich zur Sache.

»Das ist saublöd. Aber war wohl nötig, oder?«

»Warum ist das mit den Frauen nur immer so kompliziert?«

»Frag mich was Leichteres, alter Freund. Manche Frauen wissen wohl einfach nicht, was sie wollen, was umgekehrt bei den Männern natürlich genauso oft der Fall ist. Aber Herrschaftszeiten, du bist doch jetzt wirklich eine gute Partie.«

»Meinst du das etwa auch nur wegen meinem Geld?« Josef hatte keine Lust, von allen immer wieder nur auf sein Millionenerbe reduziert zu werden. War er etwa kein ganz normaler Mensch?

»Nein, ich meine insgesamt«, erwiderte Max. »Du schaust gut aus, bist nicht dumm, und dein Geld kommt natürlich obendrauf auch noch dazu. Aber das Wichtigste ist es nicht. Zumindest was mich angeht.«

»Das tut gut zu hören, Max.« Josef stiegen die Tränen der Rührung in die Augen. Normalerweise konnte sich niemand mit weniger Geld vorstellen, was für eine Bürde der Reichtum sein konnte. Max schon, obwohl er wie viele andere hart für sein Geld arbeiten musste. Na gut, er bekam seine Pension, ganz so schlecht ging es ihm also nicht. Aber wenn er sich etwas außer der Reihe leisten wollte, wie ein neues Auto zum Beispiel, musste er sich das Geld hart verdienen.

»Wird schon wieder.« Max klang zuversichtlich.

»Stell dir vor, sie hat gemeint, ich wäre alt.« Josef kullerten zwei kleine Tränen die Wangen hinunter.

»Na gut, da hat sie auf jeden Fall recht.« Max lachte.

»Meinst du wirklich?«

Verarscht er mich jetzt? Bestimmt. Oh Gott, sei nicht so überempfindlich, Josef Stirner, er will dich sicher nur aufmuntern.

»Schmarrn. Sei froh, dass du sie los bist.« Max wurde sofort wieder ernst. »Andere Mütter haben auch schöne Töchter, und manchmal ist sogar die Mutter die Richtige.«

»Wenn du das sagst.« Josef hielt viel von Max' Meinung. Der hatte große Erfahrung, was das andere Geschlecht anging. So viel war sicher. Deswegen hatte er das Thema mit Susanne gerade so unverblümt angesprochen. Max wusste immer einen guten Rat, wenn es um die Liebe ging.

»Sie hat dich nicht verdient, Josef. Vergiss sie.«

»Danke, alter Freund, jetzt geht es mir schon besser.« Max hatte genau das ausgesprochen, was Josef hören wollte.

Er atmete erleichtert auf. »Ich geh gleich los. In einer halben Stunde bin ich da.«

»Passt.«

Sie legten auf.

28

Es war stockfinster. Monika hatte keine Ahnung, wie lange sie schon hier eingesperrt war. Es musste eine Abstellkammer sein. Sie hatte mit ihren vor ihrem Bauch gefesselten Händen altes Werkzeug und eine Schubkarre ertastet.

Zu dumm, dass sie nicht einmal ihr Feuerzeug dabei hatte. Es lag in ihrer *Kleinen Kneipe* neben dem Herd, soweit sie sich erinnern konnte. Und das des Entführers war heruntergefallen, als sie es ihm im Kampf aus der Jackentasche genommen hatte.

Sie vermutete, dass sie in einen Kellerraum eingesperrt war. Dass es eine stabile Metalltür war, die ihr ein Entkommen unmöglich machte, hatte sie bereits tastend herausgefunden. Stundenlang hatte sie dagegen geschlagen und laut um Hilfe gerufen, aber niemand hatte sie gehört.

Ihr Entführer hatte ihr eine Flasche Wasser dagelassen, verdursten musste sie also erst mal nicht. Zumindest nicht so schnell. Sie hoffte nur inständig, dass sie bald hier rausgeholt wurde. Das war der reine Horror für sie. Ständig schwankte ihr Zustand zwischen Hoffnung und totaler Verzweiflung hin und her. Was, wenn dem Kerl, der sie hier eingesperrt hatte, etwas zustieß und sie hier von Gott und der Welt verlassen verdursten und verhungern musste, weil niemand ahnen konnte, dass sie hier war?

»Lieber Gott«, krächzte sie heiser vom vielen Schreien. »Wenn es dich wirklich gibt, dann sorg dafür, dass ich hier wieder heil rauskomme und nicht jämmerlich verrecken muss. Und du, Max, wenn du mich hören kannst, komm her und hol mich. Ich liebe dich wirklich sehr. Mehr als alles andere auf der Welt. Das weißt du hoffentlich.«

Sie weinte. Dann nahm sie erneut den Ziegelstein zur Hand, den sie vorhin gefunden hatte, und schlug damit so fest sie konnte gegen die Tür. Irgendwer musste den infernalischen Radau doch hören. Oder hatte der Entführer sie irgendwo in einen Bunker tief im Wald gebracht? Oder in einen Keller, der ganz weit unten lag? Dann wäre ihr Tun gerade wohl ziemlich sinnlos.

Sie setzte sich mit dem Rücken zur Tür und konzentrierte sich darauf, die Panik, die immer wieder in Wellen in ihr hochstieg, möglichst gering zu halten. Gut dass sie mehrere asiatische Kampfsportarten beherrschte, bei denen sie richtig zu atmen gelernt hatte. Ansonsten läge sie wohl längst ohnmächtig oder hyperventilierend auf dem kalten Betonboden.

Etwas piepste hinter ihr. Eine Ratte oder eine Maus. Es gab also offensichtlich Wege, die hier herein oder hinaus führten. Allerdings waren die ganz sicher zu eng für sie.

29

Im selben Moment, als Max und Bernd Monikas *Kleine Kneipe* betreten wollten, machte sich Max' Handy bemerkbar. Er kehrte um und hob ab. Bernd ging derweil schon mal hinein, und Josef, der zeitgleich mit ihnen angekommen war, schloss sich ihm an.

»Ich bin's«, meldete sich Franz. »Ich habe gerade zwei Schauspielerinnen angerufen, die ebenfalls in letzter Zeit von Waldemar abgelehnt wurden.«

»Woher weißt du das?«

»Seine Tochter Doro hatte es mir zuvor am Telefon erzählt.«

»Du scheinst fleißig zu sein, danke.« Max' Stimme klang rau.

»Ist mein Job. Außerdem ist Moni weg. Da heißt es für uns alle ranhalten und Gas geben.«

»Was ist mit den Schauspielerinnen?«, fragte Max.

»Sie sind alle beide immer noch sauer auf Waldemar, aber sie haben ein Alibi für die Tatzeit.«

»Vielleicht hat eine von ihnen einen Profi beauftragt.« Max trampelte auf der Stelle. Die Nacht war klar, und es wurde gerade immer kälter.

»Weißt du, was Schauspieler verdienen?«, fragte ihn Franz. »Killer sind nicht gerade billig.«

»Schauspieler verdienen Millionen.«

»Die Stars. Aber das ist gerade mal eine Handvoll«, erklärte ihm Franz. »Die meisten von ihnen krebsen am Existenzminimum herum.«

»Dann sollen sie sich eben einen anderen Job suchen.«

Max hatte gerade weiß Gott andere Sorgen, als sich über die Lebensplanung fremder Menschen Gedanken zu machen. »Oder sagst du das nur, weil sie von wenig Geld keinen Killer bezahlen können?«

»Du hast es erraten, Sherlock.« Franz lachte trocken.

»Und nun?«

»Nichts, ich wollte dir nur Bescheid geben.«

»Ich bin gerade mit Bernd und Josef bei Annie. Sie braucht unsere Hilfe. Angeblich soll sie von feiernden Gäste belagert werden. Ich kann aber gerade gar nichts hören.« Es herrschte tatsächlich absolute Totenstille in Monikas *Kleiner Kneipe*. Waren die Gäste etwa bereits gegangen?

»Ich kann nicht, Max. Sandra hat mich gebeten, wenigstens am heutigen Sonntagabend, der auch noch der Namenstag ihrer verstorbenen Mutter ist, ein einziges Mal bei ihr daheim zu bleiben.« Franz stöhnte genervt. »Wenn etwas mit Moni ist, kommt sie jederzeit mit mir, und wir helfen, wo wir können.«

»Passt, Franzi. Dann viel Spaß bei der Schrothkur«, sagte Max. »Bis später. Ich muss jetzt aufhören.«

Max legte auf, dann öffnete er die Tür und ging in den Schankraum. Er sah sich suchend um und entdeckte Anneliese beim Gläserspülen hinter dem Tresen. Überall lagen Splitter und zerbrochene Einrichtungsgegenstände auf dem Boden. Bernd machte sich gerade daran, ein paar noch intakte Stühle wieder aufzustellen. Josef half ihm dabei.

»Keine Gäste mehr?«, fragte Max und zog die Brauen hoch. Er konnte sich nicht daran erinnern, dass es nach einer Party hier in Monikas *Kleiner Kneipe* jemals ein solches Chaos gegeben hatte.

»Die sind Gott sei Dank kurz bevor ihr gekommen seid verschwunden. Ich wollte dich gerade anrufen, um dir Bescheid zu sagen, da kamen Bernd und Josef zur Tür herein.« Annie legte ihren Putzlappen beiseite und kam auf ihn zu.

»Was haben die hier nur gemacht? Das schaut aus wie in einem Bombenkrater.« Max schüttelte verständnislos den Kopf.

»Die haben ausgiebig gefeiert. Aber keine Angst, Herr Cheng hat gut bezahlt.« Sie legte ehrlich, wie sie nun mal war, die 5.300 Euro auf den Tresen, die sie von Herrn Cheng bekommen hatte. »Dafür könnt ihr eine Menge neuer Möbel kaufen.«

»Aber das ist viel zu viel«, staunte Max.

»Hätte ich es ihm etwa verbieten sollen?« Sie sah ihn fragend an. »Er wollte unbedingt die Ehre seines Landes retten. Moni wird es freuen. Nimm du es. Ich laufe nicht gern mit so viel Geld durch die Nacht.«

»Sollen wir dich später heimfahren?«

»Nein, danke. Ich nehme mir ein Taxi.«

»Okay.« Max nahm das Geld an sich. »Hoffentlich finden wir Moni bald.«

»Das hoffe ich auch.« Annelieses Lippen zitterten. Heute war ein harter Tag für sie gewesen. Alles ein bisschen zu viel.

»Wir müssen sie einfach finden.« Er blickte entschlossen drein.

Dann half er ihr natürlich ebenfalls erst mal beim Aufräumen, ging danach in die Küche, um zu spülen, und entdeckte dort ein Feuerzeug mit der Aufschrift des Filmgeländes auf dem Boden. Er kehrte damit in den Schankraum zurück.

»Woher haben deine Gäste das?«, fragte er Anneliese.

»Was meinst du?«, erkundigte sich Bernd.

»Ach, da fällt mir mein Handy ein«, meinte Josef. »Hast du es, Annie?«

»Na klar, hier.« Sie holte es aus ihre Hosentasche und gab es ihm. »Sorry, hab es in der Aufregung auch ganz vergessen.«

»Danke«, sagte er. »Hat mich heute meine neue Freundin gekostet, dass du rangegangen bist.«

»Nein, hör auf. Das wollte ich nicht.« Sie sah erschrocken aus.

»Du kannst nichts dafür. Sie war einfach nur eine blöde, eingebildete Kuh. Das weiß ich jetzt.«

»Ach, Gott sei Dank. Also nicht, dass sie so eine blöde Kuh war. Ich meine …«

»Passt schon, Annie.« Josef steckte sein Handy ein und gab ihr ein Küsschen auf die Wange.

»Schaut doch mal, Leute.« Max hielt das Feuerzeug, das er am unteren Ende des Kühlschranks gefunden hatte, hoch in die Luft. »Es stammt vom Filmgelände. Steht breit und fett drauf. Waren deine Gäste auch in der Küche, Annie?«

»Nein.« Sie schüttelte den Kopf. »Sie waren hinter dem Tresen und haben Schnaps und Bier geklaut, aber bis in die Küche haben sie es nicht geschafft.«

»Bist du dir sicher?«

»Absolut.«

Max wusste, dass die Sache mit der sicheren Erinnerung so gut wie nie stimmte. Jeder erinnerte sich an andere Details, und keiner erzählte dasselbe wie der andere, der auch dabei gewesen war. Tausende von Verhörstunden als Kriminalkommissar hatten ihn das gelehrt. Außerdem war es inzwischen sogar eine wissenschaftlich abgesicherte Erkenntnis.

»Dein Feuerzeug ist das aber nicht, oder?« Er sah Anneliese fragend an, während er ihr seinen Fund vor das Gesicht hielt.

»Nein.« Sie schüttelte erneut den Kopf. »Nicht dass ich wüsste. Ist mir gar nicht aufgefallen.«

»Vielleicht hat es Monis Entführer verloren, als sie sich gegen ihn wehrte.« Max hatte eine Eingebung. Es fiel ihm wie Schuppen von den Augen. »Moni muss einfach dort sein. Der Entführer hat bestimmt etwas mit dem Filmgelände zu tun, und er kennt sich dort 100-prozentig auch bestens aus. Wir müssen sofort wieder rausfahren und weiter nach ihr suchen.« Er wusste auf einmal nur noch, dass er recht hatte. Warum das so war oder ob es ihm gerade ein Geist eingeflüstert hatte, wusste er nicht, aber es war ihm auch herzlich egal.

»Aber wir haben da draußen bereits alles durchsucht. Teilweise sogar zweimal.« Bernds Gesichtsausdruck nach schien er sich nicht viel Hoffnung zu machen, dass sie Monika auf dem Filmgelände finden würden. Auf jeden Fall strahlte er gerade weit weniger Zuversicht als Max aus.

»Ich würde auf jeden Fall gern hinfahren und mich umschauen«, meinte Josef.

»Ich auch, Josef. Und Bernd, was du sagst, stimmt nicht.« Max hob den Zeigefinger. »Im Keller des Nachbarhauses von Waldemars Büro waren wir nicht, weil unser rothaariger Freund, dieser Ludwig Gangler, und seine Leute dort angeblich bereits alles gründlich durchsucht hatten.«

»Was heißt *angeblich*. Glaubst du ihm etwa nicht?«

»Doch.« Max nickte. »Aber möglicherweise hat er etwas übersehen. Zum Beispiel eine verschlossene Kellertür, die weiter nach unten führt.«

»Woher willst du wissen, dass es so etwas dort gibt?« Bernd hörte auf herumzuräumen. Er stellte sich zu Max und schaute ihn ernst an.

Josef hörte gespannt zu.

»Ich vermute es nur. Es gibt überall in München diese besonders tiefen Keller. Im Krieg haben sich die Leute darin vor den Bomben versteckt. Warum also nicht auch auf dem Filmgelände? Außerdem sagte Gangler, dass der Hausmeister meinte, dass dort im Nebengebäude nur unbrauchbares Zeug gelagert wird und gar kein Platz wäre, um jemanden zu verstecken.«

»Ja und? Worauf willst du hinaus, Max? Was haben wir falsch gemacht?«

»Wir haben ihnen geglaubt, anstatt uns noch einmal selbst zu überzeugen.« Max zapfte sich einen Schluck Bier in ein fertig gespültes Glas. Er hatte einen komplett trockenen Mund vor Aufregung. »Das darf zwei Profis wie uns einfach nicht passieren.«

»Also gut. Wenn das so ist, dann lass uns gleich noch mal rausfahren«, meinte Bernd und wusch sich die Hände hinter dem Tresen. Es dauerte eine Weile, bis sich die letzten klebrigen Reste von was auch immer unter dem kalten Wasser lösten.

»Ich bin natürlich dabei«, meinte Josef und wusch sich ebenfalls die Hände.

»Wir müssen los, Annie. Du verstehst das sicher.« Max konnte kaum sprechen, so intensiv hatte ihn seine plötzliche Erkenntnis überrollt. Er trank eilig einen Schluck Bier, bevor er weitersprach. »In Vertretung von Moni und als ihr Partner hier in der Kneipe gebe ich dir hiermit diese 500 Euro von Herrn Cheng, okay?« Er legte das Geld vor Anneliese auf den Tresen. »Für die Unannehmlichkeiten, die du heute hattest.«

»Behalt das Geld, Max Raintaler.« Sie schob ihm die Scheine wieder hin. »Ihr werdet es für eine neue Einrichtung brauchen. Bringt mir nur meine liebe Moni heil zurück.« Annie vergoss ein paar heiße Tränen.

»Versprochen. Danke, Annie, du bist ein echter Schatz«, sagte Max und verschwand wie der Wind mit Bernd und Josef in der Nacht.

Draußen schnaufte er kräftig durch. Dann stieg er zusammen mit Josef in Bernds Auto, und sie fuhren los.

30

Als Max, Bernd und Josef am Filmgelände ankamen, parkte Bernd seinen Dienstwagen vor Waldemars ehemaligem Büro. Dann stiegen sie aus und machten sich auf den Weg ins Nachbargebäude.

»Hallo, meine Herren«, rief der Hausmeister Rasputin Huber, der ihnen kurze Zeit später entgegenkam. »Waren Sie nicht fertig für heute? Ihre Uniformierten sind alle weg.«

»Das wissen wir, Herr Huber«, erwiderte Max. »Aber da wir Sie gerade hier haben, könnten Sie uns gleich das Haus da drüben aufsperren.« Er zeigte auf das Gebäude vor ihnen.

»Aber da waren wir vorhin schon. Ich habe gerade noch mal alles überprüft und abgesperrt.« Rasputin schüttelte verwundert den Kopf. »Haben Sie etwas darin verloren?«

»Sperren Sie uns einfach auf, Herr Huber. Wir suchen nach wie vor nach meiner Freundin.«

Wenn der kauzige Kerl wenigstens einmal seine vorlaute Klappe halten könnte.

»Wie Sie meinen, Herr Kommissar.« Rasputin zuckte die Achseln und ging voraus. »Sie wissen aber schon, dass ich jeden großen Star aus dem Mediengeschäft persönlich kenne?«, fügte er unvermittelt hinzu.

»Das freut uns für Sie, Herr Huber.« Max wusste nicht, was er mit dieser Information gerade anfangen sollte. Genau genommen fand er es total nervig, wie nötig es manche Leute hatten, sich in den Mittelpunkt zu stellen. Es war doch beileibe keine besondere eigene Leistung, irgendwelche Prominenten zu kennen. Also was sollte der Schmarrn dann? »Früher war der Klaus Kinski mal hier«, fuhr Rasputin unbeirrt fort. Er blieb stehen und erzählte weiter. »Er hat mir einmal einen Schnaps in der Kantine ausgegeben, toller Kerl. Das war vielleicht ein Verrückter. Wenn ich Ihnen sagen würde, was der alles angestellt hat, Sie würden es mir nicht glauben.«

»Glaube ich Ihnen aufs Wort, Herr Huber«, sagte Max. »Würden Sie uns jetzt bitte endlich aufsperren. Wir haben es eilig.«

»Der Kinski war hier bei Ihnen?«, wollte Josef wissen. »Den kenne ich vom Englischen Garten her. Früher, als wir unsere Clique am *Chinesischen Turm* hatten. Seine Töchter kenne ich auch.«

»Sind Sie auch Schauspieler?«, fragte ihn Rasputin neugierig. »Ich habe Sie hier noch nie gesehen.«

»Ich bin Privatier.« Josef lächelte vielsagend.

»Aha, verstehe.«

»Jetzt machen Sie schon endlich, Mann«, mischte sich

Max ein. »Sonst stehen wir morgen noch hier herum und machen Small Talk.«

»Eile mit Weile, Herr Kommissar.« Rasputin holte gemächlich seinen großen Schlüsselbund heraus, fand sofort den richtigen und sperrte ihnen auf. »Soll ich Ihnen beim Suchen helfen?«

»Haben Sie Schlüssel für alle Türen im Gebäude?«

»Ja.« Rasputin hielt seinen Schlüsselbund hoch.

»Schaut nicht nach sehr vielen aus«, meinte Max.

»Im Keller sind überall die gleichen Schlösser.«

»Wie praktisch«, meinte Josef.

»Wussten Sie, dass es auf dem Filmgelände Geister gibt?«, erkundigte sich Rasputin bei ihnen, während sie das Bürogebäude durch die gläserne Eingangstür betraten.

»Ja«, erwiderte Bernd. »Hui Buh, das Schlossgespenst von Bully Herbig.«

»Das auch.« Rasputin lachte. »Ich meine aber richtige Geister. Beim toten Herrn Brachtinger im Haus nebenan zum Beispiel gibt es einen Poltergeist im Keller.«

»Woher wollen Sie das wissen?«, fragte Max, während Rasputin das Licht in der Eingangshalle einschaltete.

»Herr Brachtinger hat es mir persönlich erzählt. Wir hielten oft mal ein Schwätzchen miteinander. Mich kennt hier wirklich jeder.«

»Wissen wir, Herr Huber.« Max schüttelte unmerklich den Kopf. »Sind Sie verheiratet?«

»Natürlich, mit meiner Elsbeth, seit 30 Jahren.« Rasputin nickte. »Vom anderen Ufer bin ich jedenfalls nicht.«

»Ihre Frau muss sehr stolz auf Sie sein, bei Ihrem tollen Job hier mit den ganzen Berühmtheiten.« Max zwinkerte Bernd und Josef unauffällig zu. Die grinsten nur wissend. Bestimmt dachten sie gerade dasselbe wie er, nämlich dass

Rasputin Huber ein unerträglicher Altmacho und Aufschneider war.

»Das dürfen Sie glauben, Herr Kommissar.« Rasputin nickte erneut. »Sie lebt nicht mehr. Aber sie kam vom Hasenbergl, ihre Eltern hatten nichts. Jeden Abend zog sie mir meine Hausschuhe an, bevor sie das Essen auftrug. Das war noch wahre Liebe. Finden Sie heute bei den jungen Frauen nicht mehr.«

»Wann ist sie gestorben?« Das änderte und erklärte natürlich einiges.

»Vor drei Jahren. Bald sehe ich sie wieder, wenn ich ebenfalls sterbe. Sie hält mir einen schönen Platz da oben frei. Das hat sie mir versprochen, bevor sie ging.« Er zeigte nach oben.

»Das hoffe ich für Sie«, meinte Max.

»Sie war die Beste.«

»In den Keller ging es dort vorne, stimmt's?« Max zeigte auf eine hellgraue Metalltür am anderen Ende der Halle. »Das weiß ich noch von vorhin.«

»Und jetzt wollen Sie wirklich noch mal da rein?« Rasputin schaute erstaunt drein. »Wozu?«

»Sperren Sie einfach schnell auf, Herr Huber.«

»Ist ja gut. Ein alter Mann ist kein D-Zug.«

Sobald die Tür zum Keller offen war, stiegen Max, Josef und Bernd die Treppe hinunter. Rasputin folgte ihnen.

»Da waren wir doch vorhin erst«, machte sich Rasputin von hinten bemerkbar. »Hier ist bestimmt niemand.«

»Was ist mit der Tür da vorne?«, erwiderte Max. »Sie sagten vorhin, da müssten wir gar nicht reinschauen.«

»Da geht es ins nächste Kellergeschoss hinunter«, sagte Rasputin. »Da können Sie aber niemanden verstecken, weil jeder einzelne Raum bis unter die Decke mit Gerümpel vollgestellt ist.«

»Das sagten Sie vorhin schon. Ich will sicherheitshalber aber trotzdem mal runterschauen.« Max blieb vor der besagten Tür stehen. Wieso wollte der Kerl nur, dass sie hier nicht nach Monika suchten? Da stimmte doch etwas nicht.

»Ich auch«, meinte Bernd, der den Braten offenbar ebenfalls roch. »Du hattest recht, Max. Es gibt ein zweites Untergeschoss. Hätte ich nicht gedacht.«

»Ich bin schon gespannt, was uns dort unten erwartet«, meinte Josef. »Hoffentlich nicht tatsächlich irgendwelche Gespenster.« Er lachte, aber seine Augen lachten nicht mit.

»Es gibt keine Gespenster«, sagte Max. »Machen Sie uns endlich auf, Herr Huber. oder sollen wir es selbst machen. Ohne Schlüssel?«

»Kein Problem, bitte schön.« Nachdem Rasputin aufgesperrt hatte, schaltete er das Licht ein und ließ Max, Josef und Bernd an sich vorbei.

Die drei begannen, die Treppe hinunterzusteigen, als plötzlich das Licht wieder ausging und die Tür hinter ihnen zufiel.

»Der Huber«, kam es reflexartig aus Max heraus. »Er hat uns eingesperrt. Er ist Monis Entführer und Waldemars Mörder. Verdammt noch mal, Leute, wieso haben wir das nicht früher gemerkt?« Er schaltete die kleine Taschenlampe ein, die er aus Bernds Auto mitgenommen hatte, stieg die paar Stufen wieder hinauf, die sie bisher hinter sich gebracht hatten, und rüttelte an der Tür. »Seht ihr, er war's, und jetzt will er uns ebenfalls sterben lassen.«

»Das weißt du doch noch gar nicht.« Bernd schüttelte den Kopf. »Nur nicht hektisch und unüberlegt werden, Max. Wir finden erst mal Moni.«

»Wer soll es denn sonst gewesen sein außer dem Huber?« Max runzelte fragend die Stirn.

»Irgendwer, der ihm den Schlüssel weggenommen hat?«, meinte Josef. »Vielleicht der Hofer.«

»Wer soll das sein?« Max schüttelte verständnislos den Kopf.

»Niemand, bloß ein Scherz. Wie in dem Lied vom Ambros.«

»Welches Lied?«

»Da Hofer war's.«

»Ach so, jetzt.« Max lächelte müde.

»Gar nicht so blöd, die Idee mit dem Schlüsselwegnehmen, Kollege«, sagte Bernd.

»Geh so ein Schmarrn. Der Huber war's. Da bin ich mir sicher.« Max schnaubte verächtlich.

»Jetzt beruhig dich endlich, Max. Wir finden die Moni.« Bernd fühlte sich offensichtlich zum psychologischen Leiter der »Aktion Zweites Untergeschoss« berufen.

»Aber vorher müssen wir hier wieder rauskommen. Das ist eine Metalltür. Willst du da mit deinen Fingernägeln Löcher reinkratzen?« Leise Panik schlich sich in Max' Gesichtsausdruck.

»Auch wieder wahr«, meinte Josef.

»Max!«

»Was gibt's, Bernd?«

»Ich habe nichts gesagt.« Bernd, der ein paar Stufen unter ihnen stand, schüttelte den Kopf.

»Aber du hast doch gerade meinen Namen genannt.«

»Hab ich nicht.«

»Hat er nicht«, sagte Josef. »Das kam von weiter unten.«

»Max!«, erklang es erneut.

»Da, hört ihr!« Max horchte aufgeregt in die Dunkelheit hinein. »Da ruft doch jemand nach mir. Ist das Moni? Das ist sie doch, oder? Ihr habt es ja auch gehört?«

»Vielleicht sollten wir erst mal das Licht wieder anmachen«, meinte Josef.

»Natürlich.« Max betätigte den Schalter.

»Max!«, erklang es währenddessen zum dritten Mal.

»Das ist sie, Leute. Das ist meine Moni. Los, kommt schon, wir müssen da runter, schnell.« Max rannte voraus, indem er bei jedem Schritt zwei Stufen auf einmal nahm. Bernd und Josef folgten ihm, so schnell sie konnten.

31

»Muss ich das wirklich essen?« Franz sah Sandra mit einer Mischung aus Unwillen und Ekel in seinem Gesicht an. Er zeigte auf den dampfenden Getreidebrei vor sich, der gleich neben seinem angeblich supergesunden Kräutertee auf dem hellgrauen Couchtisch stand. »Das riecht wirklich furchtbar, Schatz.«

»Aber es hilft dir, deine überflüssigen Pfunde loszuwerden. Runter jetzt damit, Franz Wurmdobler.« Sie hob streng den Zeigefinger. »Oder willst du bald einen Herzinfarkt bekommen? Reicht es dir denn nicht, dass unsere beste Freundin entführt wurde?«

»Natürlich will ich keinen Herzinfarkt bekommen, und

die Moni finden wir schon, beruhige dich.« Franz schüttelte den Kopf. »Aber morgens nur eine trockene Semmel und abends dieser widerliche Brei. Das kann nicht gesund sein. Schau mal, sogar der vegan kochende Mensch in deiner Lieblingssendung tut ein paar wohlschmeckende Zutaten in seine Gerichte.« Er zeigte auf den Fernseher, wo gerade, wie inzwischen fast jeden Tag, eine Kochsendung lief. Danach gab es dann einen Krimi, und anschließend ging es ins Bett. Ohne Sex, weil Sandra den Standpunkt vertrat, dass Sex nur den Appetit auf etwas Deftiges zu essen anrege und deshalb seiner Diät schade.

»Sex bekommst du erst dann wieder, wenn deine Schrothkur erfolgreich beendet ist«, hatte sie zu Beginn seiner Kur gestern in der Früh gesagt.

»Das ist nicht dein Ernst«, hatte er geschockt erwidert, dann allerdings gleich am Abend, als er heimkam, feststellen dürfen, dass es doch so war.

»Und warum darfst du weiter deine leckeren Wurst- und Käsebrote essen?«, fragte er jetzt, während er auf ihren Teller zeigte.

»Weil ich nicht kugelrund bin wie du, ganz einfach.« Sie würdigte ihn keines Blickes mehr, während sie sprach. Stattdessen starrte sie wie gebannt auf den Fernseher, wo ihr Lieblingsfernsehkoch gerade unter dem Beifall der Studiogäste eine Nachspeise aus geflämmten Trauben mit Tofumarmelade zubereitete.

»Fair ist das nicht«, motzte Franz, aß versuchsweise einen Löffel Brei und schüttelte sich angewidert.

»Na also, geht doch«, meinte Sandra schnippisch.

»Von wegen. Das schmeckt so ekelhaft, das kannst du selbst essen.« Er schob ihr seinen Teller hin, stand auf und entfernte sich in Richtung Tür.

Wäre ich doch nur mit Max und den anderen in Monikas *Kleine Kneipe* gegangen. Annie hat sicher noch Schweinsbraten und Knödel übrig.

»Wo willst du hin, Franz Wurmdobler?« Wenn sie wollte, konnte Sandra wie eine Gouvernante aus dem viktorianischen Zeitalter klingen, und genau das tat sie gerade.

»In die Küche, etwas Anständiges zu essen holen.« Franz ging weiter, ohne auf ihre weiteren Proteste und Drohungen von Liebesentzug bis zum Auszug aus ihrer gemeinsamen Wohnung zu hören. Es war ihm egal. Er hatte Hunger. Sollte sie ihren ekelhaften Getreidebrei doch selbst in sich reinschaufeln.

Wenig später kehrte er mit einem vollgeladenen Tablett und einem zufriedenen Grinsen im Gesicht zurück auf seinen Platz vor der Glotze, wo inzwischen der tägliche Krimi lief. Die schönsten Sachen hatte er im Kühlschrank gefunden. Salami und Schinken aus Südtirol, Oliven, Camembert, eine Portion Schweizer Wurstsalat, ein Kassler Ripperl, Senf, Mayonnaise, Ketchup, zwei Wiener Würschtel, zwei Paar *Landjäger* aus Österreich, eine Packung von seinem Lieblingsbergkäse aus dem Supermarkt, drei Brezen, eine Lage kalten Braten sowie ein großes Stück Leberwurst vom Metzger, Essiggurken und ein schönes kaltes Bier, das Sandra wohl vergessen hatte, vor ihm zu verstecken.

»So hältst du also Wort«, stellte sie mit bitterem Unterton in der Stimme fest, während er genussvoll zu mampfen begann.

»Ich habe niemandem etwas versprochen.« Er sah zu, wie der Koch im Fernsehen gerade seine geflämmten Trauben mit Tofumarmelade im Studiopublikum verteilte. Ehrfurchtsvoll nahmen sie ihre Schälchen entgegen und probierten davon. Anschließend wurden Rufe der Verzückung laut.

»Doch, mir. Du hast mir versprochen, dass du es mit der Schrothkur zumindest einmal versuchst.« Die Verachtung in Sandras Stimme war deutlich zu vernehmen.

»Hab ich doch. Gestern Abend schon und gerade eben habe ich noch mal einen Löffel von dem Zeug gegessen. Und was war heute Morgen? Habe ich mich da etwa über die trockene Semmel auf meinem Teller beschwert? Nein.«

»Bestimmt hast du dir danach in deiner Lieblingsbäckerei beim Büro noch mindestens zwei Leberkassemmeln geholt.« Sie winkte ab.

»Und wenn es so gewesen wäre, liebste Sandra? Was wäre dann, hm?« Er biss ein großes Stück Landjäger ab und kaute lustvoll stöhnend und schmatzend darauf herum. »Wäre ich dann ein schlechter Mensch? Sag schon.«

»Ach nichts, Franzi.« Sie schüttelte sichtlich frustriert den Kopf, ohne ihren Blick vom Bildschirm zu lassen. »Mach doch, was du willst. Von mir aus bring dich ruhig um mit deinem Gewicht. Ich sage nichts mehr. Es gibt Menschen, da ist jede Liebesmüh vergebens.«

»Na also, geht doch«, sagte er und nahm die nächste Landjäger in Angriff. Ganz geheuer war es ihm nicht, dass es sich wider Erwarten als so einfach herausgestellt hatte, sich gegen sie durchzusetzen. Aber einen Rückzieher würde er auf keinen Fall machen. Auch wenn sie noch so lang beleidigt war. Sie würde sich schon wieder beruhigen. Spätestens dann, wenn sie ihm die nächste Idee zur Optimierung seines ach so ungesunden Lebensstils präsentierte. Vegan hatten sie noch nicht gehabt, fiel ihm ein, als er erneut in den Fernseher sah, wo sich inzwischen im Krimi ein Koch zufällig an die Zubereitung einer veganen Gemüsesuppe machte. Gar kein Fleisch und keinen Fisch mehr, nicht einmal Eier. Das wäre doch noch was. Allerdings durfte sie das dann tatsächlich und endgültig ganz ohne ihn durchziehen. Die Couch in seinem Büro würde ihm in diesem Fall die nötigen Dienste in der Nacht leisten. Der Krug ging solang zum Brunnen, bis er brach, hieß es. Seiner hatte bereits deutliche Sprünge.

32

Max, Josef und Bernd erreichten das zweite Untergeschoss. Sie hielten inne, um festzustellen, von wo genau Monikas Stimme herkam, die jetzt in regelmäßigen Abständen um Hilfe rief. Bestimmt hatte sie gehört, wie die Kellertür zuschlug, und gleich geahnt, dass sie möglicherweise befreit wurde.

»Ihre Stimme kommt von da hinten.« Josef zeigte nach rechts ins fahle Halbdunkel hinein.

»Also los.« Sie liefen weiter, bis sie an eine weitere Metalltür kamen, hinter der sie stecken musste.

Bernd fand glücklicherweise ein Brecheisen auf dem Boden am hinteren Ende des Flurs, wo auch anderes Werkzeug wie zwei große Baumsägen, eine alte Schubkarre und mehrere Vorschlaghämmer gelagert waren. Wer auch immer die Sachen dort abgelegt hatte, wusste garantiert nicht, dass er damit heute mehrere Leben retten würde.

Sie stemmten mit vereinten Kräften die Tür auf. Max stürmte hinein, leuchtete suchend mit seiner Stablampe hin und her, sah Rollen alter Drahtzäune und abgenutzte Europaletten und entdeckte Monika schließlich seitlich von der Tür auf dem Boden kauern. Er rannte zu ihr und half ihr hoch.

»Max, Josef, Bernd. Ich könnte euch alle küssen«, rief sie währenddessen überschwänglich.

»Gott sei Dank haben sie dir keinen Knebel verpasst«, meinte Max, als sie sich überglücklich gegenseitig in die Arme schlossen. »Sonst hätten wir dich vielleicht nie gefunden.«

»Es war nur einer«, erwiderte sie. »Er hat mir einmal Wasser gebracht, und er trug schon in der Kneipe eine Maske. Ich würde ihn also höchstens an seiner Stimme wiedererkennen.«

»Wir kriegen den Kerl. Es muss derselbe sein, der Waldemar Brachtinger umgebracht hat.«

»Hast du sein Feuerzeug unter meinem Kühlschrank gefunden? Ich konnte es ihm aus seiner Jackentasche klauen und hab es dort hingeworfen.«

»Das hast du gut gemacht. Deswegen sind wir jetzt zum zweiten Mal hier. Wegen der Fingerabdrücke habe ich es schon für die Spusi verpackt. Kannst du dich an irgendetwas erinnern? War er besonders groß oder klein?«

»Nein. Es ging alles zu schnell.« Sie schüttelte den Kopf. »Er hat mich betäubt. Das Letzte, an das ich mich erinnern kann, war die offene Klappe eines Kofferraums. Dann bin ich hier im Dunkeln mit dieser alten Decke um die Schultern aufgewacht. Ihr wisst also auch noch nicht, wer es war?«

»Ich habe einen Verdacht«, sagte Max. »Der Hausmeister hat die Tür zur Treppe hinter uns zugeschlagen und abgesperrt. Sieht so aus, als wollte er uns alle vier zum Schweigen bringen. Jedenfalls kennt er sich hier aus. Fehlt eigentlich nur noch sein Motiv. Dann hätten wir unseren Täter.«

»Warte es erst mal ab«, mahnte ihn Josef. »Vielleicht ist alles ganz anders gelaufen.«

»Eben«, stimmte ihm Bernd zu. »Wir wissen doch noch gar nicht, was hinter der Tür oben passiert ist. Vielleicht liegt er mit einer Verletzung auf dem Boden.«

»Dann lasst es uns schnell rausfinden. Moni muss dringend essen und trinken. Los geht's, Männer.« Max stützte Monika und ging mit ihr voraus.

Bernd war mit dem Brecheisen in der Hand direkt hinter ihnen. Josef bildete die Nachhut.

Als sie die Kellertür mit vereinten Kräften aufgebrochen hatten, fanden sie Rasputin wenige Schritte davon entfernt tatsächlich ohnmächtig auf dem Boden liegend vor, so wie es Bernd gesagt hatte. Er blutete am Hinterkopf. Jemand anderes musste sie also eingesperrt haben.

Max, Monika und Bernd stiegen die nächste Treppe zur Eingangshalle hinauf. Josef blieb beim Rasputin. Oben hatte der Täter es anscheinend nicht für nötig erachtet, die Tür abzusperren. Entweder hatte ihn jemand dabei gestört oder er war der Meinung gewesen, dass sie sich aus dem zweiten Untergeschoss sowieso niemals befreien konnten. Bestimmt wollte sie der Mistkerl dort jämmerlich verhungern und verdursten lassen.

Monika eilte auf die Toilette, um Wasser zu trinken.

Währenddessen rief Max einen Krankenwagen für Rasputin. Bernd ging vor die Tür, um frische Luft zu schnappen und die Spurensicherung zu verständigen. Vorher hatte er Max noch anvertraut, dass dieser Keller der reine Horror für ihn gewesen sei. Er habe Klaustrophobie und wäre vor Panik beinahe gestorben. Vor allem als die zweite Kellertür von außen zugeschlagen wurde.

»Habe ich gar nicht bemerkt«, hatte Max gemeint. »Hättest du doch was gesagt, dann wäre ich mit Josef alleine dort runter gegangen.«

»Ich wollte unbedingt bei der Suche nach Moni mitmachen.« Bernd hatte tief durchgeatmet.

Max hatte sich nachdrücklich bei ihm bedankt. Dass sich einer wegen einer Freundin seinen Urängsten stellte, war ganz sicher nichts Alltägliches und konnte ihm gar nicht hoch genug angerechnet werden.

Monika kam von der Toilette zurück.

»Da unten musste ich irgendwohin auf den Boden pinkeln«, sagte sie. »Keine Ahnung, ob ich mich danach reingesetzt habe.« Sie tastete suchend ihre Jeans ab. »Die Hose scheint aber trocken zu sein.«

»Kein Problem, Moni. In einer halben Stunde sind wir bei dir dahcim. Dann kannst du duschen und dich umziehen.«

»Ach, Max.« Sie umarmte ihn erneut. »Du kannst dir gar nicht vorstellen, wie froh ich bin, deine Freundin zu sein.«

»Das hätte doch jeder getan.«

»Nein, das hätte garantiert nicht jeder getan. Ich trau mich wetten, dass du seit heute Morgen ununterbrochen nach mir suchst.«

»Wie könnte ich dich jemals im Stich lassen.« Er bekam feuchte Augen. Den Gedanke, was los gewesen wäre, wenn er sie nicht gefunden hätte, verscheuchte er schnell wieder. Ab jetzt war alles wieder anders. Die Karten waren neu gemischt, und er würde verdammt gut aufpassen, dass ihr nicht noch einmal etwas zustieß, und er würde sie heiraten. Die Erfahrung zeigte ihm allerdings, dass das wohl schwieriger wäre, als ein Kamel durch ein Nadelöhr zu fädeln.

»Ich habe Hunger. Seit dem Frühstück habe ich nur eine Flasche Wasser getrunken«, sagte sie.

»Wir holen dir gleich irgendwo was. In der Nähe gibt es massenhaft Lokale und Imbissstände.«

»Tatsächlich? Wusste ich jetzt als Argentinierin gar nicht.« Sie grinste amüsiert.

»Sorry, die Aufregung«, meinte er und grinste ebenfalls.

Wie blöd kannst du eigentlich sein, dass du denkst, Monika kennt sich in ihrem eigenen Gewerbe hier im Münchener Süden nicht aus, Raintaler?

Der Notarzt kam mit drei Begleitern, um Rasputin abzuholen. Als sie ihn an Max, Josef, Bernd und Monika vorbeitrugen, schlug er die Augen auf.

»Was war eigentlich los? Ich hab eins draufgekriegt, und dann war alles schwarz um mich herum«, sagte er, sobald er Max erkannte. »Habt ihr sie gefunden? Ist sie das?« Er zeigte auf Monika.

»Ja.« Max nickte. »Das ist meine Moni.« Er zeigte auf Monika, die direkt neben ihm stand.

»Gott sei Dank.« Rasputin brachte ein schwaches Lächeln zustande.

»Haben Sie gesehen, wer Ihnen den Schlag verpasst hat?«, erkundigte sich Max. Wenn ja, wäre das natürlich ein absoluter Volltreffer gewesen.

»Nein, leider nicht.« Rasputin schüttelte unmerklich den Kopf. »Er kam von hinten, glaube ich.«

»Na gut, Herr Huber. Fahren Sie jetzt erst mal ins Krankenhaus und werden Sie wieder ganz gesund. Alles Weitere besprechen wir später.«

»Bis dann, Herr Kommissar.«

»Alles Gute und danke für Ihre Hilfe.«

Als Rasputin zur Tür hinaus war, meinte Max, dass es höchste Zeit für alle wäre, etwas zu essen. Er kenne einen super Italiener in Harlaching. Die Pizza dort wäre unschlagbar. Aber natürlich gäbe es auch Fisch, Fleisch und Pasta.

»Ich möchte eigentlich lieber heim, Max«, meinte Monika. »Ich hab dort genug zu essen für uns alle. Den ganzen Schweinsbraten von heute Mittag zum Beispiel. Außerdem würde ich gerne kurz duschen und mich umziehen.«

»Der Schweinsbraten ist weg«, sagte Max.

»Was?« Sie riss überrascht die Augen auf. »Wie denn das?«

»Anneliese hat für deine Reisegruppe geöffnet und gekocht, damit du keinen Verdienstausfall hast.«

»Nein.« Sie schüttelte ungläubig den Kopf. »Die Annie, da schau her. Ja, der Wahnsinn.«

»Doch.« Max nickte.

»Dann lass uns jetzt erst recht hinfahren. Ich hab auch noch massenhaft Würschtel und Leberkas eingefroren.«

»Na gut, aber auf dein Risiko.« Max hoffte, dass Anneliese inzwischen mit dem Aufräumen und Putzen fertig war. Der Schock für Monika wäre sonst womöglich zu groß gewesen.

»Wie meinst du das?«

»Wart's ab.«

Nachdem Jan Reiter mit seinen Leuten von der Spusi eingetroffen war und Max ihnen das Feuerzeug aus Monikas Küche übergeben hatte, stiegen sie zu viert in Bernds Auto und fuhren los Richtung Innenstadt. Max, der im Fond neben Monika saß, rief Franz an und verkündete ihm die gute Nachricht von ihrer Rettung.

»Ihr habt sie? Das ist genial«, jubelte Franz. »Gratuliere. Wo war sie?«

»In einem Keller auf dem Filmgelände. Wir fahren jetzt in ihre Kneipe.«

»Also doch auf dem Filmgelände. Und der Täter?«

»Wir bleiben dran, Franzi. Alles nicht so einfach. Was macht die Diät?«

»Die ruht in Frieden. Sandra ist zwar beleidigt ins Bett gegangen, aber das Zeug schmeckte so widerwärtig, dass ich es im Klo hinuntergespült und den halben Kühlschrank geplündert habe. Jetzt geht es mir schon viel besser. Auch rein nervlich, verstehst du?«

»Verstehe ich, Franzi.« Max musste grinsen. »Wir sind dann noch bei Moni in der Kneipe und feiern ihre Rückkehr.«

»Was? Tatsächlich? Das klingt verführerisch. Ich könnte mir ein Taxi nehmen. Hier ist, wie gesagt, nichts los.«

»Das könntest du.«

»Na gut. Bis gleich.«

»Bis gleich, Franzi.«

Max legte auf und schaute zufrieden zum Fenster hinaus. Es war zwar längst noch nicht alles getan, und natürlich mussten sie Monikas Entführer und Waldemars Mörder erst noch finden. Aber seine geliebte Moni war wieder bei ihm. Das war im Moment wichtiger als alles andere. Er legte zärtlich seinen Arm um ihre Schulter.

»Jetzt sag schon«, sagte sie. »Wie hast du das gemeint, dass wir auf mein Risiko in meine Kneipe fahren?«

»Ich verrate es dir, wenn wir dort sind.« Er legte mit geheimnisvoller Miene seinen Zeigefinger an den Mund. »Aber so viel kann ich schon sagen. Es gibt eine super Nachricht, die mit Geld zu tun hat, und es gibt eine weniger gute, die mit deiner Einrichtung zu tun hat.«

»Oh Gott, mir schwant Übles.« Monika schmiegte sich an ihn und schaute zum Fenster hinaus.

Sie kamen am Harlachinger Krankenhaus vorbei. Gott sei Dank ging es ihr so gut, dass sie da jetzt nicht hinein musste wie der Hausmeister vom Filmgelände, dachte Max. Wenn er ehrlich war, freute er sich auch sehr darüber, dass er sie nicht begleiten musste. Er hatte eine panische Angst vor Krankenhauskeimen.

33

Natürlich hatte Max Anneliese Bescheid gesagt, dass sie gleich mit Monika zusammen in die Kneipe kommen würden, und so stand sie schon ungeduldig vor der Tür und begrüßte alle fröhlich, sobald Bernd seinen Dienstwagen eingeparkt hatte. Sie umarmte Monika, ließ sie eine halbe Ewigkeit lang nicht mehr los und vergoss ein paar dicke Tränen der Erleichterung.

Dann gingen sie alle zusammen hinein.

»Oje. Da fehlen aber ein paar Stühle, stimmt's?« Monika sah neugierig von Max zu Anneliese und zurück.

»Nur ein kleiner Kollateralschaden. Annie hat 5.300 Euro bekommen. Da sollten auch die paar Stühle drin sein.« Max holte das Geld aus seiner Hosentasche und legte es auf den Tresen. »Ansonsten hat deine beste Freundin hier eine riesen Leistung vollbracht. So sauber war deine Kneipe noch nie.«

»Danke, Annie. Darüber reden wir zwei noch. Wo hast du denn das viele Geld her?« Monika blieb vor Staunen der Mund offen stehen.

»Das bezahlten die Verrückten, die hier alles kurz und klein gefeiert haben.« Annie lachte ausgelassen.

»Jetzt kann sie wieder lachen, unsere Annie.« Max gab ihr ein Küsschen auf die Wange.

»Ich auch«, sagte Josef und gab ihr ebenfalls einen Schmatzer.

»Und ich.« Bernd küsste Annie schnell auf beide Wangen. »So machen wir Franzosen das«, sagte er dazu und errötete leicht.

»Ich wusste gar nicht, dass du Franzose bist«, meinte Max.

»Bin ich auch nicht.«

Alle lachten.

Monika ging in die Küche. Max kam mit.

»Du rührst heute keinen Finger mehr«, meinte er. »Setz dich auf den Stuhl da drüben und sag mir einfach, was ich machen soll.« Er zeigte auf den Stuhl beim Fenster, den Monika dort platziert hatte, um sich kurz ausruhen zu können, wenn ihr alles einmal zu viel wurde.

»Aber Max …«, versuchte sie zu protestieren.

»Nichts da, hinsetzen!«, befahl er streng.

Anschließend wärmte er unter ihrem Kommando eine große Packung Wiener Würschtel auf, buk frische Brezen aus der Tiefkühltruhe auf, von denen dort immer ein reichlicher Vorrat lagerte, und trug schließlich alles zusammen mit ausreichend Senf in den Schankraum hinüber, wo

Annie, Bernd und Josef bereits gemütlich beim Bier um einen Tisch saßen. Monika folgte ihm.

Annie erzählte gerade unter viel Gelächter, wie die nackten Touristen auf den Tischen getanzt hatten, als Franz zur Tür hereinkam.

»Dann kann die Party ja losgehen«, rief Monika und grinste breit. »Servus, Franzi.«

»Gott sei Dank bist du gesund und munter«, erwiderte er und lief, so schnell es seine Pfunde zuließen, zu ihr hinüber. »Max meinte, dass ein einsamer, verlassener Ehemann hier ein Bier bekommen würde.«

»Nicht nur eines«, sagte Monika.

Franz gab ihr wie Bernd ein Küsschen rechts und links.

»Wo ist Sandra denn?«, wollte sie danach wissen. »Hat sie dich tatsächlich verlassen?«

»Für heute schon. Sie hat sich solche Sorgen um dich gemacht, dass sie wohl ein paar Beruhigungstabletten zu viel eingeworfen hat. Ich hab sie einfach nicht wach bekommen, und hab sie dann lieber schlafen lassen. Besser für mich.«

»Tu mir bloß meine Freundin nicht verarschen.« Monika setzte einen gespielt strengen Blick auf.

»Genau«, schloss sich Annie an. »Da können wir Schwestern ganz schön unbequem werden.«

»Das ist uns allen klar, dass ihr das könnt.« Franz lachte. Der Rest stimmte ein. Jeder der Anwesenden wusste, dass Sandra, Monika und Anneliese zusammenhielten wie Pech und Schwefel.

Max informierte Franz über die Ereignisse in der Filmstadt, dann setzten sich alle und aßen und tranken mit gutem Appetit. Dabei wurde erleichtert geplaudert, gescherzt und gelacht.

Zu vorgeschrittener Stunde griff Max zur Gitarre und spielte Monikas Lieblingssong, der heute vom Text her wie die Faust aufs Auge passte, »I Will Survive« von Gloria Gaynor.

Sein Vortrag wurde ihm mit dem tosenden Applaus aller Anwesenden gedankt.

»Du musst wieder öfter Musik machen«, meinte Annie. »Deine Auftritte waren früher schon der Hammer, und du kannst es immer noch.«

»Genau«, sagte Monika.

»Stimmt«, schloss sich Josef an.

»Auf jeden Fall«, pflichtete Bernd seinen Vorrednern bei.

»Zugabe!«, rief Franzi.

»Na gut.« Max grinste geschmeichelt. »Was wollt ihr hören?«

»›Stairway to Heaven‹«, sagte Monika. Natürlich wusste sie ganz genau, dass es sein Lieblingslied war, und er wusste, dass sie es wusste.

»Na gut. Dann die guten alten Led Zeppelin-Songs. Wusstet ihr eigentlich, dass das mein Lieblingssong ist?«

»Nein«, sagten alle und lachten.

Danach wünschte sich Monika noch die Edelschnulze »Hero« von Enrique Iglesias. Sie ließ ihn während seines gesamten Vortrages nicht aus den Augen.

Pünktlich zur Sperrstunde um 1 Uhr verabschiedeten sich dann alle gut angeheitert voneinander. Auf den Tischen getanzt hatte allerdings keiner.

»Morgen früh geht die Mördersuche weiter«, sagte Franz zu Max, bevor er den letzten Schluck Bier aus seinem Glas hinunterstürzte. »Und Moni bekommt erst mal Polizeischutz, bis wir den Kerl haben.«

»Das ist eine super Idee.« Max brachte sie noch alle zur Tür und sperrte hinter ihnen ab.

34

Als Josef daheim sein Wohnzimmer betrat, stutzte er erst einmal und blieb stehen. Seine gleichaltrige Ex-Freundin Marion, also diejenige vor Susanne, saß auf seiner Lieblingscouch und schaute sich einen Film im Fernsehen an. Dass sie einen Jogginganzug trug, irritierte ihn, da sie normalerweise immer großen Wert auf ein sehr gepflegtes, fast schon manchmal spießig anmutendes Äußeres legte.

»Was machst du denn hier?«, fragte er sie perplex. »Wolltest du nicht längst in den USA auf Bildungsreise sein? Wie kommst du überhaupt hier rein?«

»Antwort eins, ich warte auf dich«, erwiderte sie. »Antwort zwei, ich bleibe jetzt doch lieber hier in München, weil es mir so gut gefällt. Antwort drei, ich habe immer noch einen Schlüssel von dir. Und bevor du jetzt Frage vier stellst, ich trage einen Jogginganzug, weil er saubequem ist.«

»Und warum bist du wirklich nicht in Amerika?« Josef wusste immer noch nicht, was er von der nächtlichen Überraschung halten sollte.

»Ich liebe dich«, antwortete sie. »Und ich war zu blöd, es zu merken, und will dich von ganzem Herzen um Verzeihung bitten. Beruflich neu anfangen, wie ich es vorhatte, kann ich auch in München. Die da drüben über dem großen Teich kochen auch nur mit Wasser.«

»Und jetzt?« Er sah sie immer noch leicht verwirrt an.

»Jetzt wäre es unfassbar schön, wenn du dich zu mir setzt, mir sagst, dass du mich auch liebst, und mich ganz fest umarmst.« Sie nahm ihn mit ihren klugen grünen Augen ins Visier und lächelte ihr bezauberndes Lächeln, das ihn schon, als sie vor Wochen noch zusammen gewesen waren, immer auf der Stelle umgehauen hatte.

»Aber hattest du mich denn nicht verlassen, obwohl ich dich angefleht habe zu bleiben?« Er kratzte sich unschlüssig am Hinterkopf. Mit allem hätte er heute Abend gerechnet, aber damit, dass ausgerechnet Marion hier bei ihm auftauchte, garantiert nicht. Er musste sich das alles erst einmal innerlich zurecht ordnen. »Gib mir noch eine Minute.«

»Natürlich. Aber ich liebe dich wirklich.«

Josef sah, dass sie Tränen in den Augen hatte. So verrückt ihre Geschichte klang, sie schien das alles ernst zu meinen. Er betrachtete sie ausführlich von oben bis unten und fragte sich dabei, wie er nach ihr nur auf einen derart negativen Menschen wie Susanne hatte hereinfallen können. Nur wegen ihres jungen Äußeren? Schon seltsam, welche Wege und Abzweigungen das Leben manchmal nahm, ohne dass man es so richtig bemerkte.

Er musste an einen Spruch denken, den sein Vater oft zitiert hatte. »Und wenn du denkst, es geht nicht mehr, kommt irgendwo ein Lichtlein her.« Sein persönliches Lichtlein war schon immer Marion gewesen, und es leuchtete wie ein heller Stern in der Nacht. Daran gab es schon früher nie einen Zweifel, und auch jetzt nicht.

Er setzte sich zu ihr, nahm sie in die Arme und küsste sie lang und zärtlich. Dann trug er sie in sein Schlafzimmer. Für alles andere wäre morgen noch Zeit genug.

35

Bernd kam in der Straße bei sich zu Hause an und stellte fest, dass oben in seiner Wohnung wie immer niemand auf ihn wartete. Also ging er in seine Stammkneipe nebenan, setzte sich an den Tresen und bestellte sich bei Winfried, dem 50-jährigen Wirt, ein schönes kühles Bier. Das mit dessen Alter wusste Bernd deshalb so genau, weil er vor zwei Wochen zu Winfrieds Geburtstagsfeier eingeladen gewesen war. Der Wirt hatte sich dabei nicht lumpen lassen. Es war ein klasse Fest mit den feinsten Speisen und Getränken gewesen. Sogar eine weithin bekannte Showband hatte zum Tanz aufgespielt.

Es dauerte nicht lange, da gesellte sich Rudi, ein anderer Stammgast, den Bernd seit Jahren kannte, zu ihm.

»Na, kannst du auch nicht schlafen?«, fragte Rudi, nachdem er sich ebenfalls ein Bier bei Winfried bestellt hatte.

»War ein harter Einsatz heute.« Bernd trank einen Schluck. »Eine gute Freundin wurde entführt.«

»Und das auch noch am Sonntag. Habt ihr sie wieder?«

»Yes.« Bernd nickte.

»Ein wichtiger Job, den du machst, alter Freund.« Rudi trank ebenfalls einen Schluck. »Vermisst du deine Ella eigentlich immer noch?«

Bernds große Liebe Ella hatte sich vor zwei Jahren von ihm getrennt, weil sie die andauernde Sorge um ihn bei seinen gefährlichen Einsätzen nicht mehr aushalten konnte. Er hatte sie auf Knien angefleht zu bleiben, ihr versprochen, dass er mehr Innendienst machen würde, aber sie war bei ihrer Entscheidung geblieben. Seitdem lebte er alleine.

»Natürlich«, sagte er jetzt zu Rudi. »Sie war die Beste.«

»Mir hat da neulich ein Bekannter eine interessante Geschichte über die Liebe, die Wahl, die wir haben und die Einsamkeit erzählt«, meinte Rudi.

»Ich hab Zeit.« Bernd trank erneut einen Schluck Bier und stellte fest, dass der erste Schluck aus einem neuen Glas immer am besten schmeckte. Allerdings wäre es eine riesige Verschwendung, wenn man nach jedem ersten Schluck ein neues bestellte. Also musste man auch mit dem nicht ganz so leckeren Rest im Glas zurechtkommen, wenn man nicht in kürzester Zeit arm sein wollte.

Er dachte, dass das auch eine schöne Parabel auf das Leben wäre. Man konnte sich nicht immer nur die Rosinen herauspicken. Der oft trockene Rest vom Kuchen musste auch gegessen werden.

Anneliese zum Beispiel gehörte für ihn eindeutig zu den Rosinen und ersten Schlucken. Sie gefiel ihm bereits seit langer Zeit sehr gut. Als Mensch und als Frau. Aber er hatte es ihr bisher weder gezeigt noch gesagt. Vielleicht sollte er sich ein Herz fassen und es einfach einmal tun. Aber was, wenn sie ihn ablehnte? Er fürchtete, dass er sie dann aus verletztem Stolz nicht wieder sehen wollte, und das hätte für ihn wohl auch bedeutet, nicht mehr in Monikas *Kleine Kneipe* zu gehen. Damit hätte sich dann nicht nur der Kontakt mit Anneliese erledigt, sondern auch der mit all seinen Freunden, die dort verkehrten.

»Also, hör zu«, sagte Rudi. »Der Bekannte von mir hatte eine Freundin, die er sehr liebte. Eines Tages jedoch stellte sie ihn vor die Wahl: Entweder er hörte mit dem Angeln auf und verbrachte dafür mehr Zeit mit ihr oder es wäre aus. Das stürzte ihn in ein großes Dilemma, denn er liebte sie, aber er liebte das Angeln genauso. Er bat sich ein paar Tage Bedenkzeit aus, konnte sich danach aber immer noch nicht entscheiden. Dann fiel es ihm auf einmal wie Schuppen von den Augen, und er resümierte: Da beides nicht möglich war, musste er sich für eines entscheiden, und zwar auf der Stelle. Was meinst du, für was er sich entschieden hat?« Rudi sah Bernd gespannt an.

»Keine Ahnung.« Bernd zuckte die Achseln. »Fürs Angeln?«, riet er.

»Richtig.« Rudi nickte. »Aber warum wohl?«

»Sag's mir.«

»Er wusste, dass er sowohl das Angeln als auch seine Freundin sehr vermissen würde, wenn er sich für das eine oder andere entscheiden würde. Also blieb ihm nur, sich für das Angeln zu entscheiden und seine Freundin wegzuschicken.«

»Hab ich schon verstanden. Aber warum genau tat er das?« Bernd schaute seinen Freund und Mittrinker neugierig an.

»Er baute fest darauf, bald eine neue Freundin zu finden, die sein Hobby akzeptierte. Bestenfalls würde sie genauso gerne angeln wie er.«

»Dann hätte er beides.« Bernd nickte. »Schöne Geschichte, Rudi.«

»Ich werde es meinem Bekannten ausrichten.«

»Tu das und sag schöne Grüße von mir.« Bernd wusste natürlich, dass Rudi die Geschichte gerade erfunden hatte, um ihn wegen Ella zu trösten und ihm ein wenig Hoffnung für die Zukunft mit auf den Weg zu geben. Solche Freunde waren wichtig. Menschen, die für dich da waren, weil sie spürten, dass du ihre Unterstützung brauchtest. Umgekehrt wäre das selbstverständlich auch der Fall gewesen. Gar keine Frage.

»Machst du uns noch zwei Bier auf mich, Winnie?« Bernd hielt ihre halb leeren Gläser hoch.

»Kommt sofort.« Da sonst nicht viel los war, machte sich Winfried sogleich ans Einschenken.

»Das musst du nicht tun, Bernd.« Rudi, der, seit Bernd ihn kannte, vom Arbeitsamt und von Sozialhilfe lebte, schüttelte den Kopf.

»Ich weiß.« Bernd fasste ihn an der Schulter und sah ihm tief in die Augen. »Aber mach mir die Freude und nimm es an. Ich bin so froh, dass du gerade da bist und mit mir zusammen einen trinkst.«

»Ich geh auf keinen Fall mit dir ins Bett, dass das klar ist«, meinte Rudi. »Auch wenn du verdammt gut ausschaust.«

»Geht klar, Rudi. Trinken ja, vögeln nein.«

Sie lachten.

Als Bernd eine Stunde später nach Hause kam, fütterte er zunächst einmal Frank Sinatra. So hieß der Goldfisch, den er sich als Gesellschafter angeschafft hatte, nachdem

Ella ihn verlassen hatte. Er hatte ihn Frank Sinatra genannt, weil er die Lieder des amerikanischen Sängers so sehr liebte.

Sogar eine selbstgebaute kleine Bühne hatte er für das possierliche Tierchen auf dem Boden des Aquariums installiert. Frank dankte es ihm, indem er sich möglichst oft in der Nähe des Mikrofons aufhielt und sein Maul dabei auf und zu machte, als wüsste er ganz genau, um was es auf einer Bühne mit dazugehörigem Equipment ging. Mein Gott, da sollte noch mal einer sagen, dass kleine Fische nur einen begrenzten Verstand besäßen.

Bernd ging in seiner Theorie sogar noch weiter. Er vermutete, dass Frank zu Gefühlen fähig war und ihn in seiner Einsamkeit trösten wollte, indem er sich so verhielt, wie er es tat. Natürlich war bei Franks wiederholter Aktion keinerlei Gesang zu hören, denn bekanntermaßen waren Goldfische stumm. Aber Bernd liebte einfach die Illusion, einen Weltstar in seinem Wohnzimmer zu beherbergen, und feuerte Frank deshalb regelmäßig bei seinen Auftritten an.

Als er wenig später in seinem Bett lag, dachte er, wie fast immer in letzter Zeit, an Anneliese. Er nahm sich vor, ihr so bald wie möglich zu gestehen, wie es ihm ums Herz war, dass es ihn erwischt hätte, und dass er gerne mal mit ihr zusammen essen gehen würde. Mehr als nein sagen konnte sie schließlich nicht, und selbst in diesem Fall hätte sich an der momentanen Situation lediglich die Tatsache geändert, dass der erste Versuch, sie für sich einzunehmen, nicht mehr vor ihm, sondern hinter ihm lag.

Mit der wohltuenden Gewissheit, dass es für ihn weit mehr zu gewinnen als zu verlieren gab, schloss er breit grinsend seine Augen. Natürlich durfte er auf keinen Fall vergessen, ihr Blumen mitzubringen, wenn er sie das nächste Mal sah, dachte er noch, bevor er wegdämmerte.

36

Franz sperrte seine Wohnungstür auf. Er gab sich dabei die größte Mühe, keine Geräusche zu machen, um Sandra nicht zu wecken, zog leise seine Schuhe aus, hängte sein Sakko an den Garderobehaken und ging ins Wohnzimmer.

Sein Schlafanzug, sein Lieblingskissen und eine Wolldecke ruhten, so wie er sie vorhin hingelegt hatte, nach wie vor fein säuberlich nebeneinander auf der Couch.

»Na dann gute Nacht, Franzi«, sagte er grinsend.

Natürlich hatte das Arrangement auch seine Vorteile. So konnte er zumindest ungestraft und ohne dafür Tritte zu kassieren schnarchen, was nach den fünf Bieren, die er bei Monika gehabt hatte, nicht nur im Bereich des Möglichen lag, sondern mit an Sicherheit grenzender Wahrscheinlichkeit eine unumstößliche Tatsache war.

Also ging er ein letztes Mal auf die Toilette. Danach legte er sich in Unterhosen hin, deckte sich mit der seiner Meinung nach zu dünnen Wolldecke zu und schlief schnell ein.

In dem Traum, den er wenig später hatte, wog er 20 Kilogramm weniger und lag irgendwo im Süden an einem weißen Strand in einem Liegestuhl. Eine lange Reihe Frauen stolzierte an ihm vorbei. Eine schöner als die andere, und alle lächelten, als sie ihn entdeckten. Sie schienen ihn für sehr begehrenswert zu halten.

»Das kommt nur von der Kur«, sagte eine tiefe Stimme über ihm.

»Bist du das, lieber Gott?«, fragte Franz mit schüchterner Stimme.

»Jawohl, ich bin es, mein Sohn«, antwortete die Stimme.

»Der Herr der Schrothkur. Iss, wie deine Frau es dir empfiehlt, und alle Frauen der Welt werden sich nach dir umdrehen.«

»Aber ich will das gar nicht. Mir reicht meine Sandra völlig«, sagte Franz. »Ich brauche keine anderen Frauen.«

»Willst du nicht schlank und schön werden?«

»Schon, aber nicht so. Deine Schrottkur schmeckt mir nicht, und nur meine Sandra soll mich für immer lieben. Die anderen nicht. Ich will nie wieder ohne meine Sandra sein. Auch wenn ich dick bin, bin ich doch ein anständiger Mensch. Sandra! Sandra! Hilf mir! Sie wollen mich dir wegnehmen!« Er wälzte sich unruhig auf seinem Liegestuhl hin und her.

Jemand rüttelte an seiner Schulter. Er schlug die Augen auf.

»Franzi, was ist denn mit dir?« Sandra stand über ihn gebeugt und machte ein besorgtes Gesicht. »Du schreist ja die ganze Nachbarschaft zusammen.«

»Hab schlecht geträumt.« Er rieb sich verwirrt die Augen. »Ich lag an einem Strand, und alle Frauen der Welt wollten mich haben, weil ich so schlank war.«

»Du hast andauernd nach mir gerufen.«

»Weil ich dich so liebe, Schatz.« Er machte Dackelaugen. »Ich will keine andere außer dir«, fuhr er fort. »Die ganzen anderen können mich gernhaben, da bleib ich lieber dick als schlank, bevor ich mit denen mitgehe. Bitte bleib du auch bei mir, selbst wenn ich ein bisserl dick bin. Aber ich bin dir wenigstens treu bis ins Grab hinein. Das schwöre ich dir. Du bist doch die Einzige, die ich wirklich liebe.«

»Ist ja gut. Beruhig dich wieder.« Sie grinste geschmeichelt, beugte sich zu ihm hinab und gab ihm ein Küsschen. »Wieso riechst du eigentlich so sehr nach Bier?«

»Max und die anderen haben Monika gefunden.«

»Was? Sie ist wieder da!«

»Ja, und das musste natürlich gefeiert werden. Ich hab ewig lang versucht, dich zu wecken, aber bei deinen ganzen Tabletten war nichts zu machen.«

»Aber ich hab doch nur einen Schlaftee getrunken.«

»Tatsächlich? Na ja.«

»Wie geht es ihr?«

»Alles gut. Morgen treffen wir sie.«

»Wie schön. Da bin ich aber erleichtert.« Tränen stiegen ihr in die Augen. »Na komm, dann gehen wir jetzt ins Schlafzimmer.«

»Das wäre wunderbar, mein Liebling. Dann wäre ich nicht mehr so allein. Auch im Traum nicht, verstehst du? Außerdem haben wir bald Winter, und da ist die Wolldecke, die ich mir rausgelegt habe, doch ein wenig kalt. Ich friere regelrecht.« Er zeigte auf die Gänsehaut an seinen Armen.

»Obwohl du vom Strand geträumt hast?«

»Ja, stell dir vor.« Er nickte schlotternd und zähneklappernd. »Bitte sei mir nicht mehr böse.«

»Bin ich nicht mehr. Du bist doch mein allerliebster Franzi.«

Sandra schnappte sich sein Kissen, dann gingen sie gemeinsam ins Schlafzimmer. Dort angekommen, ließ sich Franz erleichtert in sein Bett fallen und schlief auf der Stelle ein. Diesmal wurde er von weiteren Träumen vom großen Gott der Schrothkur verschont.

37

Als Franz und die anderen gegangen waren, hatten sich Max und Monika sogleich auf den Weg in Monikas Schlafzimmer über der *Kleinen Kneipe* gemacht. Endlich hatten sie ein bisschen Zeit nur für sich.

»Ich bin so froh, dass ihr mich da rausgeholt habt«, sagte sie mit Tränen in den Augen. »Im Dunkeln hinter einer Metalltür eingesperrt, die du einfach nicht aufkriegst, das ist die Höchststrafe.«

»Was meinst du, wie froh ich erst bin.« Max gab ihr ein Küsschen. »Du musst mir versprechen, dass du ab jetzt immer gut auf dich aufpasst.«

»So gut ich kann, versprochen.« Sie hob die Hand zum Schwur. »Du musst diesen Mistkerl finden, Max. Solche Typen sind immens gefährlich. Er könnte jederzeit erneut aus dem Hinterhalt zuschlagen.«

»Ich kriege ihn. Wir haben so einige Verdächtige. Die knöpfe ich mir alle noch mal gründlich vor. Irgendeiner von denen war es. Da bin ich mir so gut wie sicher.« Max stand auf und ging nackt, wie er war, ins Bad. Das Bier von vorhin forderte seinen Tribut und den galt es zu entrichten.

Nachdem er sein Geschäft erledigt hatte, überprüfte er unter Zuhilfenahme von Monikas kleinem Handspiegel die Beule an seinem Hinterkopf. Alles schien soweit in Ordnung zu sein. Er würde also aller Wahrscheinlichkeit nach nicht mit einer Blutvergiftung oder anderen schwerwiegenden Komplikationen rechnen müssen. Das beruhigte ihn. Es gab nichts Schlimmeres, als sich in dauernder Sorge um den eigenen Körper durch das Leben zu zittern.

Als er ins Schlafzimmer zurückkam, hörte er, wie eine Nachricht auf seinem Handy eintraf. Er nahm es zur Hand und sah nach.

»Er hat mir die nächste Nachricht geschickt«, sagte er zu Monika. »Diesmal als E-Mail.«

»Wer?« Sie sah ihn neugierig an.

»Dein Entführer und Waldemars Mörder.«

»Was? Nein!« Sie riss erschrocken die Augen auf. »Hat er dir etwa schon mal geschrieben, weil du sagst, die nächste Nachricht?«

»Sicher.« Max nickte. »Von deinem Handy aus. Sie muss immer noch drauf sein. Sonst hätte ich doch gar nicht gewusst, dass ich dich suchen muss.«

»Suchen *muss*? Das klingt aber nicht sehr begeistert.«

»Hör auf, Moni.« Er lachte nicht.

»Was schreibt er?« Monika war sofort wieder ernst.

»Entweder ihr hört auf, wegen Waldemar Brachtinger zu ermitteln, oder deine Freundin stirbt«, las Max laut vor. »Vorher sterben alle deine Freunde, einer nach dem anderen, und am Schluss bist du dran. Ich weiß, wo ihr alle wohnt.«

»Müssen wir das ernst nehmen?« Monika setzte sich auf.

»Besser wär's. Er hat dich entführt und eingesperrt, schon vergessen?«

»Natürlich nicht.« Sie schüttelte den Kopf. »Mir ist auf einmal ganz kalt, Max.«

»Dann deck dich zu.«

»Du wärst mir lieber als Zudecke.«

»Gleich.« Er lächelte flüchtig. »Herrschaftszeiten, der Kerl spinnt wohl komplett.« Max setzte sich neben sie auf den Bettrand. »Aber da hat er sich jetzt endgültig mit dem Falschen angelegt. Den hol ich mir.«

»Ein bisserl Angst hab ich schon.« Monika kaute sichtlich nervös an ihrem Daumennagel.

»Musst du nicht. Die Uniformierten unten vor der Tür bleiben solang hier, bis wir den Burschen erwischt haben. Und ich beschütze dich auch die meiste Zeit.«

»Mein Held.« Sie strahlte ihn mit unverhohlener Bewunderung an, wie schon lange nicht mehr.

Max legte sein Handy auf den Nachttisch neben dem Bett. Dann kuschelte er sich zu ihr und nahm sie in den Arm.

»Muss ich mir wirklich keine Sorgen machen?«, fragte sie.

»Zumindest keine allzu großen. Ich kriege den Kerl. Das verspreche ich dir. Aber du musst mir auch etwas versprechen.«

»Gerne. Was denn?«

»Dass du mich jetzt endlich heiratest, damit ich besser auf dich aufpassen kann. Noch mal stehe ich so etwas wie heute nicht durch.« Verstohlen wischte er sich zuerst ein paar Tränen aus den Augenwinkeln. Dann weinte er.

Die reinste Achterbahn der Emotionen ist das heute, Raintaler. Langsam darfst du dich wieder einkriegen.

»Ich denk drüber nach, Max, ehrlich.« Sie streichelte sanft seine Wange.

»Aber nicht zu lange.« Er schniefte.

»Mal was ganz anderes«, fuhr Monika fort. »Annie hat völlig recht. Du musst wieder öfter auf die Bühne. Deine Stimme ist und bleibt tatsächlich einfach genial.«

»Ich denke darüber nach«, erwiderte er.

»Aber nicht zu lange.« Sie musste grinsen.

»Versprochen.« Er bekam seine Gefühle wieder in den Griff und grinste ebenfalls. »Jedes Mal, wenn ich die

Gitarre in die Hand nehme, ist es so, als hätte ich sie nie weggelegt. Doch bis es soweit ist, dass ich Lust aufs Spielen habe, brauche ich inzwischen immer länger.«

»Weiß ich doch.«

»Ich weiß, dass du es weißt, trotzdem sage ich es dir.« Ihr Kompliment freute ihn sehr. Sie unterstützte ihn bei seiner Musik, seit sie ihn das erste Mal zu Studentenzeiten in seiner damaligen Stammkneipe spielen gehört hatte. Wenn das Publikum bescheuert gewesen war, hatte sie ihn getröstet, wenn er schlecht gespielt hatte, ebenfalls. Ihm fiel ein, dass sie sich bereits eine halbe Ewigkeit kannten. Allein deshalb war es jetzt wirklich an der Zeit, sie endlich zu heiraten.

»Gute Nacht.« Sie schloss die Augen und schlief auf der Stelle ein.

Max blieb noch eine Weile lang wach und ließ den vergangenen Tag vor seinem inneren Auge Revue passieren. Er dachte an Rasputin Huber. Auf alle Fälle musste er ihn noch einmal genau befragen. Vielleicht hatte er den Täter doch gesehen und erinnerte sich morgen daran.

Dann würde er sich auch Waldemars Tochter Doro noch einmal vornehmen. Was sie betraf, war das letzte Wort noch nicht gesprochen, wusste er. Alleinerbin eines Millionenvermögens zu sein, war schließlich Motiv genug für einen Mord. Alibi in den USA hin oder her. Auch sie hätte wie jeder andere die Möglichkeit gehabt, den Mord an Waldemar in Auftrag zu geben, und besaß außerdem ganz gewiss mehr als genug Geld, um einen Vollprofi dafür zu bezahlen.

38

Max hatte Franz gleich nach dem Aufwachen über die zweite Drohung von Monikas Entführer auf seinem Handy berichtet. Der hatte daraufhin versprochen, die E-Mail an die Technikabteilung weiterzugeben und ab sofort nur noch unauffällig weiter zu ermitteln und umgehend einen weiteren Streifenwagen zu Monikas *Kleiner Kneipe* zu schicken. Auf keinen Fall würde er zulassen, dass ihr noch einmal etwas geschah, aber ihre Ermittlungen konnten sie natürlich auch nicht vollständig an den Nagel hängen. Max hatte sich erleichtert bedankt, aufgelegt und dann gemütlich mit Monika gefrühstückt.

Jetzt verabschiedete er sich unter wiederholten zärtlichen Küssen und Küsschen von ihr und versprach, spätestens um die Mittagszeit wieder zurück zu sein.

Draußen auf der Straße vor dem Lokal schärfte er den beiden Uniformierten, die dort in ihrem Streifenwagen Wache schoben, noch einmal ein, besonders gut auf Monika aufzupassen. Ansonsten bekämen sie Gegenwind von ihm und Franz Wurmdobler zusammen.

»Ein Orkan wäre ein laues Lüftchen dagegen«, fügte er bekräftigend hinzu.

»Alles gut«, erwiderte der Mann mit den kurz geschorenen dunklen Haaren, der am Steuer saß und sein Fenster bis auf halbe Höhe hinuntergelassen hatte. »Das hätten wir sowieso gemacht. Auch ohne Drohung.«

»Sorry, war nicht so gemeint«, entschuldigte sich Max sogleich. »Ich mach mir einfach nur große Sorgen um meine Freundin.«

»Passt schon, Herr Raintaler.« Der Fahrer nickte lächelnd.

»Kennen wir uns?« Max sah ihn überrascht an.

»Ich war während meiner Ausbildung mal bei Ihnen in einem Kurs übers Fährtenlesen, als Sie noch bei der Kripo waren. Daniel Mayer heiße ich.«

»Ach ja, genau. Jetzt erinnere ich mich. Sie hatten Talent.« Max lächelte.

Tatsächlich ein guter Mann. Wieso hat er es nur zum Streifenbeamten gebracht und nicht weiter? Egal, er wird schon seine Gründe gehabt haben. Alles musst du auch nicht wissen.

»Ich tue mein Bestes.«

»Also dann, Herr Mayer. Noch einen schönen Tag und nichts für ungut.«

»Alles klar. Das mit Ihrer speziellen Fährtensuchtechnik müssen Sie mir irgendwann noch mal genauer erklären. Da habe ich damals nur die Hälfte verstanden.«

»Versprochen.«

Daniel schloss das Fahrerfenster wieder.

Max stieg in Monikas Auto, weil sein eigenes seit Tagen bei ihm zu Hause vor der Tür stand, und fuhr Richtung Grünwald.

Am Harlachinger Berg gab es kurzfristig einen kleinen Stau, der wohl dem Berufsverkehr geschuldet war. Aber gleich danach ging es flott weiter.

Als er in Doros Büro ankam, fielen Max drei extrem schlanke junge Frauen auf, die es sich in der Besucherecke bequem gemacht hatten. Eine rothaarige, eine blonde und eine schwarzhaarige. Passend dazu trugen sie Minikleider in den Farben Rot, Gelb, Schwarz.

Lustig. Wenn sie sich in die richtige Reihenfolge nebeneinander setzen würden, sähen sie aus wie die deutsche Fahne.

»Hallo, schöner Mann«, begrüßte ihn Doro, die im grünen Hosenanzug und mit langen Strassohrringen behangen hinter dem großen Schreibtisch ihres Vaters saß. Sie machte eine gute Figur dabei, fiel ihm auf. »Ich gehöre gleich ganz Ihnen. Die Sekretärin meines Vaters hat sich krankgemeldet, und die Damen hier sind Schauspielerinnen und wollten für meinen nächsten Film vorsprechen.«

»Macht das nicht Ihre Castingagentur?« Besonders gut kannte sich Max nicht im Filmgeschäft aus, aber ein paar Dinge wusste sogar er.

»Die wichtigen Entscheidungen treffe ich lieber selbst.« Doro lächelte selbstsicher. »Mein Vater hielt das ebenfalls so.«

»Ich hätte noch ein paar Fragen an Sie wegen des Mordes an Ihrem Vater«, fuhr Max fort. »Soll ich ein anderes Mal wiederkommen?«

»Nein, das geht schnell«, erwiderte sie. »Stellen Sie sich vor, die drei hier haben gerade behauptet, mein Vater hätte sie sexuell belästigt.«

»Alle drei auf einmal?« Max zog staunend die Brauen hoch. Dass es vor einigen Jahren einen Skandal nach dem anderen in Hollywood wegen sexueller Übergriffe gegeben hatte, war ihm bekannt, aber dass es hier in Deutschland inzwischen ebenfalls so schlimm war, wusste er nicht. Es war wohl an ihm vorbeigegangen, aus welchen Gründen auch immer. Er blieb stehen, wo er stand, um gespannt darauf zu warten, wie Doro mit den Vorwürfen der drei Frauen umgehen würde.

»Nacheinander natürlich«, sagte die Schwarzhaarige, die Doro am nächsten saß. »Erst Sandy, dann Wilma und dann mich.« Sie zeigte zuerst auf die Blonde, dann auf die Rothaarige und dann auf sich selbst. »Allein hast du keine Chance gegen einen Mann. Zu dritt hätten wir ihn platt gemacht.«

Die Sonne schien hell zu dem Fenster hinter Doro herein. Max musste ein paarmal blinzeln und schließlich laut niesen.

»Das klingt tatsächlich ganz schrecklich. Da könnte man schon mal zum Mörder oder zur Mörderin werden«, meinte er ernsthaft, nachdem er sich die Nase geputzt hatte. Monika hatte ihm Gott sei Dank auch heute wieder eine Packung Papiertaschentücher eingesteckt.

»Soll das etwa witzig ein? Wir sind keine Täter, sondern Opfer«, sagte die Schwarzhaarige.

»Richtig, Karla«, sagte Sandy. »Sei froh, dass wir dich nicht auf etliche Millionen verklagen, Doro.«

»Mich? Spinnt ihr? Was hab ich euch denn getan?« Doro sah entsetzt von einer zur anderen.

»Du bist immerhin seine Tochter.«

»Na und? Wenn ihr mich fragt, sind das alles nur ganz dreiste Lügen von euch, damit ihr auch mal zu Geld kommt«, meinte Doro. »Von euch wollte mein Vater sicher nichts. Bei aller Streiterei war er immer ein fairer Geschäftspartner für alle, und zum Sex genötigt hätte er niemanden. Das weiß ich einfach. Es gibt diese Schweine, aber mein Vater war keines davon. So, und jetzt könnt ihr gleich wieder gehen. Die Rollen werden mit passenderen Kandidatinnen besetzt.« Sie zeigte mit dem ausgestreckten Arm auf die Tür. »Lasst euch hier nicht wieder blicken.«

»Das wirst du noch bereuen, Doro«, sagte Karla, die offensichtlich die Sprecherin der kleinen Gruppe war. »Wir hängen dich in der ganzen Branche hin.«

»Keine Drohungen«, meinte Max. »Das könnte Ihnen auf die Füße fallen. Gerade in der heutigen Zeit, wo man sogar schon wegen Kleinigkeiten vor dem Richter landet, Frau ...

»Menzinger heiße ich. Karla Menzinger. Das darf gerne jeder wissen.«

»Frau Menzinger. Sollten Sie allerdings recht haben, ist es leider zu spät, um Waldemar dafür zur Verantwortung zu ziehen. Aber seine Tochter muss keine rechtliche Verantwortung dafür tragen. Moralisch vielleicht, rechtlich nicht.«

»Da schau her. Doros neuer Lover scheint ganz genau zu wissen, wovon er spricht«, sagte die rothaarige Wilma.

»Wahrscheinlich ist er Anwalt«, meinte Karla. »Lasst uns gehen, Kinder. Das hier ist unter unserem Niveau. Hier stinkt es nach Korruption und Lügen.«

»Genau, nichts wie weg«, schloss sich Sandy an. »Keine Macht den Tyrannen und ihren despotischen Töchtern. Alle Macht dem Volk und den ehrlichen Schauspielern.«

»Pass auf, was du sagst, Sandy Dreiberger, sonst brauchst du dich bald nirgends mehr in der Branche blicken lassen.« Doros Miene verfinsterte sich.

Max registrierte, dass gegenseitige Drohungen offenbar auch im Filmgeschäft keine Seltenheit waren. Das machte ihm die Tätersuche in seinem Mordfall natürlich nicht leichter.

Die drei Frauen erhoben sich mit ein und demselben vorwurfsvollen Gesichtsausdruck von ihren Sitzplätzen und staksten erhobenen Hauptes auf ihren klappernden High Heels zur Tür hinaus.

39

»Heftiger Job, den Sie da haben«, sagte Max zu Doro, als die drei aufgebrachten Schauspielerinnen aus ihrem Büro verschwunden waren.

»Gott sei Dank sind längst nicht alle Darsteller so unverschämt«, erwiderte sie. »Die meisten sind anständige Leute, die ihr Fach beherrschen. Männer wie Frauen. Aber es gibt natürlich wie überall auch bei uns schwarze Schafe. Vor allem unter den Unbekannteren, wie den dreien gerade. Die glauben oft, es genüge, frech und respektlos aufzutreten, jemanden hinzuhängen oder zu erpressen. Der große Ruhm käme dann von selbst.«

»Das kommt mir irgendwie bekannt vor. Ist wohl nicht nur in Ihrer Branche so.« Max dachte an die vielen übertrieben selbstsicheren Täter, die er im Laufe seines Berufslebens kennengelernt und verhört hatte. »Wir haben meine Freundin übrigens wieder gefunden.« Er blickte ihr forschend ins Gesicht. Manchmal verrieten selbst die kleinsten Regungen alles. Diesmal war es allerdings nicht so. Sie schien sich ehrlich für ihn zu freuen.

»Das ist ja super. Dann haben Sie also den Mörder meines Vaters?« Sie sah ihn neugierig an.

»Leider nicht.« Er schüttelte den Kopf. »Der Täter läuft noch frei herum.«

»Haben Sie Verena Neuner schon verhaftet?«

»Nein, warum sollte ich?« Er schüttelte den Kopf. Wollte sie gerade etwa von sich selbst als möglicher Täterin ablenken? Allerdings wusste er natürlich, dass er Verena längst auf seiner Liste der verdächtigen Personen hatte, obwohl sie sich zur Tatzeit bei ihren Eltern aufgehalten hatte. Schließlich hätte sie genau wie Doro den Mord an Waldemar in Auftrag geben können.

»Weil mein Vater in seinem Testament geschrieben hat, dass sie nur sein Geld wollte.« Sie sah ihn erstaunt an, schien nicht begreifen zu können, dass er nicht nach ihrer Logik vorging. »Warum wollen Sie mir denn nur nicht glauben?«, fuhr sie mit einem kratzbürstigen Unterton in ihrer Stimme fort. »Es gab deswegen sogar Streit zwischen den beiden, und er wollte sich von ihr trennen.«

»Das höre ich gerade zum ersten Mal.« Max runzelte erstaunt die Stirn. »Warum haben Sie mir bei unserer ersten Begegnung nichts davon gesagt?«

»Sie haben nicht danach gefragt.«

Wenn manche Leute wüssten, wie ungeschickt sie sich verhielten, wenn sie mit etwas hinter dem Berg hielten, würden sie sich möglicherweise ändern. Oder auch nicht. Er hatte schon vor langer Zeit aufgehört, wie ein Weltverbesserer zu denken. Es war vollkommen sinnlos, hatte er erkannt. Die Menschen taten so oder so, was sie wollten, und das war oft genug nicht das, was man von ihnen erwartete.

»Das ändert natürlich einiges.« Max wurde klar, dass er Verena Neuner auf jeden Fall noch ein zweites Mal besuchen musste. Restzweifel hatten in einer Mordermittlung nichts zu suchen.

»Das hoffe ich doch.« Doro stand auf und ging zu ihm hinüber. Sie stellte sich vor ihn und sah ihm direkt in die Augen. »Ich habe meinen Vater nicht getötet, Herr Raintaler. Das dürfen Sie mir glauben. Ich mag Ihnen zu selbstbewusst erscheinen, aber eine Mörderin bin ich nicht.« Sie kam noch ein Stück näher, sodass kein Blatt Papier mehr zwischen die beiden gepasst hätte. »Schon gar nicht würde ich einen Mord in Auftrag geben, um das mal vorwegzunehmen. Ich wüsste nicht einmal, wenn man da fragen müsste.«

»Ich bin geneigt, Ihnen zu glauben.« Max wich ein Stückweit zurück. Er fühlte sich in die Enge getrieben, und das hatte er prinzipiell noch nie leiden können. Im Moment konnte er gut nachvollziehen, wie sich Frauen fühlen mussten, die von Männern auf ähnlich zudringliche Art belästigt wurden. »Trotzdem müssen Sie zugeben, dass Sie es durchaus hätten tun können.«

»Hätte, täte, könnte. Es war aber nicht so, Herrgott noch mal.« Sie blickte ihm fest in die Augen. »Bei allem Streit habe ich meinen Vater geliebt. War das bei Ihnen daheim etwa anders?«

»Nein.« Max schüttelte den Kopf. Sie hatte recht. Er dachte an die vielen Auseinandersetzungen mit seinem eigenen Vater. Er hätte damals wohl alles Mögliche getan, aber umgebracht hätte er ihn niemals, obwohl er sich oft gesagt hatte, dass er ihn am liebsten auf den Mond schießen würde.

»Na sehen Sie.«

Jedes Mal, wenn er einen Schritt zurück machte, rückte Doro ihrerseits einen Schritt nach und postierte sich wieder ganz nah vor ihm.

»Ach, und das war jetzt also auch der Beweis, dass Sie Ihren Vater nicht töten ließen.« Er lächelte, ohne dass seine Augen mit lächelten.

»Warum hätte ich es denn tun sollen? Glauben Sie, ich reiße mich darum, seine Firma in Ehren zu halten? Ich hätte wahrlich Besseres oder Bequemeres zu tun.«

Sie scheint kein echtes Motiv und stattdessen ein überzeugendes Alibi zu haben. Unwahrscheinlich, dass sie es ist, Raintaler. Schau dich nach anderen Möglichkeiten um.

»Würden Sie sich bitte wieder hinter Ihren Schreibtisch setzen«, sagte er. »Ich mag es nicht, wenn man mir so nah auf die Pelle rückt.«

»Sind Sie sicher?« Sie kam ihm noch ein Stück näher. Er konnte ihren Atem im Gesicht spüren.

»Bin ich.« Er nickte unmerklich, um nicht mit ihrem Kopf zusammenzustoßen.

»Dann sollten wir wenigstens heute Abend zusammen essen gehen, mein Hübscher«, meinte sie und setzte einen verschleierten Blick auf. »Oft muss man den anderen erst mal richtig kennenlernen.«

»Hartnäckig sind Sie. Das muss man Ihnen lassen.« Er schüttelte den Kopf. »Oder wollen Sie mir nur eine Lektion darüber erteilen, wie sich Frauen fühlen, die von Männern genötigt werden?«

»Das dürfen Sie sich aussuchen.« Sie wandte sich von ihm ab und setzte sich wieder hinter ihren Schreibtisch.

»Haben Sie noch etwas, das mir bei der Aufklärung des Mordes an Ihrem Vater weiterhelfen könnte?«

»Heribert Schnittbein.« Doro nickte bedeutungsvoll.

»Wer ist das?« Max hatte es manchmal satt, immer und immer wieder nachfragen zu müssen, wenn er zu knappe Antworten bekam. Konnten die Leute nicht mitdenken und ihm einfach von vorneherein alles sagen, was sie wussten?

Beschwere dich nicht, Raintaler. Das ist nun mal dein Job, und den hast du dir selbst ausgesucht.

»Ein Regisseur, mit dem mein Vater immer wieder Streit hatte. Er ist ein wahrer Meister der Literaturverfilmung, aber auch ein unendlich schwieriger Mensch.« Doro nahm den Füller, der auf ihrer Schreibunterlage lag, in die Hand und spielte damit.

»Was meinen Sie mit ›unendlich schwierig‹?«

»Ich könnte mir vorstellen, dass er wegen seiner fachlichen Überzeugungen auch vor einem Mord nicht zurückschrecken würde.«

»Jetzt haben wir schon zwei Verdächtige. Verena Neuner und diesen Regisseur Schnittbein.« Max schüttelte den Kopf. »Gibt es noch jemanden, den Sie beschuldigen wollen, um von sich selbst abzulenken?«

»Ich rufe Sie an, sobald mir jemand einfällt. Aber Sie glauben doch nicht wirklich, dass ich etwas mit dem Tod meines Vaters zu tun habe.«

»Ich weiß es noch nicht so genau.« Sie war zwar eine berufsmäßige Schauspielerin und wusste wohl allein deshalb zu überzeugen, aber ihre Aufregung gerade schien nicht gespielt zu sein.

»Ich war es nicht. Das müssen Sie mir glauben.«

»Erst mal frage ich, bevor ich etwas glaube oder jemanden beschuldige«, fuhr er fort. »Nach der Antwort entscheide ich dann, was ich glaube oder nicht.«

»Sie wollen damit aber nicht andeuten, dass ich gerade alles falsch mache, nur weil ich versuche, Ihnen zu helfen?« Sie sah ihn prüfend an.

»Ich sage es mal so: Es ist immer ungünstig, andere vorschnell zu beschuldigen, vor allem, wenn man selbst zu den möglichen Verdächtigen gehört.« Max ahnte, dass sie als professioneller Verhandlungspartner wohl ein ebenso harter Knochen wie ihr Vater war. »Es hinterlässt einen unguten Geschmack auf der Zunge des Ermittlers, wenn Sie wissen, was ich damit sagen will.«

»Etwas Sexuelles?«

»Nicht witzig.« Er schüttelte den Kopf.

»Na gut, wenn Sie keine Hilfe wollen, dann suchen Sie Ihre Verdächtigen doch alleine. Ich habe mehr als genug zu tun. Zum Beispiel brauche ich schnell drei neue Schauspielerinnen.« Sie vertiefte sich in ein Schriftstück auf ihrem Schreibtisch.

»Wo finde ich ihn?«, fuhr er fort.

»Wen? Schnittbein?« Sie blickte nicht von ihrem Schreibtisch auf.

»Richtig.«

»Sie gehen aus dem Gebäude und folgen der kleinen Straße nach links. Dort stoßen Sie nach ungefähr 100 Metern auf eine Gruppe mit Kameras und so weiter. Dort dreht er gerade seinen neuen Film.« Sie sah ihn jetzt wieder an. »Es wird ein Jahrhundertwerk, meint er.«

»Für Ihre Firma?«

»Na sicher. Die erfolgreichen Leute lasse ich nicht so ohne Weiteres gehen.« Doro lächelte. Sie schien sich wieder gefangen zu haben.

»Na gut, danke, Frau Brachtinger. Wenn es Sie interessiert, ich glaube nicht, dass Sie Ihren Vater ermordet haben.«

Max gab sich alle Mühe, ein freundliches Lächeln aufzusetzen. Ihm war gerade klar geworden, dass ihre Situation im Moment sicher nicht die einfachste war. Sie musste mit dem Tod ihres Vaters fertig werden und gleichzeitig sein Erbe als geschäftstüchtige Filmproduzentin antreten. Das verlangte ihr sicher einiges ab.

»Das beruhigt mich jetzt aber ungemein«, meinte sie.

»Sie mögen zwar sehr geschäftstüchtig sein, aber für einen Mord hätten Sie wohl doch nicht die Nerven.«

»Danke, Herr Raintaler. Ganz im Ernst.« Doro nickte und lächelte ihn freundlich an. »Ich bin froh, dass Sie das so sehen. Wenn Sie doch mal mit mir essen gehen wollen, sagen Sie einfach Bescheid. Sie wissen ja, wo Sie mich finden.« Sie stand auf und reichte ihm ihre Visitenkarte. »Meine Handynummer, nur für ganz spezielle Freunde. Ihre hab ich ja bereits. Falls Sie sie nicht zurückwollen.«

»Auf Wiedersehen, Frau Brachtinger.«

Max steckte ihre Nummer ein, drehte sich um und ging zur Tür hinaus.

»Wissen Sie eigentlich, dass sie einen echt scharfen Hintern haben?«, rief sie ihm hinterher.

»Nur wenn ich Chilis gegessen habe«, erwiderte er amüsiert in sich hineingrinsend.

Herrschaftszeiten, Raintaler. Wenn Moni nicht wäre, würdest du wohl tatsächlich mal mit ihr essen gehen. Könnte ein unterhaltsamer Abend werden. Humor scheint sie jedenfalls zu haben und gefallen lässt sie sich auch nichts.

40

Franz saß im Büro und telefonierte unentwegt. Erst hatte er den Streifenwagen zu Monikas *Kleiner Kneipe* beordert. Dann hatte er über Sebastian Rüger, ebenfalls ein Stammtischfreund, der Waldemar gut kannte, herausgefunden, dass es drei weitere Verdächtige gab, mit denen Waldemar in letzter Zeit Streit hatte. Zwei Schauspieler und einen direkten Konkurrenten von Waldemar, den Produzenten Traugott Spießvogel. Doch alle drei hatten glaubwürdige Alibis, die allerdings selbstverständlich noch von Bernd und seinen Leuten genau überprüft werden mussten. Den Auftrag dazu hatte Franz gleich an Bernd weitergegeben. Die Ergebnisse würden noch bis heute Abend vorliegen, hatte der ihm versprochen, dann wären sie wieder ein gutes Stück schlauer.

Jetzt telefonierte er mit Max, um ihn einerseits darüber zu informieren, dass Monika gut bewacht wäre, und natürlich, um ihr weiteres Vorgehen im Mordfall Brachtinger mit ihm zu besprechen.

»Es wird wirklich nicht einfach werden, Waldemars Mörder zu finden«, sagte er. »Wir haben gefühlt 200 Verdächtige, aber nichts Konkretes. So krass war das Verhältnis schon lange nicht mehr. Ich erwäge, den Beruf zu wechseln.«

»Es ist tatsächlich ein ziemliches Durcheinander«, erwiderte Max. »Ich war gerade bei Doro Brachtinger. Da saßen drei Schauspielerinnen, die behaupteten, Waldemar hätte sie sexuell belästigt.«

»Wenn das kein Mordmotiv ist.«

»Motiv vielleicht, aber du hättest sie sehen sollen. Sie waren nicht dünn, sondern dürr. Sah mir ganz nach Magersucht aus. Die hätten mich nicht einmal zu dritt ausgeknockt, so schwach kamen sie mir vor, geschweige denn eine von ihnen.«

»Also kommen sie eher nicht als Täterinnen infrage?«

»Richtig, und ob sie tatsächlich seine Opfer in sexueller Hinsicht waren, weiß ich auch nicht.«

»Ich verstehe die jungen Frauen von heute nicht«, meinte Franz kopfschüttelnd. »Alle wollen nur noch schlank sein. Wissen die denn gar nicht, dass das gar nicht unbedingt gut ausschaut.«

»Es wird ihnen doch überall vorgemacht, dass Schlanksein und Schönsein das Gleiche sind. Schau bloß mal ins Internet oder auf die Titelseiten bestimmter Zeitschriften. Überall nur mit einem Fotoprogramm bearbeitete Fotos von perfekten Frauen und Mädchen.«

»Schrecklich.« Franz schüttelte den Kopf. »Gut, dass ich wenigstens vernünftig bin und mich dem Schönheitswahn standhaft verweigere.« Er musste grinsen. Selbstironie war immer eine hilfreiche Eigenschaft, um den Unbillen des Lebens entgegenzutreten, wusste er. Wenn die Menschen dieser Welt sich selbst besser verarschen könnten, gäbe es garantiert weniger Streit und Krieg.

»Das machst du ganz hervorragend, Franzi. Wir brauchen mehr gute Beispiel wie dich, die mutig und entschlossen neue Wege gehen.« Max' Stimme war die Ironie deutlich anzuhören.

»Du willst mich jetzt aber nicht auf den Arm nehmen?«

»Niemals.«

»Gut so.« Franz stand breit grinsend auf und ging ein paar Schritte durch sein Zimmer, weil ihm das rechte Bein im Sitzen eingeschlafen war. Er spielte mit dem Gedanken, gelegentlich in eine Gymnastikstunde zu gehen, um fit zu bleiben, verschob das Ganze aber sogleich auf irgendwann später. Im Moment war es wichtiger, dass er den Mord an Waldemar aufklärte. Herumturnen konnte er immer noch, sobald der Fall bei den erledigten Akten lag.

»Doro Brachtinger hat mir noch jemanden verraten, der Streit mit Waldemar hatte«, sprach Max weiter. »Heribert

Schnittbein, ein bekannter Regisseur hier draußen in der Filmstadt. Ich fahre gleich mal zu ihm. Danach besuche ich Rasputin Huber im Krankenhaus, den Hausmeister, von dem ich dir gestern erzählt habe. Vielleicht ist ihm inzwischen eingefallen, wer ihn niedergeschlagen hat.«

»Alles klar. Ich kümmere mich derweil hier weiter um alles.«

Franz begann, sich Sorgen zu machen. Sein Bein wollte einfach nicht mehr aufwachen. Er stampfte ein paarmal kräftig damit auf und hoffte, dass es nichts Schlimmeres wäre. Vielleicht sollte er tatsächlich mal eine Zeit lang weniger Fett essen. Aber was hatte das mit den Beinen zu tun? Nichts, gab er sich gleich selbst die Antwort. Schließlich aß er nicht mit den Füßen, sondern mit dem Mund, und das Essen landete in seinem Magen und nicht im Oberschenkel.

Möglich, dass die Taubheit im Bein vom Rauchen kam. Aber wohl eher nicht, da er es bereits stark eingeschränkt hatte. Mehr als zwei Schachteln am Tag wurden es nicht mehr. Die paar Bier am Tag konnten sicher auch nichts damit zu tun haben. Im Gegenteil. Er hatte kürzlich gelesen, dass drei Maß Bier täglich sogar sehr gesund sein sollten. Oder waren es drei Halbe? Oder zwei? Wie auch immer, die Sache mit dem tauben Bein war ihm jedenfalls völlig unerklärlich.

»Kommst du nachher zu Moni in die Kneipe?«, fragte ihn Max. »Sie wollte sich mit einem besonders guten Schweinsbraten bei uns allen bedanken.«

»Logisch.« Franz grinste vor Vorfreude über das ganze Gesicht. »Das lasse ich mir nicht entgehen.«

41

Heribert Schnittbein war der nächste Verdächtige mit einem Alibi gewesen. Allerdings mit dem bisher überzeugendsten. Er wäre beim Bürgermeister zum Essen eingeladen gewesen, hatte er gesagt, als Max ihn auf die Tatzeit ansprach. Max hatte seine Aussage noch vor Ort telefonisch im Rathaus überprüft und dort positiv bestätigt gefunden. Die Suche nach Waldemars Mörder ging also weiter.

Jetzt war er auf dem Weg ins Harlachinger Krankenhaus, um Rasputin Huber zu besuchen. Er hatte sich sogar extra eine Atemschutzmaske in der Apotheke besorgt, um gegen die tödlichen Krankenhauskeime gefeit zu sein.

Als er Rasputins Zimmer betrat, meinte er nicht recht zu sehen. Das war doch eindeutig Leonardo di Caprio, der ihm da entgegenkam und an ihm vorbei das Zimmer verließ. Den kannte selbst er aus zahlreichen Filmen. Als *Revenant* hatte er ihm am besten gefallen. Schau einer an, der Rasputin Huber schien gar keine so große Klappe zu haben, sondern tatsächlich Gott und die Welt im Filmgeschäft zu kennen.

»Hallo, Herr Raintaler, es war nicht der echte«, begrüßte ihn Rasputin und kam Max' Frage damit zuvor. »Nur ein Doppelgänger, mein Sohn Bernhard. Er verdient ganz gut damit bei Auftritten, Werbung und so weiter.«

»Man muss also nicht einmal das Original sein, um als Prominenter durchzugehen und Geld zu bekommen?« Max staunte nicht schlecht. Er setzte sich auf einen Besucherstuhl neben Rasputins Bett, der alleine im Zimmer lag.

»So ist es.« Rasputin nickte. »Das nennt man heute das Showgeschäft.«

»Wie geht es Ihnen?«

»Der Schädel brummt noch, aber sonst gut. Morgen werde ich wieder entlassen. Heute ist Montag stimmt's?«

»Stimmt.«

»Hoffentlich kommen sie bis morgen ohne mich aus in der Arbeit. Außer mir kennt sich ja keiner wirklich aus.«

»Das schaffen die schon.« Max erinnerte sich daran, dass er ebenfalls seit seinem Knock-out am Samstagabend Kopfschmerzen hatte. Die Aufregung um Monika hatte sie allerdings bisher überdeckt. Doch hier drinnen, im Angesicht der Krankheit an und für sich, waren sie auf einmal zurück. Er nahm gleich eine Tablette, von denen er als gelernter Hypochonder immer einen ausreichenden Vorrat bei sich trug.

»Ich glaube, ich habe ihn doch gesehen«, sprach Rasputin weiter.

»Wen meinen Sie?«

»Den Kerl, der mir gestern eins übergebraten hat.«

»Wirklich? Wie sah er aus?« Max konnte seine Neugier kaum bezähmen. Hatte er seinen Täter endlich gefunden? War es wirklich so einfach? Es wäre tatsächlich zu schön, um wahr zu sein.

»Also, ich glaube, es war ein Mann«, fuhr Rasputin fort.

»Wie groß? Blond? Schwarzhaarig?«

»Schwarzhaarig. Oder blond. Oder war es doch eine Frau? Die muss dann aber sehr groß gewesen sein. Verflixter Mist, so genau kann ich mich wohl doch nicht erinnern.« Rasputin legte angestrengt die Stirn in Falten und hob bedauernd die Arme.

»Macht nichts.« Max winkte ab. »Erzwingen Sie nichts, Herr Huber. Vielleicht fällt es Ihnen später noch ein. Dann können Sie mich jederzeit anrufen.«

»Na gut.« Rasputin nickte. »Tut mir leid. Jetzt sind Sie extra deswegen hergekommen.«

»Passt schon«, beruhigte ihn Max.

»Habe ich Ihnen eigentlich schon erzählt, wie ich mit der Hildegard Knef beim Italiener war?«, wechselte Rasputin unvermittelt das Thema.

»Nein.« Max befürchtete, dass er sich gleich eine Räuberpistole nach der anderen aus der Filmwelt anhören durfte. Er rutschte unruhig auf seinem Stuhl hin und her und fragte sich, wie er aus der Sache wohl am schnellsten wieder herauskäme.

»Das werden Sie mir jetzt nicht glauben.« Rasputins Augen glühten vor Begeisterung. »Sie hat mit mir auf dem Tisch getanzt.«

»Ist nicht wahr.« Max versuchte, angemessen erstaunt zu klingen.

»Doch, wenn ich es Ihnen sage, Herr Raintaler.« Rasputin lachte fröhlich, ließ es aber gleich darauf mit schmerzverzerrtem Gesicht wieder bleiben. »Ich habe sogar ein Foto davon bei mir zu Hause stehen. Sie müssen mich unbedingt einmal besuchen kommen, wenn ich wieder daheim bin.«

»Versprochen«, sagte Max, der genau wusste, dass er das auf keinen Fall tun würde.

»Von mir und der Vicky Leandros gibt es auch ein Foto. Sie hat mir sogar einmal eine Kiste griechischen Wein mitgebracht, als sie bei uns im Filmgelände zu tun hatte.« Rasputin bekam feuchte Augen. »Tolle Frau. Sie schaut aus der Nähe gar nicht aus wie eine Griechin. Könnte glatt als Deutsche durchgehen.«

»Aha.« Max verspürte jetzt den dringenden Impuls, aufzustehen und zu gehen. Er wusste, dass es ab sofort tatsächlich nur noch um Rasputins Vergangenheit und die Berühmtheiten, die er angeblich kannte, gehen würde. Allerdings wollte er nicht allzu unhöflich erscheinen, denn der alte zottelbärtige Hausmeister schien bei allem Gepolter ein einsamer Zeitgenosse zu sein, der dringend Zuspruch brauchte. Die Möglichkeit einer Krankenbettdepression durfte niemals unterschätzt werden. Das wusste er aus eigener Erfahrung.

»Kommt Ihr Sohn Sie oft besuchen?«, erkundigte er sich.

»Sicher.« Rasputin nickte begeistert. »Mindestens einmal im Jahr zu Weihnachten. Ich freue mich schon Tage vorher darauf.« Er hielt inne. Offenkundig dachte er nach. »Eigentlich freue ich mich das ganze Jahr lang darauf«, sagte er dann etwas leiser. »Sind nicht mehr so viele Leute um mich herum wie früher. Vor allem seit meine Elsbeth mich verlassen hat.«

»Dann werden Sie Ihren Sohn dieses Jahr sogar zweimal sehen.«

»Wie meinen Sie das, Herr Raintaler?« Rasputin sah ihn verwirrt an.

»Sie sagten doch, dass er gerade da war.«

»Das war nicht mein Sohn, ich hab Sie angeschwindelt, damit Sie nicht denken, er würde mich hier allein liegen lassen.« Das Lächeln, das er aufsetzte, wirkte ein wenig gequält. »Mein Sohn heißt Hermann und lebt seit Jahren in Berlin. Das ist ein zu weiter Weg, nur um wegen so einem Kratzer bei mir vorbeizuschauen.«

»Also war der Leonardo, der gerade aus Ihrem Zimmer ging, gar nicht Ihr Sohn?«, wollte sich Max noch einmal vergewissern.

»Nein.« Rasputin schüttelte den Kopf. »Es war der Bertl, ein Schulfreund von ihm, der manchmal nach mir sieht.«

»Aber der Bertl ist wirklich ein Doppelgänger von Leonardo?«

»Das stimmt.« Rasputin nickte.

»Was arbeitet Ihr Sohn?«

»Nichts Großes.« Rasputin winkte ab. »Der Hermann ist Erdkundelehrer am Gymnasium.«

»Ein respektabler Beruf.«

»Meinen Sie?«

»Absolut.« Max nickte voller Überzeugung.

»Sie kannten doch bestimmt den Kulenkampff?«, fuhr Rasputin unvermittelt fort.

»Wer nicht.« Max nickte erneut. »*Einer wird gewinnen*, richtig?«

»Richtig, und auch richtig hieß er ja Hans-Joachim Kulenkampff. Das wissen die Wenigsten.«

»Aha.«

»Er hat mir einmal einen kleinen Plastikhund geschenkt, einen Mops.« Rasputin blickte versonnen zum Fenster hinaus.

»Tatsächlich. Was haben Sie damit gemacht?«

»Er wurde beerdigt.«

»Der kleine Plastikhund?« Max sah ihn erstaunt an. »Wieso denn das?«

»Es ging nicht anders.«

»Aber wieso?«

»Ich hab ihn zu meiner Elsbeth ins Grab gelegt, damit sie nicht so alleine ist.« Rasputin schaute eine Weile schweigend vor sich hin. Dann stiegen ihm die Tränen in die Augen.

Sie saßen einige Minuten lang schweigend da und hingen jeder seinen Gedanken nach.

»Ich muss dann auch wieder los«, meinte Max schließlich.

»Sicher, Herr Raintaler. Schön, dass Sie mich besucht haben. Vielen Dank.« Rasputin ergriff Max' Hand und schüttelte sie überschwänglich. »Und kommen Sie mal bei mir daheim vorbei. Sie werden staunen, wen ich alles kenne.«

»Mach ich, Herr Huber. Gute Besserung.«

Max verließ das Zimmer.

Als er vor dem Krankenhaus stand, riss er sich schnell die Atemschutzmaske vom Gesicht und warf sie in den nächsten Papierkorb. Noch ein paar Minuten länger und er wäre an dem Ding garantiert erstickt. Nur gut, dass er sich damit aller Wahrscheinlichkeit nach keinen Krankenhauskeim eingefangen hatte.

42

Die Sonne schien vom strahlend blauen bayerischen Himmel auf die Landeshauptstadt herunter. Das Thermometer zeigte sogar ein paar Grad mehr an als gestern. In Monikas *Kleiner Kneipe* herrschte beste Stimmung. Der Streifenwagenpolizist Daniel Mayer, sein Kollege Erwin, der rothaarige Ludwig Gangler, Max, Franz und Josef hatten sich zu Monikas versprochenem Schweinsbraten mit Kraut und Knödeln eingefunden. Die Besetzung des zweiten Streifenwagens passte derweil draußen auf, dass nichts Unvorhergesehenes geschah. Sie würden später ebenfalls eine Portion abbekommen.

Alle schwatzten aufgeregt und gut gelaunt durcheinander.

Annie, Sandra und Moni waren stundenlang in der Küche gestanden und hatten zu dritt das Essen vorbereitet. Jetzt war der Braten für Monikas Retter fertig. Nur die Knödel mussten noch zehn Minuten ziehen. Also gesellten sich die drei zu den anderen in den Schankraum und stießen fröhlich mit ihnen an.

Bernd kam im feschen Trachtenjanker mit einem großen Strauß Tulpen in der Hand herein. Er blickte sich suchend um, entdeckte Annie am Tresen und ging zielstrebig auf sie zu.

»Hallo, Annie, die sind für dich.« Er hielt ihr mit einem schüchternen Lächeln seinen Blumenstrauß hin. »Hier bitte.«

»Für mich?«, staunte sie, während sie sich ihre Hände an dem Geschirrtuch abwischte, das sie sich in ihre weiße Bedienungsschürze geklemmt hatte. »Ehrlich? Womit habe ich das verdient?« Sie lächelte ihn mit leicht errötenden Wangen an.

»Ich wollte dich fragen, ob du mal mit mir essen gehen möchtest.«

»Dann tu es doch«, meinte Monika, die zufällig neben den beiden stand, und lachte.

»In der Liebe ist fast alles erlaubt«, meinte Sandra. »Sogar direkte Fragen.«

»Möchtest du mal mit mir essen gehen?«, fragte Bernd.

»Gerne.« Annie nickte. »Wann? Heute Abend?«

»Heute Abend wäre super«, meinte er und atmete erleichtert durch. Er sah unendlich froh darüber aus, dass sein Vorstoß so gut geklappt hatte.

Alle anderen außer Daniel und Erwin, die nicht ahnen konnten, was da gerade vor sich ging, applaudierten grinsend, weil natürlich jeder von ihnen längst wusste, dass sie ihm gefiel, und dass es umgekehrt genauso war. Annie hatte schließlich bereits etliche kleine Andeutungen in diese Richtung gemacht.

»Wir haben schon gedacht, du fragst sie nie«, meinte Max.

»Ich stell die mal in eine Vase«, sagte Annie, während sie an den Tulpen roch. »So schöne Blumen. Darf ich dir ein Bier einschenken, lieber Bernd?«

»Sehr gerne.«

»Wann ist der Braten fertig, Moni?«, fragte Franz. »Ich habe ein regelrechtes Loch in meinem Bauch.«

»Keine Angst, Franzi«, erwiderte Monika. »Wie du weißt, ist hier noch keiner verhungert. Der Braten und das Sauerkraut sind fertig. Die Knödel gleich auch. Setzt euch schon mal.« Sie zeigte auf den Tisch, den sie zuvor liebevoll gemeinsam mit Annie gedeckt hatte. Sogar Kerzen standen darauf.

»Der Franzi ist noch nie verhungert, solang ein Kochtopf in der Nähe war«, meinte Sandra gutmütig grinsend. »Heute ist ausnahmsweise Schrothkur-Ausnahmetag. Aber morgen geht es weiter. Also genieße es.« Sie stupste ihn liebevoll in die Seite.

Die Tür öffnete sich, und Herr Cheng kam mit seiner Reisegruppe von gestern herein. Jeder von ihnen hatte einen kleinen Blumenstrauß in den Händen. Die Männer trugen einen schwarzen Anzug mit bunter Krawatte, die Frauen sehr bunte, aber gleichzeitig auch sehr geschmackvolle und ganz sicher nicht billige Kostüme.

»Um Gottes willen, nicht die Chaoten von gestern schon wieder.« Annie blickte erschrocken drein. »Wenn du die reinlässt, gehe ich, Moni.«

»Aber sie haben Blumen dabei«, erwiderte Monika.

»Egal.« Annie schüttelte den Kopf. »Du hättest sie gestern erleben sollen.«

»Wir haben genug Braten für alle.«

»Bitte nicht, Moni«, flehte Annie inständig.

»Liebe Frau Annie«, ergriff Herr Cheng das Wort, während er vor sie hintrat. »Wir haben Ihnen Blumen mitgebracht, um uns bei Ihnen zu entschuldigen. Das war nicht gut, was wir gestern getan haben. Außerdem haben wir Trinkgeld für Sie gesammelt, und wir wollen putzen helfen.« Er überreichte ihr seine Blumen und 2.000 Euro.

»Das ist alles für mich?« Annie bekam den Mund vor Staunen nicht mehr zu.

»Und das behältst du diesmal auch«, sagte Monika in einem Tonfall, der keinen Widerspruch zuließ.

»Bitte sehr.« Herr Cheng ließ die anderen an sich vorbei, damit sie ihre Blumen ebenfalls an Annie übergeben konnten. Jeder von ihnen gab ihr auch noch ein Küsschen auf die Wange.

»Na gut, in Herrgotts Namen, dann sollen sie sich halt dazusetzen«, sagte sie. Ihre Augen wurden feucht vor Rührung. »Ich bezahle heute Abend die Rechnung für uns beide«, rief sie grinsend zu Bernd hinüber, während sie sich ein paar Tränen aus den Augenwinkeln wischte, und winkte ihm mit den Scheinen.

»Schauen wir mal«, erwiderte er gutmütig zwinkernd.

»Sehr gut, Annie«, freute sich Monika. »Ich habe deinen Geschäftssinn nicht falsch eingeschätzt. Also komm, auf geht's. Du schenkst ihnen Bier ein und ich trage das Essen für alle auf.«

»Wie soll es denn jetzt mit den Ermittlungen wegen des Mordes an Waldemar Brachtinger weitergehen«, erkundigte sich Bernd. Er sah Max und Franz neugierig an, während er auf ihre Antwort wartete. Josef spitzte ebenfalls die Ohren.

Im selben Moment klirrte eine Scheibe, und Daniel Mayer, der direkt neben Monika saß, brach mit einem Aufschrei zusammen.

»Heckenschütze. Alle Mann runter und in Deckung«, rief Max, der ähnliche Szenen, genau wie Franz und Bernd, bereits erlebt hatte.

So schnell es ging, tauchten alle Anwesenden unter die Tische.

Herr Chengs Touristengruppe wusste zuerst nicht, was zu tun war. Sie blickten lediglich geschockt und verwirrt drein. Doch auf das laute Kommando ihres Anführers hin warfen sie sich schließlich ebenfalls auf den Boden und verharrten dort regungslos. Schließlich konnten sie nicht wissen, ob das Ganze nur eine harmlose Übung, ein derber Scherz oder blutiger Ernst war.

»Was ist mit dem Kollegen?«, fragte Max Monika, die gleich neben Daniel kniete.

»Alles gut, er lebt«, antwortete sie. »Es hat ihn am Arm erwischt. Scheint nur ein Streifschuss zu sein.«

»Woher willst du das wissen?«

»Dazu musst du kein Atomwissenschaftler sein«, sagte sie. »Es fehlt nur ein kleiner Stofffetzen an seiner Jacke, und es blutet kaum.«

»Sonst noch jemand verletzt?«, wollte Max wissen, der nicht anders konnte, als sich trotz des Ernstes der Lage über Monikas Kaltschnäuzigkeit zu amüsieren.

»Ich binde mein Geschirrtuch um seinen Arm«, fügte sie noch hinzu.

»Tu das, Moni.« Max kroch unter dem Tisch hervor und wagte einen Blick durch das Fenster. Im selben Moment erreichte ihn eine weitere E-Mail auf seinem Smartphone. Er holte es aus der Brusttasche seines rot karierten Hemdes.

»Das war die letzte Warnung. Das nächste Mal treffe ich, und zwar zuerst deine Freundin und dann deine Freunde, wie versprochen«, war dort zu lesen.

»Könnten Sie mal Ihre Kollegen draußen anrufen und fragen, wie es ausschaut?«, richtete sich Max an Erwin.

Erwin rief umgehend über Funk im Streifenwagen an. Die zwei Beamten dort sagten, dass sie einen Schuss und das Klirren der Scheibe gehört hätten, und dass zwei Mann sofort die Verfolgung des Schützen aufgenommen hätten. Der Täter sei mit einem Gewehr in Richtung Innenstadt davongelaufen.

»Hinterher Leute, er ist Richtung Innenstadt gelaufen.« Max, Franz, Josef, Bernd, Erwin und Ludwig machten sich umgehend auf den Weg, den geflüchteten Attentäter zu verfolgen. Das war jetzt eine Frage der Ehre. Essen konnten sie später immer noch.

Die Hobbyfußballer Max und Josef waren die Schnellsten. Sie rannten voraus, und die anderen folgten ihnen. Als sie an der Schäftlarnstraße ankamen, sahen sie gerade noch, wie ein graues mittelgroßes Fahrzeug auf die Fahrspur bog und mit Höchstgeschwindigkeit in Richtung Innenstadt verschwand. Das Nummernschild konnten sie nicht erkennen. Franz gab das Auto sofort in die Fahndung. Allerdings war ein grauer mittelgroßer Wagen beileibe keine Seltenheit in München.

43

Max und die anderen kehrten zurück in die *Kleine Kneipe*. Monika hatte sicherheitshalber die Vorhänge im Schankraum zugezogen und die alten hölzernen Fensterläden von außen geschlossen, damit alle Anwesenden vor weiteren Schüssen geschützt waren. Daniel wurde gerade von zwei Sanitätern auf einer Trage zu ihrem Krankenwagen gebracht, um mit ihm ins Harlachinger Krankenhaus zu fahren.

»Habt ihr ihn?«, fragte Monika, die mit Anneliese den Schweinsbraten für die Touristengruppe auftrug, als Max mit den anderen zur Tür hereinkam.

»Nein, er ist uns entwischt«, erwiderte er. »Jetzt essen wir auch erst mal was und dann machen wir uns auf die weitere Suche. Die Fahndung nach seinem Auto ist raus. Ist aber nicht besonders vielversprechend, weil wir kein Nummernschild haben.«

»Zu weit weg oder braucht ihr alle eine Brille?«, versuchte Monika, die Stimmung etwas aufzulockern.

»Zu weit weg, ganz ehrlich«, sagte Josef und lachte als Erster. Die anderen folgten.

»Kein normaler Fall«, meinte Franz, der direkt hinter ihm stand. »Wir haben es nicht oft mit Tätern zu tun, die nicht einmal davor zurückschrecken, die Polizei anzugreifen.«

»Na ja, Franzi, so ganz stimmt das auch nicht«, meinte Bernd, der gleich hinter Ludwig stand. »Ich sag nur Reichsbürger und andere Extreme. Die haben alle keinen Respekt vor der Uniform und schrecken auch vor einem Mord an einem Polizisten nicht zurück.«

»Genau«, sagte Anneliese und lächelte ihn verliebt an.

»Setzt euch schon mal, euer Essen kommt sofort.« Monika zeigte auf den Tisch, an dem sie vorhin gesessen waren, bevor die Schüsse fielen.

»Gut, dass ihr alle gesund und munter wieder hier seid.« Anneliese konnte ihren Blick nicht von Bernd lassen. Jeder im Raum musste es gemerkt haben, aber das war ihr egal.

Wenig später aßen alle Anwesenden mehr oder weniger schweigend ihren Braten mit Knödeln und Kraut und lobten die Köchinnen. Die Stimmung hätte allerdings besser sein können. Herrn Chengs Gruppe wirkte zu Beginn sogar noch regelrecht verstört.

Aber als dann alle aufgegessen hatten, kehrte der Glaube an das Positive im Allgemeinen zurück, die Unterhaltungen wurden lauter, und die adrett gekleidete Reisegruppe von Herrn Cheng stimmte schließlich sogar leise das Lied vom *Hofbräuhaus* an. Max und die anderen an seinem Tisch hörten ihnen amüsiert zu.

»Kommt mir irgendwie bekannt vor«, meinte Franz in die Runde und schmunzelte.

»Mir auch«, meinte Josef. »Obwohl es nur schwer wiederzuerkennen ist. Sie haben ihre ganz eigene Melodie darauf gemacht.«

»Die Chinesen waren schon immer kreativ, was das Kopieren betrifft«, meinte Franz.

Max und Bernd nickten nur mit einem breiten Grinsen im Gesicht.

Anneliese schwante im Angesicht der beginnenden Gesänge Übles, doch sie hielt sich mit einem Kommentar zurück. Monika sollte selbst sehen, wie sich das Ganze hier zwangsläufig entwickeln würde.

Nach dem Essen bekam jeder Gast noch einen Schnaps spendiert, was der gerade sowieso langsam besser werdenden Laune im Raum keinesfalls abträglich war.

»Wie geht es jetzt weiter?«, fragte Josef und sah Max und Franz abwechselnd erwartungsvoll an.

»Doro Brachtinger meinte vorhin, dass sich ihr Vater von Verena Neuner trennen wollte«, sagte Max. »Das wussten wir bisher noch nicht, könnte aber ein Motiv für den Mord an ihm sein. Erst recht, wenn sie bereits ein Testament von ihm in Händen hielt, in dem er sie als Erbin eingesetzt hatte und mit seinem Tod beispielsweise verhindern wollte, dass er ein neues schrieb.«

»Das sage ich doch von Anfang an, dass mit der etwas nicht stimmt«, meinte Franz. »Auf meinen Bauch kann ich mich verlassen.«

»Groß genug ist er ja.« Max grinste frech.

»Auch das mit dem Poltergeist will ich mir noch mal genauer anschauen.«

»Immer noch dein Schmarrn mit den Geistern?«

»Warum nicht. Er ist immer noch nicht ganz aus der Welt.« Franz spießte sein letztes Stück Braten auf seine Gabel.

»Komischer Geist, der Drohungen auf dem Handy verschickt, am helllichten Tag eine Frau entführt und tagsüber aus dem Hinterhalt schießt, um dann in einem grauen Auto davonzufahren«, meinte Max lapidar.

»Stimmt auch wieder«, musste Franz ihm Recht geben.

Bernd und Josef grinsten jetzt ebenfalls.

»Also nehme ich mir doch lieber Verena Neuner vor, in Ordnung?« Max sah Franz erwartungsvoll an.

»Sicher. Sag ich doch dauernd. So kriegen wir unseren Täter.«

»Unseren Täter?«

»Jawohl.« Franz nickte. »Es war ein Mann mit Gewehr, den wir gerade verfolgten, stimmt's?« Franz trank einen Schluck Bier.

»Stimmt, aber dann müsste sie ja einen Komplizen haben.«

»Das würde ich auch so sehen, Herr Ex-Kommissar.« Jetzt war Franz an der Reihe zu grinsen.

»Wir werden sehen. Kommst du mit, Josef?« Max stand auf.

»Natürlich.«

»Aber bleibt unauffällig. Nicht, dass doch noch jemandem was passiert.«

»Wir geben uns Mühe, den Schützen zu erwischen, bevor er noch mehr Unheil anrichten kann.« Max nickte.

Im selben Moment stimmte Herrn Chengs Reisegruppe »Bier her, Bier her oder ich fall um« an.

Die Einzige, die dabei alarmiert aussah, war Anneliese. Alle anderen amüsierten sich und sangen fröhlich mit.

»Wartet es nur ab«, murmelte Anneliese vor sich hin. »Ihr ahnt nicht, was euch blüht.« Sie warf einen schnellen Blick auf Bernds Blumen. Das erdete sie wieder etwas.

Sie freute sich schon auf das Essen heute Abend mit ihm. Hoffentlich brachten die Gäste aus Fernost ihre diesbezügliche Planung nicht durcheinander.

»Wenn wir jetzt trotzdem weiterermitteln, sollten wir Monis Schutz hier draußen noch mal verstärken, Franzi.« Max blickte ernst drein. »Du hast ja selbst gesehen, was unsere bisherige Bewachung gebracht hat.«

»Nichts, ich weiß.« Franz nickte. »Aber wäre es nicht besser, wir würden Annie und Monika irgendwo in Sicherheit bringen?«

»Im Keller in der Filmstadt vielleicht?« Monika lachte humorlos. »Dann stell ich mich noch lieber auf den Marienplatz und breite gottergeben die Arme aus.«

»Schmarrn, Moni«, sagte Max. »Niemand will euch einsperren. Aber Franz hat recht. Es wäre nicht schlecht, wenn wir euch, bis der oder die Täter geschnappt sind, aus der Schusslinie bringen. Das muss nicht lange dauern.«

»Und wohin soll die Reise gehen?« Monika verschränkte die Arme vor der Brust. Es war ihr deutlich anzusehen, dass sie gerade auf stur schaltete. Max kannte das Prozedere bereits. Es würde kaum möglich sein, sie in diesem Zustand von etwas anderem als ihrer eigenen Meinung zu überzeugen.

»Wir haben da ein Hotel in Freising, in dem wir die Leute für den Zeugenschutz unterbringen«, meinte Franz.

»Heute noch nach Freising?« Monika schnaubte unwillig. »Und eine Stunde drauf schnappt ihr die Täter, und wir müssen wieder umkehren. Da können wir doch gleich hierbleiben. Die Fensterläden bleiben geschlossen, und gut ist es.«

»Finde ich auch«, sagte Anneliese. »Das ist alles zu umständlich, außerdem kann uns auf dem Weg dorthin auch so einiges zustoßen. Nehmt nur mal an, der Fahrer unseres Wagens hat einen Unfall.«

»Unwahrscheinlich«, meinte Max.

»Genauso unwahrscheinlich wie die Tatsache, dass uns einer durch die geschlossenen Fensterläden mit einer Kugel trifft.« Monika hatte ihren Entschluss offenkundig endgültig gefasst, und keine zehn Pferde würden sie davon wieder abbringen.

»Und was, wenn der Kerl hier bewaffnet hereinstürmt?« Max war noch nicht vollends überzeugt.

»Bei drei Streifenwagen vor der Tür? Dass ich nicht lache.« Monika schüttelte den Kopf. »Das müsste dann schon Rambo sein.«

»Na gut, wie ihr wollt.« Er zuckte die Achseln.

»Ich fühle mich hier wirklich sicherer«, bekräftigte sie ihren Entschluss noch einmal.

»Ich mich auch«, stimmte ihr Anneliese zu.

»Dann soll es so sein.« Max gab beiden ein Küsschen auf die Wange. »Kommst du, Josef?«, fragte er dann.

»Logisch.« Josef erhob sich von seinem Platz, und sie machten sich daran, das kleine Lokal zu verlassen, in dem gerade erneut das schöne Lied vom Münchner *Hofbräuhaus* angestimmt wurde, allerdings jetzt bereits eine wenig lauter und selbstbewusster als zuvor.

Anneliese registrierte es mit zunehmendem Unbehagen.

»Bernd und ich fahren derweil ins Büro«, sagte Franz noch zum Abschied. »Wenn ihr was braucht, wisst ihr, wo ihr uns findet.«

»Ist gut, Franzi«, erwiderte Max. »Und denk an die Verstärkung.«

»Ich hab längst zwei weitere Streifenwagen herbeordert.«

»Guter Mann.«

44

»Gehen wir zu Fuß?« Max sah Josef fragend an.

»Von mir aus gern. Nach der großen Portion Schweinsbraten kann ich einen Verdauungsspaziergang vertragen.«

»Dann lass uns den Weg über den Flauchersteg nehmen.«

Sie betraten den breiten Holzsteig, der von der Tierparkseite aus auf die andere Seite der Isar in Richtung *Flaucher Biergarten* führte. Die Bäume an den Ufern trugen bereits ihr herbstlich buntes Gewand. Es war immer noch kühl, doch einige Unverdrossene sonnten sich dennoch nackt auf den weißen Kieselsteinen und sprangen sogar ins eiskalte Wasser.

»Diese Naturliebhaber übertreiben es«, meinte Max fröstelnd. »In dem kalten Wasser holst du dir doch den Tod.«

»Nicht wenn du abgehärtet bist. Dann ist es sogar gesund«, wusste Josef.

»Ich weiß nicht recht.« Max schüttelte ungläubig den Kopf. »Was hältst du von einem Kaffee am Standl vorn?« Er zeigte auf das Ende der Brücke. »Davon wird man jedenfalls nicht so schnell krank.«

»Gute Idee. Aber sollten wir nicht schnellstmöglich bei dieser Verena Neuner sein?«

»Die läuft uns nicht weg. Unseren Heckenschützen müssten wir dringender erwischen. Aber wie sollst du einen Mann mit Gewehr finden, den du nicht erkennen konntest, und der noch dazu in einem Auto ohne ein uns bekanntes Nummernschild durch die Stadt fährt? Wahrscheinlich sitzt er bereits sonst wo und reibt sich die Hände über so viele unfähige Polizisten.«

»Oder er ist umgedreht und versucht es erneut.« Josef zeigte in die Richtung, aus der sie gekommen waren.

»Dann bräuchte er schon ein Röntgensichtgerät wegen der geschlossenen Fensterläden oder er müsste in Monis Kneipe reingehen.« Max winkte ab. »Beides ist ziemlich unwahrscheinlich. Da hat die Moni schon recht. Außerdem passen jetzt mindesten sechs Uniformierte auf, dass Moni und Annie und ihren Gästen nichts passiert.«

Sie bestellten zwei Kaffees am Standl und tranken sie an einem der Stehtische davor. Ein paar Singvögel waren zu hören, und die Menschen um sie herum waren angesichts des sonnigen Wetters gut gelaunt. So liebte Max sein München. Abseits des Trubels in der Innenstadt und inmitten der grünen Isarauen war die Welt für ihn in Ordnung. Hätte es diese wohltuende Abwechslung hier nicht gegeben, wäre er wohl längst aufs Land gezogen. Irgendwohin in Richtung Alpen, wo es, außer den bekannten Touristenhotspots, vereinzelt auch noch ruhige Ecken gab, in denen man das Leben ohne Hektik genießen konnte.

»Der Kaffee hier war aber auch schon mal besser«, meinte Josef. »Damals, als es hier noch richtige Tassen statt dieser windigen Pappbecher gab.«

»Genieß einfach die Umgebung«, erwiderte Max. »Den Kaffee musst du als Beigabe sehen.«

»Ich will aber einen Kaffee, der schmeckt, wenn ich mir schon einen kaufe, und keine dünne Plörre.« Josef verzog angewidert das Gesicht.

»Ich weiß nicht, was du hast.« Max schüttelte den Kopf. »Mir schmeckt er. Außerdem habe ich ihn dir spendiert, und einem geschenkten Gaul schaut man bekanntermaßen nicht ins Maul.«

»Dann musst du mal zu mir nach Hause kommen. Ich

hab da einen Espresso aus Mexiko, der versetzt dich von unserem schönen München aus direkt in den siebten Himmel. Das nenne ich einen wahren Kaffeegenuss.«

»Espresso aus Mexiko, soso. Klingt ja vielversprechend.« Max grinste. Ihm war Josefs gelegentliches Schickimickigetue nicht fremd, es störte ihn aber auch nicht weiter, da sein Kumpel ansonsten wirklich schwer in Ordnung war. »Wahrscheinlich auch noch von ganz speziellen Affen vorverdaut.«

»Rate mal, wer gestern Abend in meinem Wohnzimmer saß, als ich heimkam?«, fuhr Josef ansatzlos fort und sah ihn erwartungsvoll an.

»Stell dir vor, ich hab keine Ahnung.« Max zuckte grinsend die Achseln. Wenn er etwas nicht mochte, waren es alberne Ratespiele, bei denen man sowieso gleich gesagt bekam, um was es ging.

»Marion.« Josef sah ihn an, als habe er ihm die Börsenkurse der nächsten fünf Jahre verraten.

»Etwa die supernette Marion, die vor dieser eifersüchtigen und arroganten Susanne deine Freundin war?« Max glaubte es nicht. Sie hatten sich doch erst vor Kurzem einvernehmlich getrennt. »Wollte sie nicht in die Staaten, um zu studieren?«

»Stimmt, und jetzt ist sie doch nicht geflogen.«

»Und warum nicht?«

»Weil sie mich gar so sehr liebt.«

»Das sind mal gute Nachrichten, würde ich meinen.« Max warf gekonnt seinen leeren Pappbecher in den Papierkorb, der drei Meter von ihnen entfernt auf dem Boden stand.

»Das darfst du laut sagen. Sehr gute Nachrichten sogar. Ich denke, ich werde sie so bald wie möglich heiraten.«

Josef warf seinen halb vollen Pappbecher ebenfalls in den Müll und spritzte dabei seine Jeans mit Kaffee voll.

»Langsam, alter Freund. Ein Bund fürs Leben will gut überlegt sein.« Max machte ein wissendes Gesicht.

»Das sagt der Richtige. Wer ist denn seit Jahren hinter der Moni her und würde sie am liebsten auf der Stelle aufs Standesamt schleppen?«

»Das ist etwas anderes.«

»Warum?« Josef sah ihn fragen an.

»Weil es nun einmal so ist.« Max wich Josefs forschendem Blick aus.

»Aha.«

Max' Smartphone machte sich bemerkbar und ersparte ihm somit eine weitere Diskussion, die er aller Wahrscheinlichkeit nach wohl nicht siegreich beendet hätte.

»Herr Raintaler?«, fragte eine ihm bekannte Frauenstimme, als er abgehoben hatte. »Doro Brachtinger hier.«

»Hallo, Frau Brachtinger, was kann ich für Sie tun? Sie rufen gar nicht von Ihrem Handy aus an?«

»Ich bin im Büro, gleich kommen Gäste aus dem Ausland, wir haben den ganzen Tag Besprechungen wegen einem neuen Film, und fragen Sie sich lieber, was ich für Sie tun kann«, sagte sie gewohnt selbstbewusst.

»Um was geht es?« Er musste grinsen. Sie hatte diese ganz bestimmte, manchmal fast schon gnadenlos wirkende Art drauf, die man oft bei erfolgreichen Frauen sah. Es war wohl bestimmt auch vonnöten, keinerlei Schwächen zu zeigen, wenn man in einer fast ausschließlich von Männern regierten Geschäftswelt überleben wollte.

»Mich hat soeben Wilma Wiesler angerufen«, fuhr sie fort.

»Sagt mir gerade leider nichts.« Max schüttelte den Kopf.

»Die Rothaarige, die vorhin mit den anderen beiden in meinem Büro war, als Sie mich besucht haben. Klingelt es jetzt?«

»Jetzt fällt der Groschen. Was hat sie gesagt?« Max beobachtete amüsiert, wie sich ein älterer Herr im Trachtenanzug zu seinem Dackel hinunterbeugte und ihm ein Stück von seiner Leberkassemmel anbot.

»Sie meinte, dass sie wüsste, was mit meinem Vater geschehen ist«, fuhr Doro fort. »Sandy hätte wohl irgendetwas damit zu tun.«

»Wer ist Sandy?«

»Das ist die Blonde, die vorhin ebenfalls hier war und meinen Vater zusammen mit den anderen der sexuellen Nötigung beschuldigt hatte, Sandy Dreiberger.«

»Verstehe.« Max nickte. »Die angeblichen Missbrauchsopfer beschuldigen sich also jetzt gegenseitig des Mordes?«

»Das Leben als Schauspielerin ist hart.«

»Und was meinte Wilma Wiesler noch? Hat sie etwas Genaueres zu ihrem Verdacht gesagt?« Max wendete seinen Blick von dem semmelkauenden Hund ab, um nicht unwillkürlich lachen zu müssen und sich besser konzentrieren zu können.

»Nur dass sie gerne die versprochene Rolle hätte, wenn sie damit recht hätte.«

»Aha, daher weht der Wind. Bekommt sie sie?«

»Warum nicht. Eine Hand wäscht die andere. Allerdings nur, wenn sie tatsächlich recht hat.«

»Natürlich.« Max grinste. »Sie ist sich also nicht sicher?«

»Sie würde Sie gerne persönlich treffen, um Ihnen alles ganz ausführlich zu erzählen«, fuhr Doro fort.

»Wann und wo?«

»In einer halben Stunde im Café beim Viktualienmarkt.«

»Dort gibt es viele Cafés.«

»Die große Terrasse gleich über der Metzgerzeile?«

»Das kenne ich«, sagte Max. »Sagen Sie ihr, dass mein Kollege und ich pünktlich dort sind. Erkennen werde ich sie ja sicher noch.«

Das passt gut. Ist direkt bei Verena Neuner ums Eck.

»Wenn sie Sie zum Täter führt, sind Sie mir auf jeden Fall ein Date zum Essen schuldig«, meinte Doro noch. »Das wissen Sie hoffentlich.«

»Danke, Frau Brachtinger.« Max legte auf, ohne auf ihre erneute Offerte einzugehen.

»Wir müssen einen Zahn zulegen, Josef«, sagte er. »Eine neue Verdächtige ist aufgetaucht. Die blonde Sandy Dreiberger, und die rothaarige Wilma Wiesler will gegen sie aussagen.«

»Laufschritt? Taxi?« Josef sah ihn zu allem bereit an.

»Beschleunigtes Schritttempo sollte genügen.« Max ging flott voraus. Er registrierte dabei lachend, dass der Dackel des alten Mannes inzwischen die ganze Leberkassemmel in der Mache hatte. Sein Herrchen beobachtete es mit einem zufriedenen und wohlwollenden Lächeln im Gesicht, wie es wohl nur ältere Leute zustande brachten, in deren Leben die Gelassenheit Einzug gehalten hatte.

Ginge es ihm doch nur genauso. Die Hektik und der Stress, die sein Job mitbrachte, würden ihn eines Tages garantiert ins Grab bringen. Wohl noch vor jeder Kugel, die ihn möglicherweise ereilte.

45

»Aber ich habe hier doch das echte Testament von Waldemar«, sagte Verena zu Waldemars Familienanwalt, dem kurz geschorenen grauhaarigen Richard Burger. Sie war im dunkelblauen Geschäftskostüm zu ihm in seine Kanzlei am Promenadeplatz gekommen, um ihre Ansprüche auf Waldemars Erbe geltend zu machen. Sogar bei ihrer ehemaligen Arbeitskollegin Jenny war sie gewesen und hatte sich zwei Stunden lang die Haare machen lassen. Seriös, aber nicht spießig wollte sie aussehen, und das hatte Jenny wirklich perfekt hinbekommen.

»Leider nicht, Frau Neuner«, erwiderte Richard kopfschüttelnd. Er trug auch heute wieder seinen üblichen dunkelblauen Geschäftsanzug mitsamt geschmackvoller, farblich abgestimmter taubenblauer Krawatte. Die Brusttasche seines Jacketts zierte ein weinrotes Einstecktuch, das Jugendlichkeit und Seriosität zu gleichen Teilen vermitteln sollte. »Es gibt ein aktuelleres Testament, das Herr Brachtinger vor zwei Tagen höchstpersönlich hier bei mir unter Zeugen aufgesetzt hat.«

»Das heißt also, mein Testament ist ungültig?« Verena bekam vor Schreck den Mund nicht mehr zu. »Aber er vermacht mir darin alles, und er hat es mir extra mitgegeben.« Dass sie es Waldemar heimlich stibitzt hatte, als er einmal kurz nicht hingesehen hatte, ließ sie natürlich unerwähnt.

»Tut mir leid, Frau Neuner. Er hat es sich eben anders überlegt und ein neues Testament verfasst. Das Ihre ist somit in der Tat hinfällig.« Richard gab ihr das Schriftstück zurück, das Waldemar vor einigen Wochen verfasst hatte. »Das hier ist nicht einmal das Papier wert, auf dem es steht.«

»Nicht zu fassen. Warum machte Waldemar das mit mir? Oder scherzen Sie gerade?« Sie sah ihn mit großen Kulleraugen an.

»Bei so viel Geld sind Scherze nicht angebracht, Frau Neuner. Glauben Sie mir, es tut mir wirklich leid.« Er sah ihr lange und offenherzig mitten ins Gesicht.

Verena meinte, darin eine erneute Chance für sich zu entdecken, und versuchte, sie sogleich zu ergreifen.

»Könnten wir das Ganze nicht vielleicht in Ruhe bei einem schönen Abendessen besprechen?«, gurrte sie und setzte dabei ihren verführerischsten Blick auf.

»Nichts lieber als das, Frau Neuner. Das würde allerdings an den Tatsachen nichts ändern.« Richard hob bedauernd die Arme. »Durch die Vielzahl von Zeugen sind mir in jeder Hinsicht die Hände gebunden. Außerdem ist die Tochter von Herrn Brachtinger längst darüber informiert, dass sie alles erbt.«

»Und wenn man die Testamente, ich sage mal ganz frech, unauffällig austauschen würde? Natürlich nur, um der Gerechtigkeit Genüge zu tun.« Verena klimperte unschuldig mit den Wimpern. »Sie wissen sicher, dass Waldemar und seine Doro seit langer Zeit im Streit lebten und so gut wie keinen Kontakt pflegten. Ich dagegen habe mich Tag um Tag für ihn aufgeopfert. Dieses kleine Biest hat ihn doch nur ausgenützt, um in der Filmbranche ganz weit nach oben zu kommen.« Verena schniefte und wischte sich ein paar Krokodilstränen aus den Augenwinkeln.

»Die Testamente austauschen? Wie stellen Sie sich das denn vor, liebe gnädige Frau?« Richard sah sie mit hellwachem Blick an. »Was meinen Sie denn, was mit mir passiert, wenn das herauskommt? Dann bin ich so schnell weg vom Fenster, so schnell können Sie gar nicht schauen.«

»Nun, ich könnte mir vorstellen, dass mir auch die Hälfte von Waldemars Vermögen genügen würde. Arbeiten müsste dann wohl keiner mehr von uns beiden.« Verena schlug die Beine übereinander und gewährte Richard dabei freien Blick auf ihre schwarzen Strapse, die kurz oberhalb des knappen Rocksaumes ihres Minirocks befestigt waren.

»Das habe ich nicht gehört, Frau Neuner, obwohl ich mich für das großzügige Angebot herzlich bedanken möchte. Aber es geht leider wirklich nicht.« Richard lächelte. »Könnten Sie sich möglicherweise dennoch ein gemeinsames Abendessen in einem sehr schönen Sternelokal vorstellen?«

»Könnte ich schon«, sagte Verena, die keineswegs bereit war, kampflos aufzugeben. »Könnten Sie sich denn im Gegenzug vorstellen, noch einmal wohlwollend über die ganze Sache nachzudenken?« Sie machte die obersten Knöpfe ihrer Bluse auf, schob ihren Rocksaum noch ein wenig höher und schlüpfte wie aus Versehen aus ihren hochhackigen Schuhen.

»Sagen wir mal so. Möglicherweise könnte ich das«, meinte Richard. Ein paar kleine Schweißperlen fanden sich auf seiner für sein Alter überraschend glatten Stirn ein. Er starrte sie nur noch an, konnte seinen Blick offenkundig nicht mehr von ihr und ihren Beinen lassen. »Aber ich kann und darf es leider wirklich nicht. Wir würden uns beide strafbar machen und garantiert für viele Jahre ins Gefängnis kommen.«

»Das ist sehr bedauerlich.« Verena zog ihre Schuhe wieder an und erhob sich brüsk von ihrem Besucherstuhl.

»Dann wird es wohl auch nichts mit dem Essen und einem anschließenden romantischen Abend zu zweit.«

»Tut mir unendlich leid, liebe Frau Neuner. Ich wünsche Ihnen viel Glück bei der Wahl Ihres nächsten Freundes. Nur noch so viel: Der Ärmste bin ich auch nicht gerade.« Richard kredenzte ihr ein sympathisches Siegerlächeln.

»Sie sind süß, Herr Burger. Vielleicht melde ich mich irgendwann mal wegen dem Essen bei Ihnen, einverstanden?« Verena machte ein liebes Schmollmündchen.

»Unbedingt, liebe gnädige Frau, unbedingt.« Richard erhob sich ebenfalls, kam um seinen Schreibtisch herum und verabschiedete sich mit Küsschen links und rechts von ihr.

Als Verena unten auf der Straße angekommen war, brachen sich ihre unfassbare Wut und die große Enttäuschung, die sich ihrer inzwischen bemächtigt hatten, ungehindert ihren Weg nach draußen.

»So kann man sich also auf dich verlassen, Waldemar Brachtinger«, schimpfte sie. »Fahr doch direkt zur Hölle, du verdammter Mistkerl.«

46

Max und Josef überquerten den Viktualienmarkt von Süden her, um Wilma Wiesler im Café über der Metzgerzeile zu treffen. Sie kamen an bunten Ständen mit Produkten aus der Region und aus aller Welt vorbei. Das breite Angebot an Oliven, Schwammerln, Blumen, Brot, Wein, Öl, Gewürzen, Essig, frisch gepressten Säften, Fisch, Meerestieren, Wurst, Fleisch, Gemüse und Obst ließ keine Wünsche offen. Monika kaufte hier gelegentlich für ihre *Kleine Kneipe* ein. Allerdings nur, wenn sie etwas Besonderes zubereiten wollte und ihr die Kosten dabei egal waren. Denn besonders günstig waren die Preise ganz sicher nicht.

Als sie an dem kleinen Biergarten in der Mitte des Marktes vorbeikamen, kamen wehmütige Gedanken an gemütliche Sommertage bei einer oder mehreren kühlen Halben in Max hoch.

»Bald ist es wieder Sommer«, meinte Josef, dem Max' sehnsüchtiger Blick nicht entging.

»Du denkst also gerade dasselbe wie ich?«, erwiderte Max.

»Wie könnte ich nicht dasselbe denken wie du, wenn wir hier vorbeigehen?« Josef grinste breit.

»Stimmt auch wieder.« Max nickte und grinste ebenfalls. »Gleich sind wir bei der Metzgerzeile. Schau mal, was da für eine riesige Versammlung stattfindet.« Er zeigte auf die Menschentraube, die sich vor der Straße, die am westlichen Rand quer durch den Markt führte, gebildet hatte.

Als sie näherkamen, sahen sie jemanden am Boden liegen. Eine Frau. Genauer gesagt eine rothaarige Frau. Herrschaftszeiten aber auch, es war Wilma Wiesler. Jemand hatte sie anscheinend in die stabile Seitenlage gedreht und dann liegen gelassen. Max rannte schnell zu ihr und versuchte, ihren Puls zu ertasten. Nichts. Er legte sein Ohr an ihren Mund, um zu hören, ob sie noch atmete. Wieder nichts.

»Sie ist ziemlich sicher tot«, sagte Max zu Josef, der neben ihm kniete. »Was ist passiert?«, fragte er anschließend in die Gruppe der Schaulustigen hinein, die zum Teil ihre Handys ausgepackt hatten und Fotos von der Leiche schossen, garantiert um sie gleich oder später in den sozialen Medien hochzuladen. Das ist alles nur noch verabscheuungswürdig, fand Max, hatte aber gerade wirklich keine Zeit, um das leidige Thema mit diesen kranken Idioten zu vertiefen. Wenn er es getan hätte, wäre er 100-prozentig ausgerastet.

»Ein weißes Auto kam und hat sie umgefahren, als sie ihr Fahrrad über die Straße schieben wollte«, sagte eine junge dunkelhaarige Frau in Jeans und Sweatshirt. Sie machte keine Fotos und stand offensichtlich unter Schock, so blass wie sie war.

»Hat jemand einen Krankenwagen gerufen?«, fragte Max weiter.

»Ich.« Einer der Sensationsreporter zeigte auf sein Handy.

»Haben Sie das weiße Auto zufällig gefilmt?«

»Nein, da wusste ich ja noch nicht, dass sie umgefahren wird«, sagte der junge Mann mit der für viele Fußballer typischen Undercutfrisur, die heutzutage fast alle jungen Männer trugen. »Sonst hätte ich natürlich reagiert. Es ging aber alles viel zu schnell.«

»Hat sich sonst jemand das Nummernschild gemerkt?«, erkundigte sich Max in die Runde hinein.

Stummes Kopfschütteln.

»Gut, dann machen wir es jetzt so«, fuhr er fort. »Sie packen auf der Stelle alle Ihre Handys ein und gehen weiter. Hier kommen gleich die Polizei und der Notarzt. Es gibt nichts weiter für Sie zu sehen.«

Protestrufe brandeten auf.

»Da passiert mal was, und dann darf man es nicht filmen.«

»Spielverderber!«

»Die merkt doch eh nichts mehr!«

»Langweilig!«

»Gehen Sie jetzt bitte«, wiederholte Max.

Zur gleichen Zeit bahnte sich ein Krankenwagen mit Sirene und Blaulicht seinen Weg durch die widerstrebend auseinanderdriftende Menge.

Als der Notarzt Wilma oberflächlich untersucht hatte, bestätigte er Max ihren Tod auch noch einmal von offizieller medizinischer Seite. Zu schwere Kopfverletzungen. Sie wäre wohl auf der Stelle tot gewesen.

Max bedankte sich bei ihm für die schnelle Information.

»Was meinst du?«, fragte er Josef wenig später und sah ihn dabei erwartungsvoll an. »Ein gezielter Mord, weil sie uns etwas über die blonde Sandy verraten wollte, oder nur ein saudummer Zufall?«

»Ich habe keine Ahnung.« Josef zuckte die Achseln. »Lass es uns rausfinden.«

»Wenn es ein tatsächlich ein Zufall ist, dann ist es mit Abstand der seltsamste Zufall, den ich je erlebt habe.« Max schüttelte ungläubig den Kopf. Der Fall Waldemar Brachtinger zog anscheinend immer weitere Kreise. »Ich bin gespannt, wohin das alles noch führt«, fügte er hinzu.

»Da bist du nicht der Einzige.« Josef nickte mehrmals.

»Wir sollten unbedingt Sandy Dreiberger besuchen. Sie hätte wohl am meisten Grund gehabt, Wilma zu beseitigen. Zumindest soweit wir es aktuell wissen.«

»Das sollten wir.« Josef nickte erneut. »Schon krass, das Ganze.«

»Ich ruf mal den Franzi an. Er soll mir ihre Adresse aufs Handy schicken.«

»Tu das.« Josef nickte abermals. »Ich hol mir solang eine Limo. Magst du auch was trinken?« Er zeigte auf den Imbissstand auf der anderen Straßenseite.

»Ein Kaffee wäre gut.«

»Geht klar.«

47

Max und Josef fuhren mit der U-Bahn zur Münchner Freiheit. Sandy Dreibergers Adresse in der Occamstraße hatte Max zuvor von Franz auf sein Handy geschickt bekommen. Es war nur ein Katzensprung von der U-Bahnstation aus, mitten im schönen nördlichen Schwabinger Kneipenviertel.

Wenig später läuteten sie bei ihr.

»Sie sind doch der Mann aus Doros Büro«, stieß sie

erstaunt aus, nachdem sie ihnen geöffnet hatte. »Was wollen Sie denn hier?«

»Ich bin von der Kripo, Frau Dreiberger. Das hier ist mein Kollege Stirner, und ich heiße Raintaler.« Max zeigte ihr seinen Dienstausweis.

»Dann sind Sie gar nicht Doros neuer Freund?«, fragte sie.

»Nein, ganz gewiss nicht.« Max schüttelte entschieden den Kopf.

»Ich dachte schon. Sie hat Sie mit so einem gewissen Blick angeschaut, den sie immer draufhat, wenn sie eine neue Eroberung gemacht hat oder machen will. Außerdem passen Sie perfekt in ihr Beuteschema. Aber kommen Sie erst mal herein.« Sie trat beiseite und ließ sie eintreten.

»Sie kennen Frau Brachtinger wohl recht gut«, stellte Max fest, als sie mitten in Sandys kleinem Appartement standen.

»Bitte setzen Sie sich, meine Herren«, sagte sie und zeigte auf die Sitzgruppe rechts von ihnen, die aus einer pinkfarbenen Zweisitzercouch und einem knallgelben Sessel bestand. »Ich habe bereits einige Filme mit ihr zusammen gedreht, als sie noch eine kleine Schauspielerin wie ich war. Man kann also schon sagen, dass wir uns ganz gut kennen.«

Max und Josef setzten sich auf die Zweiercouch. Sandy nahm auf dem Sessel Platz.

»Schön haben Sie es hier«, meinte Max, nachdem er die kunterbunte Wohnung ausgiebig betrachtet hatte. Überall hingen Teppiche und bunte Tücher an den Wänden. Eine Voliere mit einem riesigen Papagei darin stand neben der Tür, das Doppelbett an der gegenüberliegenden Wand war ordentlich gemacht, in der Küche köchelte irgendetwas vor sich hin, das sehr gut roch, und entlang des Panoramafensters erstreckte sich ein überraschend großzügiger Balkon.

»Auf den Balkon komme ich leider nur durch die Küche. Aber zum Sonnen ist er ideal, weil er genau nach Süden zeigt.«

»Frau Dreiberger, wir sind nicht wegen Doro Brachtinger hier, sondern wegen Ihrer Freundin Wilma Wiesler.« Max setzte ein ernstes Gesicht auf. »Zunächst mal eine Frage. Haben Sie ein weißes Auto?«

»Nein, ich habe einen pinkfarbenen Smart. Warum ist das wichtig? Wurde er etwa aus der Tiefgarage gestohlen? Und warum soll er auf einmal weiß sein?«

»Frau Wiesler wurde vorhin am Viktualienmarkt von einem weißen Auto überrollt.«

»Um Gottes willen.« Sandy wurde schlagartig kreidebleich. Ihre Hände begannen zu zittern. »Wo liegt sie denn? Ich muss sofort zu ihr.« Sie sah hektisch von einem zum anderen.

»Sie ist leider nicht mehr am Leben.« Max schüttelte bedauernd den Kopf.

»Wie – nicht mehr am Leben?« Sandy sah ihn verständnislos an. »Ist sie … tot?«

»Ja, leider.«

»Aber das gibt es doch gar nicht. Wir waren gestern Abend noch etwas zusammen trinken. Bestimmt täuschen Sie sich, meine Herren. Wilma sollte eigentlich noch in ihrem Bett liegen und ihren Rausch ausschlafen. Ich rufe sie gleich mal an.«

»Wilma Wiesler ist tot, Frau Dreiberger. Wirklich. Wir wurden selbst Zeuge ihres Ablebens.« Max sah sie lange an.

»Wo waren Sie in den letzten zwei Stunden, Frau Dreiberger?«, fragte Josef.

»Ich? Wieso?« Sandy wirkte auf einmal völlig geistesabwesend.

»Wir müssen Sie das fragen«, meinte Max. »Reine Routine.«

»Aha.« Tränen stiegen Sandy in die Augen. »Geben Sie mir bitte einen Moment. Ich kann das gerade gar nicht glauben. Warum ist Wilma denn tot?«

»Jemand hat sie, wie gesagt, überfahren und ist dann geflüchtet.«

»Und Sie glauben, dass ich das war? Sind Sie verrückt geworden?« Sandy starrte Max und Josef ungläubig an. »Warum sollte ich das tun? Sie war meine beste Freundin außer Karla.«

»Zum Beispiel, weil Frau Wiesler am Morgen gegenüber Doro Brachtinger geäußert haben soll, dass sie Sie im Verdacht hat, Waldemar Brachtinger getötet zu haben.« Max machte ein sehr ernstes Gesicht.

»Ich soll den Waldemar getötet haben? Und Wilma beschuldigte mich des Mordes? Ist das Ihr Ernst, meine Herren?« Sandy riss ihre Augen weit auf. Sie schien entsetzt darüber zu sein, was ihr da gerade zugetraut wurde.

»Ja.« Max nickte. »Wir müssen zumindest wissen, wo Sie waren, als die beiden Morde geschahen.«

»Wann genau wurde Waldemar denn überhaupt getötet?«, erkundigte sich Sandy selbstbewusst. Die Trauer um Wilma schien wie weggeblasen. Max wunderte es nicht weiter. Schließlich bekam sie bestimmt nicht jeden Tag zu hören, dass ihre beste Freundin sie des Mordes bezichtigte.

»Wo waren Sie am Samstag zwischen 18 und 19 Uhr und heute in den letzten zwei Stunden?«

»Wo ich heute war, kann ich Ihnen ganz genau sagen. Ich war bis vor wenigen Minuten in meinem Tanzkurs mit

20 anderen Leuten. Das ist gleich hier ums Eck.« Sandy bekam jetzt überall hektische rote Flecken. Anscheinend war die Aufregung zu viel für sie.

»Und am Samstag ab 18 Uhr?«

»Da war ich wie immer beim Fechtunterricht in Freimann. Wir Schauspieler kriegen nämlich nichts geschenkt. Wir müssen hart für unseren Beruf arbeiten.«

»Danke, Frau Dreiberger. Wir werden das überprüfen.«

»Tun Sie das.« Sie zuckte die Achseln.

»Übrigens ging es bei Frau Wieslers Aussage Doro Brachtinger gegenüber anscheinend vor allem darum, dass Wilma Ihre Rolle in Frau Brachtingers Film bekäme, sobald bewiesen wäre, dass Sie tatsächlich Herrn Brachtinger getötet hätten.«

»Wie kommt sie nur auf so was? Vielleicht war sie immer noch betrunken. Wir hatten gestern tatsächlich ganz schön einen geladen, und Wilma hat mit zwei Atomgegnern aus Wattenscheid auch noch einen riesigen Joint geraucht.«

»Ich habe nicht die geringste Ahnung, wie sie darauf kam.« Max kratzte sich nachdenklich am Hinterkopf.

»Oder Doro hat sich das Ganze selbst ausgedacht und Wilma höchstpersönlich überfahren. Der ist alles zuzutrauen. Sie scheint kein Gewissen zu haben, denke ich manchmal.«

»Sie sitzt heute den ganzen Tag über in ihrem Büro und hat Gäste aus dem Ausland.« Max wusste natürlich, dass sie das erst noch genau überprüfen mussten.

»Dann kann sie es wohl nicht gewesen sein.« Sandy schüttelte geistesabwesend den Kopf. »Ich kann immer noch nicht fassen, dass mich Wilma nur wegen so einer bescheuerten Filmrolle hinhängen wollte. Ich überlege andauernd, ob ich sie gestern im Suff möglicherweise beleidigt oder verletzt habe. Aber ich kann mich beim besten Willen an nichts dergleichen erinnern.«

»So ein Filmriss kann richtig übel sein«, wusste Max.

»Allerdings«, meinte Josef. »Sogar für Branchenfremde.«

»Haben Sie schon mal daran gedacht, dass Wilmas Tod nur ein dummer Zufall war?« Sandy blickte neugierig von einem zum anderen.

»Natürlich.« Max nickte. »Aber es erscheint uns fast schon unwahrscheinlich im Zusammenhang mit den rätselhaften Geschehnissen um Waldemar Brachtinger.«

»Haben Sie eigentlich jemals von dem Geist in Waldemars Keller gehört?«, fragte Sandy weiter.

»Wieso?« Max sah sie neugierig an.

»Waldemar hat oft über ihn gesprochen. Vielleicht hat ja dieser Geist ihn und Wilma umgebracht.«

»An Geister glauben wir zuletzt, Frau Dreiberger. Wir danken Ihnen für Ihre Zeit, und noch mal herzliches Beileid zum Tod Ihrer Freundin.« Max stand auf.

Josef tat es ihm gleich.

»Ich glaube, sie war wohl doch keine so gute Freundin, wie ich dachte.« Sandy erhob sich ebenfalls aus ihrem Sessel.

»Eine Frage hätte ich noch: Hat Herr Brachtinger Sie und Ihre Freundinnen wirklich zu sexuellen Handlungen genötigt?« Max sah sie erwartungsvoll an.

»Ganz ehrlich? Ja, das hat er. Er war ein echtes Schwein.« Sandy sah nicht so aus, als würde sie lügen. Ihre Stimme zitterte, als sie weitersprach. »Für einmal ins Bett mit ihm versprach er uns das Blaue vom Himmel. Weigerte sich eine von uns, lud er sie nicht mehr zu den nächsten Castings ein.«

»Das tut mir ehrlich leid für Sie«, erwiderte Max und senkte den Blick. »Die Brachtingers scheinen Ihnen insgesamt kein Glück gebracht zu haben.«

»Das könnte man so sagen. Aber glauben Sie bloß nicht, dass Waldemar Brachtinger der Einzige war, der so drauf ist. Auf Wiedersehen, meine Herren.«

»Ich bin froh, dass ich kein Schauspieler geworden bin«, meinte Max kopfschüttelnd, als er und Josef wieder unten auf der Occamstraße unter den Passanten standen.

»Du hättest mit deinem urkomischen Aussehen sowieso keinen Erfolg gehabt.« Josef grinste.

»Aber du mit deinem riesigen Schnauzbart schon, oder was?«

»Na sicher.«

»Als bayerischer *Magnum* für Arme vielleicht. Fehlt dir bloß noch der rote Sportwagen.« Max musste jetzt auch grinsen. Ihm war klar, dass sie wohl alle beide keine späte Schauspielkarriere mehr hinlegen würden. »Was soll das überhaupt heißen, urkomisches Aussehen? Der Moni gefalle ich, und so einigen anderen ging es bisher nicht anders. Nimm nur mal die Doro Brachtinger, und die kennt sich als Schauspielerin und Produzentin schließlich aus mit gut aussehenden Männern.«

»Meinst du echt, dass ich das ernst gemeint habe?« Josef sah ihn überrascht an.

»Natürlich.« Max grinste erneut. Dann winkte er ab. »Natürlich nicht. Ganz blöd bin ich schließlich auch nicht.« Zumindest den verbalen Wettstreit im Verarschen gerade hatte eindeutig er gewonnen. Da konnte Josef machen, was er wollte. »Aber Spaß beiseite«, fuhr er ernsthaft fort. »Passt gerade eh nicht so gut. Wenn der Waldemar Brachtinger tatsächlich so ein Schwein war, wie die jungen Frauen behaupten, dann steigt die Zahl unserer Verdächtigen ins Unermessliche. So gut wie jeder oder jede, den oder die er unter Druck gesetzt oder genötigt hat, könnte sein Mörder sein.«

»Ja mei. Das ist halt mal so.« Josef zuckte die Achseln. »Große Lust, seinen Mörder zu finden, hab ich ehrlich gesagt keine mehr, nach all dem, was wir über ihn erfahren haben.«

»Meinst du ich? Aber da müssen wir jetzt durch. Wer hat gesagt, dass die Befolgung der Gesetze und unsere persönliche Gefühlslage immer übereinstimmen müssen?«

48

Während Max und Josef zur U-Bahnstation gingen, machte sich Max' Handy mit dem *Lied vom Tod* bemerkbar.

»Geile Musik«, sagte ein bärtiger mittelalter Mann mit dicker Hornbrille und üppig gegelten schwarzen Haaren im Vorbeigehen. »Mein absoluter Lieblingsfilm.« Er hielt den Daumen seiner rechten Hand hoch.

»Danke, meiner auch«, freute sich Max. »Schon wieder die Brachtinger«, sagte er dann augenrollend zu Josef und ging ran.

»Herr Raintaler, nur ganz kurz, wir sind hier mitten in der Arbeit«, begann Doro ohne die üblichen Begrüßungsfloskeln zu sprechen.

»Was gibt's?«

»Mein Anwalt, Herr Burger, hat mich gerade angerufen und gemeint, dass Verena Neuner mit einem alten Testament von meinem Vater bei ihm war. Er habe ihr erklärt, dass es ungültig sei. Sie sei daraufhin ziemlich wütend abgerauscht.«

»Doro Brachtinger hatte also recht. Verena besaß ein Testament von ihm und hat uns nichts davon gesagt.« Max war nicht sonderlich überrascht. Trotzdem hätte er Verena so viel Chuzpe gar nicht zugetraut. Auf ihn hatte sie eher ein bisschen naiv, sehr nett und irgendwie unschuldig gewirkt. Immer wieder überraschend, wie sehr man sich auch nach jahrzehntelanger Berufserfahrung in den Leuten täuschen konnte.

»Wahrscheinlich hatte sie Angst, dass es ihr jemand wegnimmt.« Doro Brachtinger schien ihre Pappenheimer tatsächlich zu kennen.

Doch hatte Verena Neuner auch etwas mit Waldemars Tod zu tun? Die Kräftigste schien sie nicht gerade zu sein. Also musste sie einen Komplizen fürs Grobe haben. Ihr Ex-Mann vielleicht? Möglich war alles, aber es musste erst mal bewiesen werden. Max beschloss, so schnell wie möglich mit Josef zu ihr nach Hause zu fahren und sie noch einmal gründlich zu verhören.

Schau an, Verena wollte also ihren Gewinn einstreichen. Das kam ihm auf jeden Fall schon einmal ziemlich verdächtig vor. Vor allem, dass sie es so heimlich, still und leise tun wollte, sprach nicht unbedingt für ihre Unschuld an Waldemars Tod.

»Danke, Frau Brachtinger. Wir werden uns sobald wie möglich darum kümmern.« Er fragte sich, warum er das gerade sagte. Nötig gewesen wäre es nicht. Schließlich war sie nicht seine Vorgesetzte und auch keine Auftraggeberin. Hatte sie ihn etwa schon irgendwie am Haken, ohne dass er gemerkt hatte, wie es dazu kam?

»Vergessen Sie unser Essen nicht.«

»Auf Wiederhören und viel Glück bei Ihren Verhandlungen.« Max legte kopfschüttelnd auf. Manche Menschen schienen es einfach nicht begreifen zu können, dass du nichts von ihnen wolltest. Egal wie oft du mit dem Zaunpfahl winktest. Das nächste Mal würde er wohl deutlicher werden müssen.

Doch jetzt ging das erneute Verhör von Verena Neuner erst einmal vor. Er informierte Josef im Schnelldurchlauf, und sie machten sich gemeinsam auf den Weg zu ihr. Das hieß, sie mussten mit der U-Bahn von der Münchener Freiheit aus zurück zum Marienplatz fahren.

An der Haltestelle Universität stiegen vier Jugendliche zu, die sofort damit begannen, die Passagiere im Wagen zu tyrannisieren.

»Hey, Opa«, sagte einer von ihnen zu dem älteren Herrn im schwarzen Anorak, der drei Sitzreihen von Max und Josef entfernt saß. »Gib mir mal 20 Euro, ich will mir eine Flasche Schnaps kaufen.«

»Lassen Sie mich in Ruhe«, erwiderte der Mann und sah stur zum Fenster hinaus.

Der groß gewachsene, braunhaarige Jugendliche ließ von ihm ab. Sein spitz zulaufendes Gesicht erinnerte Max an eine Ratte. Wahrscheinlich rechnete er damit, leichtere Opfer zu finden. Jetzt ging er zu einer dunkelhaarigen Frau im beigefarbenen Wintermantel, die mit dem Rücken zu Max und Josef saß.

»Na, Schätzchen. Lust auf einen schönen Fick?«, fragte er sie.

»Jetzt reicht es«, raunte Max Josef zu. »Ich geh da hin und mach dem Spaß ein Ende. Das sind wirklich ein paar ausgemacht unverschämte Rotzlöffel. Erstaunlich, dass es so was wie die immer noch gibt.«

»Warum nicht?« Josef zuckte die Achseln.

»Ich dachte, die jungen Leute wären heute alle so anständig.«

»Alle wohl nicht. Ich bin gleich hinter dir.«

Sie standen auf und gingen zum Sitzplatz der Dunkelhaarigen. Max erkannte sie sofort, sobald er ihr Gesicht sah.

»Aber Sie sind doch die Frau Menzinger aus Doro Brachtingers Büro? Karla, stimmt's?«, fragte er sie lächelnd. »So ein Zufall. Das gibt es ja gar nicht.«

»Und Sie sind Doros Neuer, stimmt's?« Sie lächelte nicht.

»Nein, ich bin mit meiner eigenen Freundin so gut wie verheiratet.« Max schüttelte den Kopf. »Max Raintaler mein Name. Das hier ist der Josef Stirner.« Er zeigte auf Josef. »Können wir etwas für Sie tun?« Er deutete auf den Jugendlichen, der mit offenem Mund von einem zum anderen starrte. Offensichtlich kam sein Ego gerade nicht im Geringsten damit klar, dass er nur noch eine unwichtige Figur am Rande darstellen sollte.

»Hey, spinnst du, Alter?«, motzte er Max prompt an. »Ich hab sie zuerst gesehen. Verpiss dich, aber schnell.«

»Nana. Spricht man so mit Erwachsenen?« Max sah ihm lang und tief in die Augen.

»Bist du schwul oder taub?«, fragte der Braunhaarige aufgebracht. Er sprang zappelnd auf und ab. »Du sollst dich verpissen, hab ich gesagt.«

»Wie heißt du, mein Sohn?« Max lächelte ihn freundlich an.

»Ich bin nicht dein Sohn. Bist du irre oder was?« Der Jugendliche drehte sich zu seinen Kumpels um. »Hey Leute, kommt mal mit euren Messern her. Wir haben hier einen Komiker, der dringend Ärger sucht.«

»Gleich, Richie«, rief ein pickeliger Jüngling mit einer schwarzen New Yorker Baseballkappe auf dem Kopf. »Mein Kleiner hier wollte mir gerade sein Handy geben.« Er zeigte auf den vielleicht gerade mal zehn Jahre alten Schüler im Jeansanzug, der angsterfüllt von seinem Sitzplatz zu ihm aufsah.

»Pass auf, Richie«, sagte Max. »Ich schlage vor, ihr lasst die Leute auf der Stelle in Ruhe und steigt an der nächsten Station wieder aus. Dann passiert euch auch nichts. Was hältst du davon?«

»Woher weißt du meinen Namen, Alter?« Richie blickte hektisch um sich. »Welches Schwein hat ihn dir verraten? Den kill ich und dann dich.«

»Weißt du das wirklich nicht, Richie?« Max machte ein erstauntes Gesicht. Konnte so viel Blödheit auf einem Haufen wahr sein? Offensichtlich schon.

»Halt die Fresse, Alter. Und hör auf, meinen Namen zu sagen, oder ich mach dich platt.« Richies Bewegungen wurden immer nervöser. Er zog ein Messer aus seiner Hosentasche und bedrohte Max damit. »Ich schneide dich auf wie eine Kartoffel, Alter. Kannst du glauben.«

Max wusste, dass er genau zwei Möglichkeiten hatte. Die eine dauerte lange, war mühsam und hieß reine körperliche Gewaltanwendung durch Nahkampf. Die andere war eindeutig effektiver, indem er seine Waffe zog, die er bei Mordermittlungen vorsichtshalber immer bei sich trug, und den Kerlen gemeinsam mit Josef Plastikhandschellen verpasste, von denen er ebenfalls immer ein paar einstecken hatte. Allerdings konnte sich dabei versehentlich ein Schuss lösen, oder er müsste womöglich tatsächlich schießen und gefährdete damit die anderen Fahrgäste. Also wählte er Option Nummer eins: eine saftige Tracht Prügel für Richie und seine kleinkriminellen Freunde. Es war wieder mal an der Zeit, sich aus seiner Komfortzone zu begeben.

»Ich nehme mir erst mal diesen Richie vor«, sagte er zu Josef. »Er scheint der Anführer zu sein. Vielleicht geben die anderen auf, wenn ich ihn unschädlich gemacht habe.«

»Bin dabei«, sagte Josef, von dem Max wusste, dass er körperlichen Auseinandersetzungen auch auf dem Fußballplatz nur selten aus dem Weg ging. Manchmal schien er einen offenen Konflikt sogar geradezu herauszufordern. Aber das war meistens nur dann der Fall, wenn der Vorabend lang und feucht gewesen war oder wenn ihn gerade wieder mal eine seiner Angebeteten verlassen hatte.

Sie rechneten bereits alle beide mit einem anstrengenden Kampf, da kam auf einmal alles anders. Drei weitere kräftig gebaute Passagiere wurden offenbar von Max' und Josefs Mut angesteckt und stellten sich in einer Reihe neben ihnen auf.

»Lasst uns abhauen, Leute«, meinte Richie daraufhin zu seinen Jungs. »Zu viele Feiglinge hier.« Er öffnete die Tür, sobald der Zug angehalten hatte, dann rannten sie davon, als wäre der Leibhaftige persönlich hinter ihnen her.

»Du bist immer nur so stark, wie es die anderen zulassen«, kommentierte Max die schnelle Flucht. »Danke, Leute«, wandte er sich anschließend an seine und Josefs potenzielle Mitstreiter. »Es gibt sie also doch noch, die gute alte Zivilcourage.«

»Immer wieder gerne«, meinte ein gedrungener, aber sehr muskulös aussehender Junge in Richies Alter, der wohl nur zu gerne mitgemischt hätte, so fanatisch, wie er dreinblickte.

»Danke, Herr Raintaler«, sagte Karla. »Sie scheinen tatsächlich ein mutiger Mensch zu sein.«

»Wir arbeiten für die Kripo, Frau Menzinger. Nichts Besonderes für uns.« Max winkte ab. »Wo waren Sie eigentlich heute am späten Nachmittag?«

»Ich komme gerade aus Regensburg, wegen einer Hauptrolle in einer Serie, wieso?« Sie sah ihn neugierig an.

»Bei welcher Firma?«

»*Stetinger-Film*, warum?«

»Reine Routine.« Max zwinkerte ihr beruhigend zu. Natürlich wusste er, dass er das noch überprüfen musste. »Rufen Sie doch mal Ihre Freundin Sandy an«, fügte er hinzu. »Die hat Ihnen sicher einiges zu erzählen.«

»Mach ich, danke.« Karla sah ihn verwirrt an. »Woher wissen Sie das?«

»Wir waren gerade bei ihr.«

»Okay.«

»Marienplatz.« Er zeigte auf die Schrift außerhalb des Wagons. »Wir müssen leider aussteigen. Auf Wiedersehen, Frau Menzinger.«

»Wiederschauen.« Sie winkte ihnen kurz zu.

»Wieso hast du ihr nicht gesagt, dass ihre Freundin tot ist?«, fragte Josef, während sie am Bahnsteig entlang Richtung Ausgang gingen.

»Weil sie allein in der U-Bahn saß und wir aussteigen mussten. Wer hätte sie denn trösten sollen? Sandy Dreiberger wird es ihr schon irgendwie beibringen.«

»Auch wieder wahr.« Josef nickte.

Sie bestiegen die lange und steile Rolltreppe nach oben. Oben angekommen fiel Max ein, dass er seit Samstagabend Waldemars Villa am Friedensengel nach verdächtigen Spuren durchsuchen wollte.

Er rief Franz an.

»War eigentlich schon jemand in Waldemars Haus beim Friedensengel?«, fragte er ihn. »Ich kam bisher einfach noch nicht dazu.«

»Bernd ist vorhin mit ein paar Kollegen hingefahren. Wenn sie auf etwas Hilfreiches stoßen, melde ich mich sofort bei dir.«

»Super, Franzi. Danke.«

Sie legten auf.

49

Als Max und Josef bei Verenas Wohnung ankamen und klingelten, machte ihnen niemand auf. Da es hier gerade eindeutig um Gefahr im Verzug ging, wie Max sagte, ließen sie sich ohne amtlichen Durchsuchungsbefehl vom Hausmeister aufsperren. Manchmal musste man eben improvisieren, wenn man vorankommen wollte.

Die Wohnung war bis auf die teure Einrichtung leer.

»Meinst du, sie hat sich vom Acker gemacht?«, fragte Josef.

»Glaube ich nicht.« Max schüttelte den Kopf. »Warum sollte sie auch? Niemand hat ihr einen Anlass gegeben, sich verfolgt zu fühlen.«

»Wo du recht hast, hast du recht. Dürfen wir das wirklich, was wir hier gerade tun?«

»Wir schauen uns nur etwas genauer um«, meinte Max. »Vielleicht stoßen wir dabei auf wichtige Hinweise. Irgendwer muss den Waldemar Brachtinger doch umgebracht haben. Bisher haben alle Verdächtigen bombensichere Alibis. Bald fang ich selbst noch an zu glauben, dass er von einem Geist getötet wurde.«

»Und wenn sie reinkommt?«

»Keine Ahnung.« Max zuckte die Achseln. »Wir könnten ihr sagen, dass uns ein Geist hergeschickt hat.«

»Nicht dein Ernst.«

»Doch.« Max nickte. »Sie glaubt an Geister. Letztes Mal meinte sie sogar, dass hier in der Wohnung eine weiße Frau herumspuken würde.«

»Ja spinnen denn langsam alle?« Josef zwirbelte nachdenklich die nach oben zeigenden Enden seines gigantischen Schnurrbartes.

»Was weiß denn ich.« Max zuckte wieder die Achseln. Die Sache mit den Geistern war ihm tatsächlich ein Rätsel, und dass so erstaunlich viele Leute herumliefen, die offensichtlich an sie glaubten, gab ihm noch mehr zu denken. Allerdings glaubten die meisten Menschen auch sonst alles Mögliche, das ihnen zum Beispiel irgendwelche geschickten Politiker oder einige Journalisten in den Medien vorlogen. Über die Maßen verwunderlich war es also nicht, dass sie auch die Existenz von Mysteriösem, Unerklärlichem und Übersinnlichem für möglich hielten.

»Und wenn sie doch abgehauen ist?«, gab Josef erneut zu bedenken.

»Warum sollte sie das tun? Sie weiß doch gar nicht, dass wir uns für sie interessieren.«

»Weil sie ihr Geld vom Testament nicht bekommen hat und jetzt meint, dass die Polizei hinter ihr her ist, weil sie den Wisch verschwiegen hat?«

»Kein dummer Gedanke, Josef. Wirklich alles andere als dumm. Ich rufe sofort noch mal den Franzi an und sage ihm, dass er sie zur Fahndung ausschreiben soll. Sicherheitshalber, falls sie hier nicht demnächst doch noch aufschlägt.« Max holte sein Handy heraus.

»Schaden kann es wohl nicht«, meinte Josef, so als wäre er ein alter Hase bei der Kripo und wüsste die Lage genau einzuschätzen.

Max ließ ihn in dem Glauben. Raube niemandem seine Illusionen und die Motivation, der dir noch nützlich sein kann, war eine goldene Regel, die er seit seiner Ausbildung beherzigte. Meistens hatte er damit auch gute Erfahrungen gemacht, und ganz bestimmt hatte er sich damit so einige Feinde erspart.

Er rief Franz an.

»Wir sind gerade in der Wohnung von Verena Neuner. Zwei andere interessante Spuren haben sich zwecks perfekter Alibis gerade wieder mal in Wohlgefallen aufgelöst. Hab ich vorhin ganz vergessen, dir zu sagen.«

»Wen meinst du?«

»Die drei Frauen, die ich bei Doro Brachtinger traf und die behauptet hatten, dass Waldemar sie sexuell genötigt hätte.«

»Hat er nicht, das kann ich dir schriftlich geben.« Franz räusperte sich umständlich, wie er es oft tat, wenn ihn ein Thema gefühlsmäßig herausforderte.

»Da kann man geteilter Meinung sein, wie ich vorhin erfahren habe«, widersprach Max. »Auf jeden Fall wurde eine von den Dreien vorhin totgefahren, und die anderen zwei haben hieb- und stichfeste Alibis.«

»Und die Verena Neuner habt ihr auf einmal im Verdacht, Waldemars Mörderin zu sein? Ich dachte, ausgerechnet sie verdächtigst du auf gar keinen Fall.«

»Die Dinge ändern sich eben, Franzi«, wusste Max. »Schickst du uns bitte noch zwei Streifenwagen, um uns zu helfen, wenn sich herausstellen sollte, dass sie einen Komplizen hat. Denn der kann dann sicher mit Schusswaffen umgehen, wie wir wissen.«

»Schicke ich euch. Wie seid ihr in ihre Wohnung gekommen?«

»Der Hausmeister hat uns aufgesperrt. Gefahr im Verzug.«

»Schaut, dass ihr da wieder rauskommt und legt euch irgendwo anders auf die Lauer, bis sie nach Hause kommt. Illegale Aktionen haut uns der Staatsanwalt um die Ohren, das weißt du doch selbst. Am Ende werden die Schuldigen deswegen noch freigesprochen, wie wir das von anderen Fällen her kennen.«

»Wir sehen uns doch nur ein bisserl um.« Max wusste natürlich, dass Franz recht hatte. Er erinnerte sich an einen ganz speziellen Fall aus der Vergangenheit, in dem er einem 100-prozentig Schuldigen illegale Beweismittel untergeschoben hatte, um ihn hinter Gitter zu bringen. Der Richter musste den Zuhälter, der seine Mädchen wirklich übel geschlagen hatte, daraufhin freisprechen. Der Staatsanwalt und Max' direkter Vorgesetzter hatten ihn anschließend nach allen Regeln der Kunst zusammengefaltet, zur Strafe eine Weile lang in den Innendienst versetzt und gemeint, dass er auf der Stelle rausfliegen würde, sollte so etwas noch einmal passieren.

Der Zuhälter hatte nach seinem Freispruch mit seinen Gewalttaten weitergemacht und wenig später sogar eines seiner Mädchen totgeschlagen. Dafür wurde er dann zwar rechtskräftig verurteilt, aber Max wusste, dass das Mädchen indirekt für den Fehler, den er gemacht hatte, mit seinem Leben bezahlen hatte. Heute noch musste er gelegentlich an sie denken, und wie dumm er damals in letzter Konsequenz gehandelt hatte.

»Raus da, aber schnell.« Franz klang jetzt so, als ob er es sehr ernst meinte. Max wusste genau, dass dann nicht mehr mit ihm zu diskutieren war.

»Na gut«, lenkte er ein. »Beruhig dich wieder. Gibt's schon was Neues von Bernd und seinen Leuten aus Waldemars Villa?«

»Nein«, blaffte Franz. »Ich melde mich, wie gesagt, wenn ich etwas erfahre.«

»Habt ihr Verenas Ex-Mann endlich überprüft?«

»Ich bin dabei. Willst du mir jetzt meinen Job erklären?«

»Sei halt nicht so grantig.«

»Das wärst du an meiner Stelle auch.« Franz klang, als müsste er jeden Moment den bevorstehenden Weltuntergang verkünden.

»Warum?«, erkundigte sich Max.

»Sandra hat einen Masseur für heute Abend für mich bestellt. Gleich nach der trockenen Semmel, die es heute zum Abendessen gibt, soll er mich anständig durchkneten.«

»Na und? Das macht doch nichts. Ist eh gesund.« Max verstand wirklich nicht, was Franz gerade dermaßen auf die Palme brachte.

»Hast du was mit den Ohren? Einen Masseur sagte ich,

also einen Mann.« Franz wurde laut. Seine Stimme bekam dabei einen unangenehm panischen Beiklang im oberen Frequenzbereich.

»Hab ich verstanden, und?« Max stand immer noch auf dem Schlauch.

»Ich lass mich doch nicht von einem Mann betatschen.«

»Aber er massiert dich doch nur.« Max schüttelte verständnislos den Kopf.

»Eine Frau könnte das sicher besser.«

»Nur wenn sie besonders kräftig ist.« Max grinste, als ihm auf einmal klar wurde, dass sich Franz offensichtlich vor der Berührung durch einen Mann fürchtete.

Dem Franzi seine Probleme hätte ich manchmal gern, dann wäre mein Leben ein Kinderspiel.

»Depp!«, plärrte Franz ungehalten. »Du weißt ganz genau, was ich meine.«

»Stell dich nicht so an, Franzi. Die Sandra meint es nur gut mit dir.« Max musste sich beherrschen, um nicht zu lachen, obwohl ihm eigentlich gar nicht danach zumute war. Wilma Wieslers Unfall hatte ihn geschockt und ihm gleichzeitig wieder einmal vor Augen geführt, wie schnell das Gastspiel hier auf der Erde für jeden vorbei sein konnte. »Vielleicht gibt er dir am Schluss sogar noch ein dickes Bussi«, fügte er hinzu, weil er es sich einfach nicht verbeißen konnte, seinen alten und im Moment wieder mal reichlich hysterischen Freund auf den Arm zu nehmen.

»Leck mich doch, Raintaler«, schimpfte Franz. »Du warst schon im Kindergarten ein Depp. Servus.«

Er legte auf.

Max grinste und steckte sein Handy wieder ein.

»Der Franzi hat wohl auch jede Menge Spaß daheim«, meinte Josef.

»Unbedingt«, erwiderte Max. »Wenn er Diät halten soll, ist es immer besonders schlimm. Da passieren dann oft regelrechte Tragödien. Na gut, lass uns schnell von hier verschwinden.«

»Jetzt also doch?«

»Ja.« Max nickte. »Wir legen uns auf der anderen Straßenseite auf die Lauer und beobachten erst mal, wer hier so alles rein und raus geht. Wenn Verena Neuner drinnen ist oder wenn uns sonst jemand auffällt, gehen wir rein und schlagen zu. Das hat dann alles auch seine gesetzliche Richtigkeit.«

»Wie du meinst, Max.« Josef eilte voraus zur Tür. »Ich bin hier sowieso nur der Hilfspolizist, wie du weißt.«

Sie verließen Verenas Wohnung, baten den Hausmeister, der davor auf sie gewartet hatte, die Tür wieder abzusperren, und gingen auf die andere Straßenseite, um dort unauffällig ihren Beobachtungsposten zu beziehen.

Gott sei Dank hatten die Temperaturen heute schon wieder etwas zugelegt. So war das Ganze wenigstens einigermaßen komfortabel auszuhalten.

Sie holten sich zwei freie Stühle aus dem nächsten Lokal, versprachen der Kellnerin, sie gleich zurückzubringen und setzten sich am Rand des Gehsteigs unter einen bereits gelb gewordenen Ahorn.

Josef holte für jeden ein Stück Pizza und einen großen Kaffee aus der Bude hinter ihnen. Dann aßen alle beide mit großem Appetit. Schließlich ging es bereits auf 15.30 Uhr zu, und der Schweinsbraten in Monikas *Kleiner Kneipe* war somit längst Geschichte, zumindest verdauungstechnisch gesehen.

Ein Obdachloser kam vorbei und fragte Josef mit einem schiefen Grinsen im Gesicht, ob er ein Stück Pizza abhaben könne. Der gab daraufhin sein angebissenes Stück in die Obhut von Max und ging los, um noch eines zu holen, das er dem kleinen Mann mit dem Vollbart dann samt Serviette aushändigte. Dann ließ er sich sein eigenes Stück wieder von Max reichen und aß weiter. Der Obdachlose bedankte sich überschwänglich bei ihm, setzte sich zu ihnen und aß ebenfalls. Als er aufgegessen hatte, bedankte er sich noch einmal und trollte sich wieder.

»Bestimmt hätte er lieber ein Bier gehabt«, meinte Max.

»Möglich.« Josef zuckte die Achseln. »Aber heute ist Pizzatag bei mir. Sein Bier bekommt er sicher woanders.«

»Er muss kein Alkoholiker sein, nur weil er gerne mal ein Bier trinkt.« Max setzte ein ernstes Gesicht auf.

»Stimmt. Muss er nicht.« Josef nickte.

»Genauso wenig wie manch andere, die gelegentlich gerne mal ein Bier trinken.«

»Absolut, Max. Absolut.« Josef biss erneut ein großes Stück von seiner Pizza ab.

»Ich mein ja bloß.«

»Ich hab's kapiert.«

50

Monika und Anneliese legten in der inzwischen wieder topp aufgeräumten Küche eine Zigarettenpause ein. Alle Retter und sonstigen Polizisten waren auf der Jagd nach dem Attentäter. Nur Herrn Chengs Touristen saßen noch im Schankraum und tranken und sangen jetzt immer lauter und fröhlicher.

Monikas Handy meldete sich. Sie zog es aus ihrer Schürzentasche und ging ran.

»Frau Schindler?«, fragte eine weibliche Stimme am anderen Ende.

»Ja?«

»Mein Name ist Doro Brachtinger. Bestimmt hat Ihnen Herr Raintaler bereits von mir erzählt.«

»Er hat Sie erwähnt, glaube ich. Woher haben Sie meine Nummer?«

Was will die denn von mir?

»Vom Franzi Wurmdobler. Er war ein Freund meines Vaters.«

»Aha, was kann ich für Sie tun?« Monika sah Anneliese an und zuckte dabei die Achseln.

»Geben Sie ihn frei.«

»Wie bitte?« Monika wusste nicht, was sie mit dem Satz anfangen sollte.

»Den Herrn Raintaler. Lassen Sie ihn gehen.«

»Wie meinen Sie das? Er ist ein freier Mensch.« Monika sah Anneliese ungläubig an. Die schaute fragend zurück, weil sie ohne Telefon natürlich noch weniger als Monika wissen konnte, um was es ging.

»Das ist gut«, sagte Doro hörbar erleichtert. »Er ist nämlich sehr in mich verliebt und hat ein Recht auf sein Glück, genau wie ich.«

»Aha, hat er das?« Monika schüttelte ungläubig den Kopf. Sie hatte bisher so einiges im Zusammenhang mit Max und seinen gelegentlichen Eskapaden erlebt, was für sie auch immer in Ordnung gewesen war, vor allem weil sie selbst immer eine offene Beziehung mit ihm leben wollte. Bei ihr persönlich angerufen hatte allerdings noch keine von seinen Liebschaften. Das hier war diesbezüglich gerade also eine Premiere.

»Ja, das hat er. Bitte nehmen Sie Rücksicht auf unsere Gefühle.«

»Das soll er mir lieber selber sagen.«

Der kriegt was zu hören. Und der Franzi auch. Was hat der ihr meine Nummer zu geben. Ich glaube, ich spinne. Das wird alles immer besser. Haben wir zurzeit irgendwelche Sonnenstürme, die alles und jeden durcheinander bringen?

»Aber er hat Angst vor Ihnen.«

»Was?« Monika lachte laut los. »Wissen Sie was, gute Frau, ich sag ihm, dass Sie angerufen haben, er soll das selbst mit Ihnen klären. Mir ist das hier eindeutig zu blöd. Rufen Sie mich bitte nicht noch einmal an. Auf Wiederhören.« Monika legte kopfschüttelnd auf.

»Wer war das?«, wollte Anneliese wissen, die sofort gemerkt hatte, dass irgendetwas nicht stimmte.

»Doro Brachtinger. Die Tochter vom toten Waldemar.«

»Und was wollte sie?«

»Ich solle Max gehen lassen, weil er in sie verliebt wäre.«

»Spinnt die?«

»Ich nehme es schwer an.« Monika war dennoch leicht verunsichert. Es rief schließlich nicht jeden Tag eine fremde

Frau an und eröffnete ihr, dass Max sich auswärtig verliebt habe.

Was hat er da nur wieder angestellt, der Traumtänzer?

Eigentlich hätte sie nach der Unschuldsvermutung bis zum Beweis seiner Schuld erst mal auf seiner Seite sein müssen, aber das fiel ihr nach den vielen Erfahrungen, die sie mit ihm bereits in jungen Jahren gemacht hatte, gerade schwer. Er war schon immer ein Hallodri gewesen. Allerdings konnte sie ihm dafür auch wieder nicht allein die Schuld geben. Immerhin hatte sie stets auf eine Beziehung ohne gegenseitige Verpflichtungen bestanden, weil sie selbst gerne zumindest das Gefühl von Freiheit hatte, auch wenn sie diese nicht unbedingt ausleben musste.

»Oder ist es etwa wahr? Ist er tatsächlich verliebt?« Annie zündete sich noch eine Zigarette an.

»Keine Ahnung. Vielleicht hat sie auch zu viel getrunken oder Drogen genommen.« Monika zuckte die Achseln. Sie konnte sich im Moment einfach keinen rechten Reim auf den Anruf machen. Hatte Annie womöglich recht, und Max war tatsächlich in die berühmte Produzententochter verliebt? Warum hatte er ihr denn nichts davon erzählt? Er musste doch sonst auch gleich mit jedem Schmarrn herausrücken, der ihn umtrieb. »Erst werde ich entführt, und jetzt ruft auch noch eine Verrückte bei mir an und will mir meinen Freund wegnehmen«, sagte sie. »Ich brauch erst mal einen großen Schluck Prosecco. Du auch?«

»Bei Prosecco kann ich nicht Nein sagen. Das weißt du doch.«

»Sehr gut. Dann setzen wir uns jetzt zu unseren Gästen und feiern mit ihnen.« Monika holte eine eiskalte Flasche aus der Kühlung und nahm zwei Gläser aus dem verspiegelten Regal hinter dem Tresen. »Bei ihren Liedern können wir auf jeden Fall locker mithalten. Die Texte sind überschaubar.«

»Aber wenn sie sich wieder ausziehen und auf den Tischen tanzen, gehe ich«, sagte Annie. »Das möchte ich nicht noch mal sehen müssen.«

»Musst du nicht«, beruhigte sie Monika grinsend, obwohl sie in ihren Gedanken immer noch aufgebracht bei Max verweilte. Emotionales Multitasking war eine ihrer leichtesten Übungen. »Wenn es soweit ist, werfe ich sie höchstpersönlich raus.«

»Aber bis in die Puppen kann ich nicht mittrinken. Bernd will heute Abend mit mir essen gehen. Das kann ich auf keinen Fall absagen.«

»Bis dahin bist du längst wieder nüchtern.«

51

Verena Neuner sperrte ihre Wohnungstür auf und ging hinein.

»Verenalein, bist du es?«, rief Bernie aus dem Wohnzimmer.

»Ja, ich bin's.« Sie zog ihre Schuhe und ihre Jacke aus und ging strumpfsockig zu ihm hinüber.

»Ich war doch bei Richard Burger, Waldemars Anwalt«, sagte sie, als sie bei ihm angekommen war. »Stell dir vor, Waldemar hat mich betrogen. Er hat ein neues Testament geschrieben und seiner Tochter alles vermacht. Das alte ist somit ungültig.«

»Was?« Bernie sah sie erschrocken an. »Aber er hat doch erst vor drei Wochen das Testament zu deinen Gunsten aufsetzen lassen.«

»Vielleicht hat er herausgefunden, dass wir immer noch verheiratet und zusammen sind. Ich meine, einmal gehört zu haben, wie er mit einem Privatdetektiv telefoniert hat, ahnte damals aber natürlich nicht, dass es dabei um uns gehen könnte.« Sie setzte sich zu ihm auf die Couch und gab ihm einen Kuss.

»Und da kannst du so ruhig bleiben?«, fragte er, nachdem er sich schnell wieder von ihr losgemacht hatte. »Es war also alles umsonst. Das ist dir schon klar?«

»Sieht ganz so aus.« Sie nickte.

»Hast du alle Möglichkeiten mit diesem Anwalt ausgelotet?«

»Sicher.« Sie nickte. »Du kennst mich doch.«

»Ist er bestechlich?«

»Nein.« Sie schüttelte den Kopf.

»Erpressbar?«

»Jeder ist erpressbar, aber ich weiß zu wenig über ihn.«

»Kann man rausfinden.«

»Dauert aber zu lange«, meinte sie.

»Und jetzt?«

»Ich weiß es nicht.« Sie zuckte die Achseln.

»Eine Katastrophe.« Bernie vergrub sein Gesicht in seinen Händen. »Und was, wenn sie uns drankriegen? Dann gehen wir für nichts und wieder nichts in den Knast.«

»Wie kommst du darauf? Soweit ich weiß, verdächtigt uns niemand.«

»Dein Hausmeister hat mir, als ich vorhin reinkam, gesagt, dass die Polizei hier gewesen wäre.«

»Der Raimund ist okay. Dem können wir vertrauen.« Verena sprang auf. »So ein Mist. Dann sind sie also tatsächlich hinter uns her.« Sie sprang hektisch hin und her.

»Lass uns so schnell wie möglich abhauen.« Bernie machte sich auf den Weg zur Tür.

»Einfach so, ohne alles? Wir haben nicht mal genug Geld für Flugtickets nach Südamerika. Wie denkst du dir das?« Sie sah ihn abwartend an.

»Wolltest du Waldemar abzocken oder nicht?«

»Schon.« Sie nickte.

»Musste ich ihn deswegen umbringen und den Polizisten in seinem Keller ausknocken und anschließend seine Freundin entführen?«

»Schon.« Sie nickte erneut.

»Dann komm endlich, oder willst du mit mir gemeinsam in den Knast gehen?« Er hielt ihr seine Hand hin.

»Aber du hast das alles doch ganz alleine getan. Ich bin unschuldig.« Sie rührte sich nicht vom Fleck und lächelte eiskalt.

»Glaubst du das wirklich?« Er sah sie prüfend an. »Wir haben alles zusammen geplant. Wenn ich untergehe, gehst du mit. Darauf kannst du dich verlassen, Schätzchen.«

»Willst du mir drohen, Bernie? Bei allem, was ich über dich weiß?« Sie wusste, dass ihr Blick ihm verraten musste, dass sie nicht die geringste Angst vor ihm hatte. Dennoch versuchte er weiterhin, sie einzuschüchtern.

»Das ist mir egal, wenn ich untergehe, gehst du mit«,

wiederholte er lauter als zuvor. »Da gibt es nichts daran zu rütteln.«

»Na gut, hast recht«, sagte sie, nachdem sie einen Moment lang nachgedacht hatte. Später wäre immer noch Zeit genug, ihm zu beweisen, dass er sich besser nicht mit ihr anlegte. »Auf geht's.«

»Wir haben sicher einen guten Vorsprung.«

»Wieso das?«

»Ich hab denen noch mal Feuer unter dem Hintern gemacht, glaube aber, es hat sie nicht groß beeindruckt, obwohl ich einen Uniformierten angeschossen habe.« Bernie bekam einen leicht irren Blick.

»Bist du verrückt? Du kannst doch nicht auf die Polizei schießen.« Verena war sich nicht mehr ganz sicher, inwieweit er überhaupt noch zurechnungsfähig war. »Was meinst du, was die mit dir machen, wenn sie dich deswegen erwischen?« Sie begann zu schwitzen.

»Kismet.« Bernie zuckte die Achseln. »Jetzt ist eh schon alles egal.«

»Mit der Einstellung kommen wir nicht weit.« Verena schüttelte ungeduldig den Kopf. »Herrgott, du warst schon als Jugendlicher so ein Hitzkopf. Wir können von Glück sagen, wenn sie uns nicht längst im Visier haben.«

»Sag lieber, wo wir jetzt hin sollen.«

»Hamburg wäre nicht schlecht. Da könnte ich mich an einen von diesen reichen Pfeffersäcken ranmachen, ihn abzocken, aber diesmal richtig, und dann nichts wie ab nach Hawaii.«

»Gute Idee. Dann müssen wir jetzt nur noch heil aus München rauskommen. Je schneller, desto besser.« Er trat ungeduldig von einem Bein auf das andere.

»Ein paar Klamotten brauche ich aber unbedingt.« Sie

eilte ins Schlafzimmer und packte ihre liebsten Sachen sowie den Schmuck, den ihr Waldemar zu Beginn ihrer Liaison geschenkt hatte, in eine kleine Reisetasche.

52

Die zwei Streifenwagen, die Franz geschickt hatte, standen einsatzbereit ums Eck. Max und Josef hatten Verena und ihren Ex-Mann gerade ins Haus gehen gesehen. Zuerst Bernie und fünf Minuten später Verena.

Jetzt machte sich das Smartphone von Max mit dem *Lied vom Tod* bemerkbar. Er ging ran.

»Max? Ich bin's, Moni.«

»Ich weiß, steht auf dem Display. Im Moment ist es leider ganz schlecht. Wir müssen zwei Verdächtige hochnehmen.«

»Das, was ich dir zu sagen habe, wirst du dir aber jetzt trotzdem anhören«, blaffte sie. »Oder du brauchst dich hier bei mir gar nicht mehr blicken lassen.«

»Was ist passiert?« Er stand auf, bedeutete Josef, dass es nicht lange dauernd würde, und ging zwei Schritte Richtung Straße, bis er sie besser hören konnte.

Was hab ich jetzt schon wieder angestellt?

»Mich hat vorhin deine neue Freundin angerufen.«

»Wer?« Er glaubte, sich verhört zu haben. »Wer bitte soll das denn sein?«

»Doro Brachtinger.«

»Ach die.« Er winkte mechanisch ab. »Sie ist nicht meine neue Freundin. Wirklich nicht. Was wollte sie?«

»Hast du echt nichts mit der?«

»Nein, natürlich nicht. Wie kommst du darauf?« Was in drei Teufels Namen hatte das denn jetzt schon wieder zu bedeuten? Diese Beziehungsgeschichten schienen nie und nimmer zur Ruhe kommen zu wollen. Ob das bei allen Paaren auf dieser Welt das Gleiche war? Dann hätte man sich wenigstens nicht so alleine damit gefühlt.

»Sie meinte, ich solle dich gehen lassen, weil du in sie verliebt wärst.« Monika klang ganz so, als würde sie selbst nicht glauben können, was sie sagte.

»Was?« Max fiel aus allen Wolken.

Ist die Brachtinger jetzt völlig verrückt geworden oder treibt sie nur ein ganz perfides Spiel mit mir?

»Du hättest ein Recht auf dein Glück, genau wie sie, sagte sie.«

»Hör zu, Moni. Die Frau spinnt ganz offensichtlich.« Max versuchte, ruhig zu bleiben, obwohl es ihm schwerfiel. »Sie hat mir gegenüber ein paar anzügliche Bemerkungen gemacht, wollte aber bisher eigentlich nur mit mir essen gehen. Das ist alles, was ich weiß.«

»Sie steht also auf dich.«

»Möglich. Was weiß denn ich? Essen will sie jedenfalls mit mir. Warum auch immer.« Er merkte nicht, dass er mit seinen wilden Gesten für Außenstehende gerade wie jemand aussah, der sich nicht im Griff zu haben schien, und hätte er es gemerkt, wäre es ihm ganz bestimmt egal gewesen. Seine Nerven fingen an, unter dem andauernden persönlichen Theater in diesem Fall zu leiden.

»Und gehst du mit ihr? Hast du ihr schöne Augen gemacht?«

»Nein, Herrschaftszeiten noch mal. Wie oft denn noch? Ich will nichts von der Doro Brachtinger.« Max' Ungeduld wuchs. Es gab nichts Schlimmeres für ihn, als zu Unrecht verdächtigt zu werden. Das war schon in der Schule so gewesen. »Die hat einen ausgewachsenen Vogel. Wahrscheinlich meint sie, dass sie haben kann, was und wen sie will mit ihrem ganzen Geld, das sie geerbt hat.«

»Und jetzt?«, fragte Monika.

»Nichts.« Max zuckte die Achseln.

Damals in der dritten Klasse hatte ihn der Egon Steinberger, ein rothaariger, immerzu streitsüchtiger Mitschüler, beschuldigt, ihm sein Taschenmesser gestohlen zu haben. Aber Max hatte mit der Sache nichts zu tun. Da er dem Lehrer jedoch nur zögerlich antwortete, weil er Angst hatte, etwas Falsches zu sagen, was ihn dann möglicherweise belastet hätte, hatte der ihn trotz all seiner Unschuldsbeteuerungen sofort verdächtig, der Täter zu sein, und zur Strafe in der Ecke stehen lassen.

Natürlich hatte sich bereits wenig später herausgestellt, dass Egon sein Messer nur verlegt hatte, und der Lehrer und er mussten sich bei Max entschuldigen. Dessen Vertrauen in die Gerechtigkeit war zu diesem Moment aber bereits schwer erschüttert gewesen.

Möglicherweise war diese kindliche Erfahrung einer der Gründe gewesen, warum er sich später für den Beruf des Kriminalbeamten entschieden hatte, um es in Zukunft zumindest teilweise selbst in der Hand zu haben, dass der Gerechtigkeit Genüge getan wurde.

»Ruf diese Doro bitte auf der Stelle an und kläre das«, sagte Monika. »Sonst ist es Essig mit unserer Hochzeit.«

»Moment, hab ich das gerade richtig verstanden?« Max durchfuhr ein freudiger Schreck. »Soll das heißen, dass du meinen Antrag annimmst?« Alles hätte er gerade erwartet, nur das nicht.

»Ruf sie an. Dann sehen wir weiter.« Monika legte auf.

»Und ich dachte immer, ich hätte Beziehungsprobleme«, meinte Josef, nachdem Max zu ihm zurückgekehrt war, sich wieder gesetzt und eine Weile lang mit belämmertem Gesichtsausdruck ins Leere gestarrt hatte.

»Ich sage dir, es ist der reine Wahnsinn, Josef. Die Welt spielt verrückt, und wir sitzen mittendrin.«

»Da könntest du tatsächlich recht haben.« Josef nickte.

Max ging erneut zur Straße vor und wählte Doros Nummer.

»Hallo, schöner Mann«, begrüßte sie ihn überschwänglich. »Gut dass Sie anrufen. Ich habe mit Ihrer Freundin bereits alles geklärt. Wir können uns jederzeit in unser gemeinsames Abenteuer stürzen.«

»Aber sonst sind Sie gesund?«

»Wie meinen?«, flötete sie mit einem bedrohlichen Unterton in der Stimme.

»Ich will nichts von Ihnen, Frau Brachtinger«, blaffte Max. »Wie kommen Sie dazu, meine Freundin anzurufen? Wollen Sie tatsächlich eine Anzeige wegen Nötigung riskieren?«

»Aber Ihre Blicke waren so eindeutig.«

»Meine Blicke waren ganz normal.« Max wurde richtig laut. Eine nie gekannte Enge legte sich um seine Brust. Er fühlte sich wie ein wildes Tier, das ohne Chance auf Entkommen in einer Falle festsaß. »Bilden Sie sich bloß keine Schwachheiten ein, und vor allem rufen Sie nie wieder meine Freundin an, sonst mache ich Ihnen ernsthaft einen Ärger, wie Sie ihn noch nie erlebt haben«, drohte er aus lauter Verzweiflung.

»Aber ich will doch nur das Beste für uns. Ich weiß doch, dass du in mich verliebt bist.«

»Gehen Sie zum Psychiater und lassen Sie mich in Ruhe.« Max brüllte sie jetzt nur noch an. Eine andere Sprache schien sie nicht zu verstehen. Er spürte, dass es nicht mehr lang dauern würde, bis er total ausrastete. »Ja Herrschaftszeiten noch mal, Sie sind doch nicht mehr ganz sauber, gute Frau«, fügte er hinzu.

Josef, der das Geschrei seines Freundes aus geringer Entfernung miterlebte, blickte sich unsicher um, ob Max bereits irgendwelchen Passanten unangenehm auffiel. Er fand es schon immer peinlich, auf diese Art die Aufmerksamkeit anderer zu erregen, wie es gerade geschah.

»Na gut«, blaffte Doro eingeschnappt. »Wenn Sie partout nichts von mir wollen, lassen wir es eben. Ich kann jeden anderen haben, den ich will.«

»Servus und viel Glück, Frau Brachtinger.« Max legte lang ausatmend auf. »Die hat so was von einem Schuss«, sagte er kopfschüttelnd, als er wieder bei Josef war. »Das gibt es gar nicht.«

»Hoffentlich hat sie endgültig kapiert, dass du nichts von ihr willst. Laut genug warst du ja. Hättest eigentlich gar kein Handy gebraucht. Sie hätte dich auch so bis Grünwald gehört.«

»Das hoffe ich auch, dass sie mich endlich in Ruhe lässt. Die macht mir richtig Angst, Josef.« Max ignorierte Josefs Anspielung auf sein unbeherrschtes Geplärre in aller Öffentlichkeit, lieferte ihm aber sogleich die Erklärung dafür. »Mann, es gibt Menschen, die treiben dich so gekonnt in die Enge, dass du tatsächlich meinst, nicht mehr rauszukommen.« Der kalte Schweiß stand ihm immer noch auf der Stirn.

»Da gehören aber immer zwei dazu, stimmt's nicht?« Josef sah ihn fragend an.

»Aber ich hab ihr nicht den geringsten Grund gegeben, sich irgendwelche Hoffnungen auf mich zu machen. Sie gefällt mir nicht einmal besonders gut. Ich fand sie bisher ganz witzig. Das war es aber auch schon.« Max legte nachdenklich die Stirn in Falten.

»Da siehst du mal, wie es manchen Frauen gehen muss, wenn sie aufdringlich von sogenannten alten weißen Männern angebaggert werden.«

»Ein Horror, da willst du keine Frau sein. Ganz ehrlich.« Max schüttelte den Kopf. »Du meinst aber nicht uns damit? Mit den alten weißen Männern, meine ich.«

»Baggern wir aufdringlich junge Frauen an?«

»Eigentlich nicht, oder?« Max blickte unschlüssig drein.

»Sicher nicht.« Josef nickte entschlossen. »Zumindest wüssten wir es, wenn es so wäre.«

»Schon verrückt, wie schnell man sich bedroht fühlt.« Max konnte sich immer noch nicht beruhigen.

»Jeder von uns versucht, sein kleines Glück zu schützen.«

»Das ist wohl wahr.«

Max atmete noch einmal besonders lange aus. Er wollte gar nicht wissen, was ihn gerade so panisch hatte reagieren lassen. Es gab Dinge, an denen rührte man besser nicht. Selbst wenn ihr Auftauchen im Bewusstsein bedeutet hätte, im besten Fall überflüssigen Ballast abzuwerfen. Er ahnte, dass ihm manches innere Gepäckstück trotz seines Gewichtes so zu Eigen geworden war, dass er lieber damit durchs Leben ging, anstatt es unter möglicherweise viel zu großen Schmerzen loszuwerden. Auch wenn das seine Schritte gelegentlich verlangsamte.

»Zurück zur Arbeit«, meinte Josef. »Wenn wir Verena und Bernie Neuner erwischen wollen, sollten wir sie möglichst bald in ihrer Wohnung dort drüben besuchen.« Er zeigte auf die andere Straßenseite.

»Hast recht.« Max atmete ein weiteres Mal tief durch. »Lass uns zwei von den Uniformierten mitnehmen, die Franz uns geschickt hat.«

53

Max und Josef schickten sich gerade an, gemeinsam mit zwei Streifenpolizisten das Haus, in dem Verena Neuner wohnte, zu betreten, als sie ihnen auch schon mit Bernie entgegenkam.

Die beiden versuchten sofort zu fliehen. Verena blieb allerdings an Josef hängen, der ihr sogleich professionell den Arm umdrehte, sodass ihr der Uniformierte neben ihm schnell ein paar Handschellen anlegen konnte.

Bernie entkam und rannte in Richtung *Hofbräuhaus* davon. Max und zwei Streifenpolizisten jagten ihm hinterher.

»Warum wollen Sie denn davonlaufen, Frau Neuner«, fragte Josef Verena währenddessen.

Sie zuckte nur die Achseln.

»Haben Sie etwas verbrochen?«, sprach Josef weiter. »Möglicherweise ein Schriftstück entwendet?«

»Ich sage nichts ohne meinen Anwalt.«

»Ist mir auch recht.« Josef grinste. »Pass du auf sie auf«, sagte er zu dem Streifenbeamten, der ihr den Achter verpasst hatte. »Ich helfe den anderen, ihren Begleiter zu erwischen.«

Er rannte ebenfalls in Richtung *Hofbräuhaus* davon und gab sich dabei alle Mühe, die anderen einzuholen.

Max war bereits am Platzl angekommen. Knapp hinter Bernie Neuner. Er holte immer weiter auf. Als Bernie schnell wie der Wind auf die Maximiliansstraße einbog, war Max nur noch einen knappen Meter hinter ihm. Die bereits etwas älteren Uniformierten hatten sie längst hinter sich gelassen.

»Halten Sie an, Herr Neuner. Ich krieg Sie ja doch«, rief Max auf der Höhe des Hotels *Vier Jahreszeiten*.

Bernie blieb prompt stehen.

»Sie haben recht«, sagte er, während er sich schwer atmend zu Max umdrehte. »Was soll die Rennerei? Ich bin sowieso unschuldig, an was auch immer.«

»Das wird sich erst noch herausstellen.« Max packte den potenziellen Entführer von Monika hart an der Schulter, und hielt ihn fest, bis die Uniformierten eintrafen, um ihm, wie zuvor seiner Frau Verena, Handschellen anzulegen und alle beide zu Franz aufs Revier zu bringen.

Max und Josef würden ihnen später folgen. Jetzt wollten sie zuerst noch einmal mithilfe von zwei Streifenpolizisten gründlich Verenas Wohnung durchsuchen. Jan Reiters Leute von der Spurensicherung, die Franz inzwischen verständigt hatte, würden dann noch mal einen genaueren Blick auf alles werfen. Natürlich würde Jan meckern, dass sie bereits hier herumgetrampelt seien, aber Max wollte nicht mehr so lang warten.

»Ich geh ins Schlafzimmer, schaut ihr euch hier drinnen mal genauer um«, sagte er zu den anderen. »Wir suchen ein Gewehr und ein langes Messer.«

Kaum hatte er im Schlafzimmer unter das Bett geschaut, wurde er auch schon fündig. Er zog eine Gewehrhülle darunter hervor. Darin befanden sich ein Jagdgewehr mit Zielfernrohr und ein großes blutverschmiertes Messer.

»Nicht einmal die Mühe, das Messer abzuwischen, haben sie sich gemacht«, sagte Max zu den anderen, nachdem er sie herbeigerufen hatte. »Das Gewehr riecht so, als wäre es vor Kurzem abgefeuert worden.«

»Also ein Volltreffer«, meinte Josef.

»Das kannst du laut sagen.« Max nickte zufrieden. »Sieht so aus, als hätten wir unsere Täter. Jetzt müssen wir nur noch herausfinden, wer von beiden es war.«

»Ich tippe auf Bernie«, meinte Josef. »Er ist auch kräftig genug, um dich auszuknocken.«

»Wenn nicht noch jemand ganz anderes mit im Spiel ist. Vielleicht hat sie ja einen weiteren Freund.«

»Möglich wär's natürlich.« Josef nickte. »Aber eher unwahrscheinlich.«

»Stimmt wohl.« Max nickte.

Jan Reiter und seine Truppe marschierten in ihren weißen Anzügen zur Tür herein.

»Wunderbar, wenn die sogenannten professionellen Ex-Kollegen einem sämtliche Spuren zertrampeln«, meckerte er, noch bevor jemand ihn grüßen konnte.

»Halt die Füße still, Jan«, erwiderte Max. »Das war wichtig. Außerdem haben wir nichts zertrampelt. Die Wohnung gehört euch. Wir gehen aufs Revier. Das Gewehr und die Stichwaffe daneben müssen ins Labor. Wir brauchen Fingerabdrücke und die Zugehörigkeit der Blutspuren am Messer zu Waldemar Brachtinger.«

»Ach, tatsächlich. Ich hätte die Sachen einfach so in den Müll geworfen.« Jans galliger Tonfall ließ darauf schließen, dass er Max und seine Begleiter möglichst schnell loswerden wollte.

»Alter Grantler. Komm Josef, wir hauen ab.«

Max ging voraus. Josef und die Uniformierten folgten ihm. Sofort begannen Jans Leute mit ihrer Arbeit.

»Ist dieser Mensch von der Spurensicherung immer so ekelhaft?«, fragte Josef, als sie nebeneinander die Treppe zur Straße hinuntergingen.

»Was meinst du?« Max grinste nur.

»Der Kerl ist extrem unverschämt.«

»Heute war er regelrecht freundlich.« Max grinste erneut. »Du müsstest ihn mal erleben, wenn er schlechte Laune hat.«

»Also doch so schlimm.«

»Schlimmer.«

Unten angekommen stiegen sie in einen der beiden Streifenwagen, um sich von den Kollegen zu Franz aufs Morddezernat in der Hansastraße fahren zu lassen.

Max war sich so gut wie sicher, den Fall gelöst zu haben. Entsprechend positiv war seine Stimmung. Wenn ihm jetzt Monika noch ihr Jawort geben würde, wäre er am heutigen Tag wohl einer der glücklichsten Menschen dieser schönen Welt.

»Danke für deine Hilfe, Josef«, sagte er, als sie losfuhren. »Ich denke, wir haben die Schuldigen.«

»Immer gerne«, erwiderte Josef. »Mich würde trotzdem brennend interessieren, wer von den beiden es war.« Er sah zu seinem Seitenfenster hinaus, wo sich gerade eine Traube von Touristen an ihnen vorbeischob.

»Wir kriegen es raus. Verlass dich drauf.«

54

»Es war alles die Idee meines Mannes«, sagte Verena zu Max und Franz, die ihr am Verhörtisch gegenüber saßen. »Er hat mich sozusagen auf Waldemar angesetzt. Ich sollte mir ein Testament von Waldi erschleichen, und dann wollte sich Bernie um den Rest kümmern. Wie genau das aussehen sollte, hat er mir nicht verraten.«

»Sie sind also noch mit Bernie verheiratet?« Max staunte nicht schlecht. »Sagten Sie nicht, er sei Ihr Ex-Mann?«

»Bernie ist mein Mann. Die Geschichte mit dem Ex-Mann hat er sich ausgedacht, damit ich besser an Waldemar herankomme.«

»Und Sie bleiben dabei, dass alles seine Idee war?«

»Er hat mich unter Druck gesetzt.« Ein paar dicke Krokodilstränen schlichen sich in ihre Augenwinkel.

»Seltsam«, erwiderte Max. »Bernie erzählte uns gerade das glatte Gegenteil. Er meinte, Sie hätten alles geplant, und nur, weil Sie zu zart besaitet für Gewalttaten seien, hätte er die Last auf sich genommen und in Ihrem Auftrag Waldemar abgestochen und meine Freundin entführt.«

»Ich habe nichts mit der Sache zu tun. Das schwöre ich Ihnen, Herr Raintaler. Ich bin unschuldig. Bitte glauben Sie mir.« Ihr flehentlicher Blick passte nicht im Geringsten zu ihrer ansonsten eher coolen Art. »Bernie war es auch, der Sie niedergeschlagen und den Polizisten im Lokal Ihrer Freundin angeschossen hat.«

»Also wussten Sie doch Bescheid. Was stimmt denn nun?«

»Er hat es mir erst vorhin, kurz bevor Sie uns festnahmen, erzählt.«

»Bernie hat also auch auf unseren Kollegen geschossen. Das waren wirklich nicht rein zufällig Sie?« Max blickte ihr forschend ins Gesicht.

»Wie kommen Sie nur darauf?« Sie sah ihn mit blankem Entsetzen im Blick an. »Ich könnte so etwas gar nicht.«

»Was hatte das Gewehr dann mitsamt dem blutigen Langmesser unter Ihrem Bett zu suchen?« Max heftete seinen Blick auf ihre Augen. »Die Ballistik meint, dass aus dem Gewehr der Schuss auf den Streifenpolizisten abgefeuert wurde, und dass das Messer die Tatwaffe bei Waldemars Mord war. Sein Blut klebt daran. Eindeutiger geht es nicht.«

»Bernie muss die Sachen dort hingelegt haben. Anders kann ich mir das nicht vorstellen.« Sie würde gerade die Miene eines Unschuldslammes aufsetzen, wäre eine starke

Untertreibung ihres Gesichtsausdruckes gewesen. »Ich hätte so etwas nie getan. Bernie schon. Der kann so etwas.«

»Aber Sie können es mit ihm zusammen geplant haben.«

»Hab ich aber nicht. Das mit dem Testament gebe ich gerne zu. Das war auch nicht in Ordnung, das sehe ich ein.« Sie begann zu weinen. »Aber vom Rest wusste ich nichts, das schwöre ich Ihnen.«

»Wir sind noch nicht fertig, Frau Neuner«, mischte sich Franz ins Gespräch. »Jetzt lassen wir Sie erst einmal wieder in Ihre Zelle bringen.«

»Wir müssen eine Gegenüberstellung machen«, meinte Max, nachdem Verena den Raum verlassen hatte. »Moni hat ihren Entführer zwar nicht gesehen, weil er ihr von hinten eine Maske über den Kopf gezogen hatte, aber sie hörte ihn telefonieren, während sie gefesselt in seinem Kofferraum lag und aus ihrer Narkose aufwachte.«

»Okay«, meinte Franz. »Ruf sie an. Vielleicht kann sie gleich herkommen, dann haben wir die leidige Geschichte möglicherweise schnell hinter uns.«

Monika kam eine halbe Stunde später, gegen 18 Uhr. Sie hatte zwar bereits einiges mit Annie getrunken, konnte sich aber noch sehr genau an Bernies Stimme erinnern.

»Das ist der Kerl. Ich würde seine Stimme unter Tausenden erkennen«, sagte sie, nachdem sie ihn sprechen hörte. »Da lege ich jederzeit meine Hand dafür ins Feuer.«

»Danke, Moni«, sagte Franz, und auch Max bedankte sich bei ihr.

»Kommt ihr später zur Siegesfeier zu mir?«

»Wir brauchen nur noch sein Geständnis. Dann kommen wir hin«, erwiderte Franz, während er sie zur Tür begleitete. »Sandra wird sicher auch mitkommen. Sie hat mich vorhin angerufen und war bester Laune, warum auch immer.«

Als Monika gegangen war, knöpften sich Max und Franz erneut Bernie vor.

»Monika Schindler, das ist die Frau, die Sie entführt haben, hat Ihre Stimme wiedererkannt. Sie können also ruhig zugeben, was Sie getan haben.«

»Aber ich habe doch bereits alles zugegeben«, sagte er erstaunt. »Nur streite ich nach wie vor ab, dass ich die Sache allein geplant haben soll. Da war meine geliebte Verena mit von der Partie, die jetzt anscheinend auf übelste Art und Weise versucht, ihren Kopf auf meine Kosten aus der Schlinge zu ziehen.«

»Wie kamen Sie überhaupt darauf, Frau Schindler zu entführen?«, fragte Franz.

»Ich beobachtete Sie beide auf dem Filmgelände, wie Sie nach Waldemars Tod alles absuchten. Dann kamen diese Polizisten, und dann bin ich Ihnen zu der Kneipe von Frau Schindler nachgefahren, um herauszufinden, was Sie wissen und wer Sie sind.«

»Wer hätten wir denn sein sollen?«, wollte Max wissen.

»Was weiß denn ich.« Bernie zuckte die Achseln. »Sie hätten von der Mafia sein können oder ein privater Sicherheitsdienst oder tatsächlich Geisterjäger, die mich erkannt hatten. Ich wollte einfach mehr über Sie herausfinden.«

»Warum?«

»Weil ich mir nicht sicher war, ob Sie mich im Keller gesehen hatten und wiedererkennen würden.«

»Also hatten Sie Angst vor uns?«

»Sicher.« Bernie nickte. »Als Sie dann im Lokal von Mordermittlungen sprachen und Frau Schindler Sie beide Supercops nannte, wusste ich zumindest schon mal, wer Sie waren.«

»Und dann dachten Sie sich, dass Sie meine Freundin entführen und uns dazu nötigen, die Ermittlungen aufzugeben. Einfach so?« Max runzelte ungläubig die Stirn.

»Als Sie bei ihr schliefen, war mir klar, dass Sie mit ihr zusammen sind. Darin erkannte ich meine Chance.« Bernie zuckte erneut die Achseln.

Als sie Verena in den Verhörraum holten, gab sie schließlich doch noch zu, dass das Ganze auch ihre Idee gewesen wäre.

»Bevor mir der gute Bernie aus dem Knast ein Killerkommando auf den Hals hetzt, rede ich lieber«, sagte sie. »Wir wollten uns halt auch mal was gönnen. Ein Haus auf Hawaii zum Beispiel.«

Max fiel dazu nichts mehr ein. Ein Mensch musste sterben und andere gerieten in Lebensgefahr, weil zwei skrupellose und völlig gewissenlose Egomanen sich »auch einmal etwas gönnen« wollten.

»An die Geister in Waldemars Büro und bei sich zu Hause glauben Sie nicht wirklich, oder?« Die Frage brannte ihm seit dem Beginn seiner Ermittlungen auf den Nägeln.

»Natürlich nicht«, erwiderte Verena. »Jedes Kind weiß, dass es keine Geister gibt.«

»Dachte ich mir. Alles nur eine einzige große Lüge. Gratuliere, Sie sind eine perfekte Schauspielerin, Frau Neuner. Was sollte eigentlich die Sache mit dem Parkplatz in Feldafing?«

»Das war Bernies Idee.« Sie zeigte auf ihren Mann, der inzwischen nur noch mit hängendem Kopf dasaß und alles über sich ergehen ließ. »Er fuhr mit einem Bekannten und Ihrer Freundin in zwei Autos hinaus, um eine falsche Fährte zu legen. Deswegen hat er auch das Handy Ihrer Freundin dort liegen gelassen.«

»Aha. So ganz habe ich den Sinn dieser Aktion bis heute nicht verstanden. Was sollten wir denn darüber denken?«

»Ich habe es auch nicht wirklich verstanden, Herr Raintaler. Aber wenn sich Bernie etwas in den Kopf gesetzt hat, muss er es unbedingt durchziehen. Er meinte wohl, dass man danach nur noch dort draußen nach Ihrer Freundin suchen würde und ihr tatsächliches Versteck auf dem Filmgelände somit niemals gefunden werden könnte.«

»Aber warum musste Monika unbedingt mitfahren?«

»Wegen der Fußspuren«, mischte sich Bernie ins Gespräch, ohne seinen Kopf zu heben. »Sie sollten das Ganze glaubwürdig machen.«

»Das hat aber auf jeden Fall nicht funktioniert.«

»Eine Zeit lang eben schon«, widersprach Bernie.

»Schwachkopf«, schimpfte Verena. »Nichts machst du richtig.«

»Ich will keinen von Ihnen wiedersehen«, sagte Max zu den beiden und verließ ohne weitere Worte den Verhörraum.

55

Am Abend feierten alle zusammen die Klärung des Falles und noch einmal auch Monikas Rückkehr in ihrer *Kleinen Kneipe*.

Josef kam mit Marion, die ihn den ganzen Abend verliebt ansah und nicht mehr von seiner Seite wich.

Franz und Sandra traten ein und sahen beide sehr glücklich aus, was daran gelegen haben mochte, dass sie ihm die Schrothkur erlassen hatte und auch kein Masseur mehr ins Haus kam, wie er Max freudestrahlend erzählte. Er wüsste gar nicht, was in sie gefahren sei, meinte er, wolle es aber genau genommen auch gar nicht wissen. Möglicherweise lag es an ihrem neuen Yogalehrer, der ihr die Welt in einem ganz neuen Licht zeigte, wie sie meinte. Wie auch immer. Hauptsache, alles blieb so, wie es gerade war. Bestimmt habe sie auch eingesehen, dass eine Kur generell nicht zu seinem Charakter passte.

»Übrigens«, sagte er noch zu Max. »Diese Wilma Wiesler, die am Viktualienmarkt überfahren wurde.«

»Was ist mit ihr?«

»Wir haben den Fahrer des weißen Autos.«

»Nein.« Max staunte mit offenem Mund.

»Er hat sich selbst gestellt. Es war ein 13-jähriger Bursche aus Grünwald, der seinem Vater das Auto für eine Spritztour mit seinen Freunden stibitzt hatte.«

»Was passiert jetzt mit ihm?«

»Nicht allzu viel, schätze ich, weil er erstens noch nicht strafmündig ist und zweitens einen reichen Vater hat, der wiederum ganz sicher einen sehr guten Anwalt hat.« Franz zuckte die Achseln.

»Nicht zu fassen.« Max kam aus dem Kopfschütteln nicht mehr heraus. »Was ist das nur für eine Welt«, fügte er hinzu.

Bernd war auch gekommen. Anneliese hatte ihn angerufen und gefragt, ob er mitfeiern wolle. Sie könnten ja danach noch zu zweit irgendwohin gehen. Gerne auch zu ihr. Sie habe einen ganz hervorragenden Rotwein zu Hause.

Herr Cheng und seine Reisegruppe durften ebenfalls mitfeiern, weil sie sich heute wirklich alle zusammen ganz hervorragend zu benehmen wussten. Sie hatten kaum eine falsche Note bei »In München steht ein Hofbräuhaus« gesungen, und das musste ihnen bei ihrem respektablen Bier- und Schnapskonsum erst einmal jemand nachmachen.

Doro kam mit einem sehr gut aussehenden jungen Mann im Schlepptau vorbei, den sie allen als Jerry vorstellte, entschuldigte sich vielmals bei Monika für ihren Anruf und meinte, dass sie nicht wüsste, was auf einmal in sie gefahren wäre. Vielleicht der Geist ihres toten Vaters. Möglicherweise habe sie sich aber auch so ganz ohne Jerry einsam gefühlt. Er sei erst vorhin aus New York nachgekommen.

Sie entschuldigte sich auch bei Max und bedankte sich bei ihm für die gute Arbeit und das schnelle Ergreifen der Täter. Gott sei Dank seien diese unsägliche Verena und ihr krimineller Mann endlich da, wo sie schon lange hingehörten: hinter schwedischen Gardinen. Er schüttelte daraufhin zögerlich ihre ihm dargebotene Hand und drehte sich anschließend schnell wieder zu Monika um, nur damit keine erneuten Missverständnisse aufkamen.

Doro kam anschließend gleich mit Herrn Cheng ins Gespräch, in dessen Verlauf er meinte, dass sie ihn unbedingt einmal in China besuchen müsse. Der Markt für Spielfilme sei dort unermesslich groß. Er kenne jede Menge Leute, mit denen er sie bekannt machen könnte. Er sei nämlich nicht nur Reiseleiter, sondern außerdem auch noch ein bekannter und erfolgreicher Agent in Sachen internationale Bücher und Drehbücher. Die Reisegruppe, mit der er unterwegs sei, bestünde übrigens aus wichtigen Geschäftsleuten mit sehr viel Geld, die unbedingt einmal Einblicke in die demokratische Lebensweise des kapitalistischen Westens bekommen wollten. Einige von ihnen hätten bereits Filme finanziert, die sehr erfolgreich gelaufen wären.

Zu vorgerückter Stunde ergriff Max seine Gitarre und spielte einige seiner amerikanischen Lieblingssongs. Die Gäste aus Fernost flippten daraufhin komplett aus und konnten von Herrn Cheng nur mühsam davon abgehalten werden, sich erneut auszuziehen und auf den Tischen zu tanzen.

Nachdem der letzte Gitarrenakkord von Max verklungen war, sagte Monika unvermittelt und so laut, dass es alle hören konnten, »Ja«, zu ihm.

»Was ja?« Er sah sie verständnislos an.

»Ja«, wiederholte sie.

»Hab ich gehört, aber was soll das heißen?« Er kratzte sich ausgiebig am Hinterkopf.

»Was wohl, Depp?«

»Keine Ahnung.« Er zuckte die Achseln.

»Ja, ich will.« Sie sah ihn bedeutungsvoll mit hochgezogenen Brauen an.

»Du willst was? Noch ein Bier?«

»Mann, stehst du wirklich dermaßen auf der Leitung oder tust du nur so?«, wollte sie wissen. »Ich will dich heiraten. Du wolltest doch eine Antwort. Jetzt hast du sie.«

»Ach so, das.« Er winkte ab. »Das war nicht so ernst gemeint, sorry. Wir haben doch alle Zeit der Welt.«

»Spinnst du? Du wolltest doch unbedingt heiraten.« Monika schüttelte empört den Kopf.

»Ich weiß, aber ich hab's mir anders überlegt.« Max grinste flüchtig. »Jetzt wo wir die Neuners hinter Gittern haben, ist doch auch alles wieder in Ordnung, und ich muss keine Angst um dich haben.«

Monika nahm das am nächsten stehende Bierglas in die Hand und goss ihm den Inhalt über den Kopf.

»Das hat man davon, wenn man mich vorführen will«, sagte sie wütend.

Es wurde mucksmäuschenstill im Lokal.

»Warte mal, bevor du weiterschüttest.« Max holte grinsend eine kleine Schachtel aus seiner Hosentasche. »Hier.« Er gab ihr einen goldenen Ring. »Für die Liebe meines Lebens« hatte er auf der Innenseite eingravieren lassen. »Ich hab auch so einen, wo dasselbe drinsteht.«

»Eheringe?« Sie sah ihn ungläubig an. »Die kannst du wieder einstecken. Erstens gibt es zuerst mal Verlobungsringe, und dann hab ich jetzt nämlich keine Lust mehr.«

»Komm schon, Moni.« Max erschrak. »Ich hab doch nur Spaß gemacht.«

Was hat sie nur? Sie ist doch sonst nicht so humorlos. Außerdem hab ich das ganze Bier abbekommen, nicht sie.

»Ein toller Spaß auf meine Kosten vor allen anderen.« Sie zeigte immer noch aufgebracht in die Runde.

»Na gut, wie du meinst.« Er zuckte die Achseln und steckte die Ringe wieder ein.

»Zeig noch mal«, sagte sie.

»Den Ring?«

»Nein, deinen Hintern.« Sie schüttelte augenrollend den Kopf. »Natürlich den Ring, Depp.«

»Nur wenn du damit aufhörst, Depp zu mir zu sagen. Das macht der Franzi schon immer. Ich mag das nicht, weil ich kein Depp bin, sondern einer der nettesten Menschen, den ich kenne.«

»Träum weiter. Zeigst du ihn mir jetzt oder nicht?« Sie setzte sich auf den Barhocker, der neben ihr stand.

»Na gut, hier.« Max reichte ihr unter erneutem Achselzucken die Ringe.

Sie steckte ihren an ihren Ringfinger.

»Passt wie angegossen«, meinte sie. »Also gut.«

»Wie jetzt, also gut?«

»Ich will.« Sie lächelte breit.

»Dein Ernst?«

»Mein voller Ernst.« Sie umarmte und küsste ihn unter dem johlenden Beifall der Anwesenden.

»Hätte mich auch gewundert, wenn bei den beiden mal etwas ohne Probleme geklappt hätte«, meinte Franz zu Josef.

Beide lachten wissend.

ENDE